渡辺淳一

恋愛小説セレクション 1

Junichi Watanabe Selection

リラ冷えの街

集英社

『リラ冷えの街』執筆のころの著者。
撮影／斉藤勝久

八

リラ冷えの街、

〈5〉その五

渡辺淳一

え 下高原健二

有津の四、五メートル先を母子連れが行く。和服を着ていたなで肩の女性は佐衣子に違いなかった。その右手を少年が行く。少年の頭は佐衣子の肩口まであった。

その少年は母親

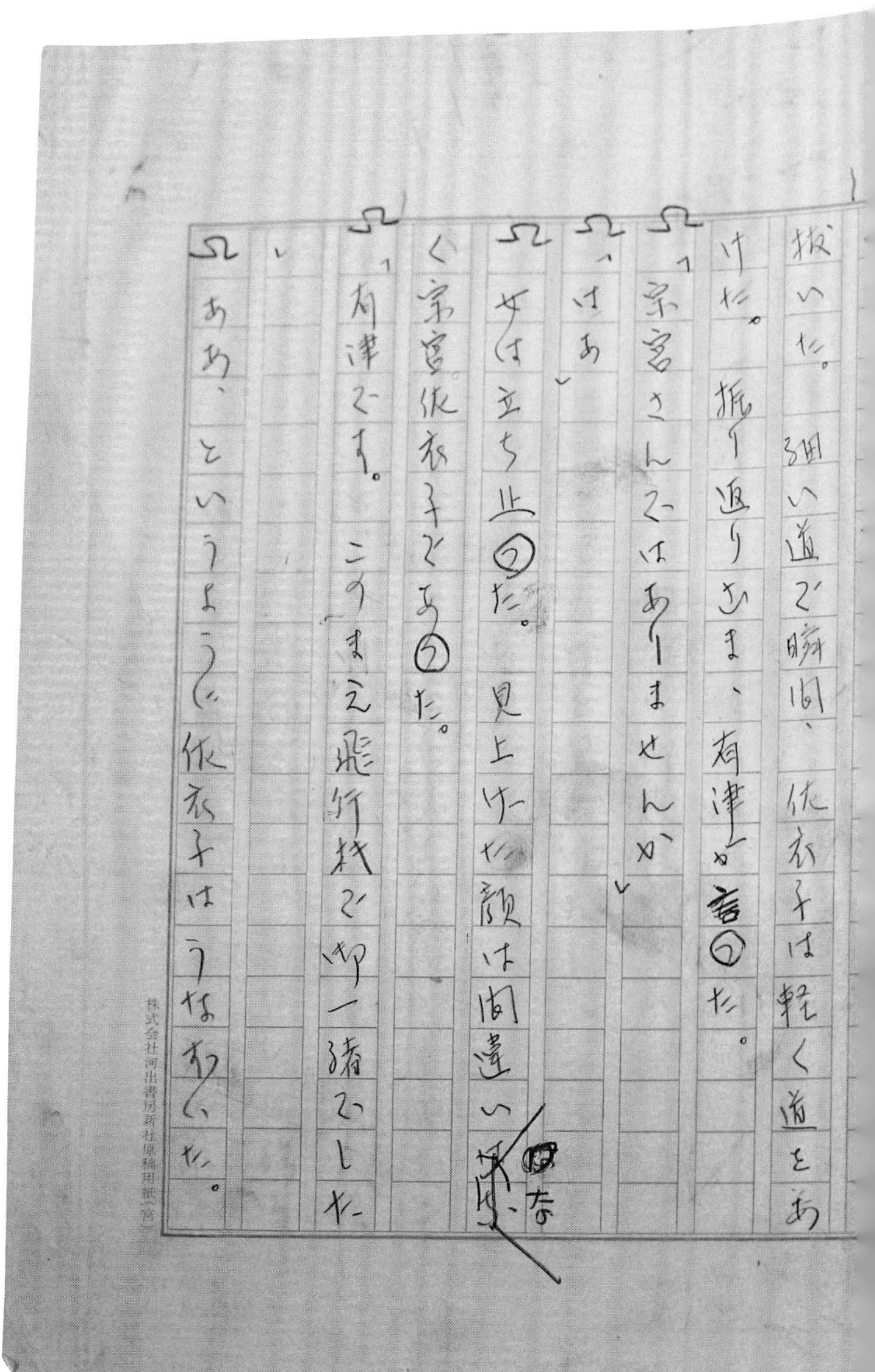
抜いた。細い道で瞬間、依衣子は軽く道をあけた。振り返りざま、有津が言った。

「宗宮さんではありませんか」

「はあ」

女は立ち止った。見上げた顔は間違いなく宗宮依衣子であった。

「有津です。このまえ飛行機で御一緒でした」

ああ、というように依衣子はうなずいた。

株式会社河出書房新社原稿用紙（宮）

『北海道新聞（日曜版）』に連載された『リラ冷えの街』の生原稿。

（提供／北海道立文学館　公益財団法人北海道文学館）

小説の舞台、札幌を象徴する時計台。

リラ冷えの街

装幀　三村 淳
カバー　いせ辰

目次

一

有津京介《ありつきょうすけ》が車で羽田空港に着いたのは午後七時であった。四月の半ばで高速道路から見た東京の街はすでに暮れていたが、空港ビルの中は別世界のように明るい光で溢《あふ》れていた。

国内線の出発ロビーに入ると、有津はまっすぐ搭乗受付のカウンターへ向った。上に札幌行十九時十分発、五一五便という掲示が下っている。飛行機の座席をかたどったシート番号は、ほとんどが裏返されて五、六枚しか残っていない。

「どのお席にいたしますか」

「どこでも……」

出発間際に来て、どの席を選ぶという気持もなかった。ただ有津は長身でなかに入ると窮屈なので、できれば通路側の方がいいと思った。チケットを受け取り、カウンターを離れかけた時マイクが告げた。

「十九時十分発、札幌行五一五便は札幌地方天候不良のため、二十分遅れて出発は十九時三十分、ご案内は十九時二十分ころの予定でございます。お急ぎのところ恐縮ですが、もう少々お待ち下さい」

ロビーは人で溢れていた。そのなかの何人かが中央の時計を見上げた。不安気な眼差《まなざ》しの人も、ひそひそ話し合っている人もいる。それらの人々は皆、五一五便で札幌へ向う人のようであった。

簡単にロビーを見廻したが、有津の知っている人は、いそうもない。

有津京介は北大の農学部を十二年前に卒業した。専門は植物病理だが、この数年、ずっと泥炭の研究に没頭している。卒業と同時に大学院へ進み、三年前助教授になったが、植物分類ができることから現在は大学植物園の方へ常勤している。

東京へは学会、文部省との打合せ、総合開発計画といったことで、年に四、五回は上京する。今年はこれで、すでに三回目である。

有津は黒い小さめの旅行鞄《かばん》をひとつだけ持っていた。ロビーの席はどこも出発待ちの人でうずまっていた。札幌地方だけでなく他の地方も少しずつ遅れているようである。

時間をまぎらすために売店へ行き、ショーウインドーを見ながら、有津は札幌で待っている妻と娘のことを思った。東京といっても二カ月に一度くらいの割で来るのだから格別土産を買うこともなかった。それにこれから戻っても札幌に着くのは十時を過ぎる。娘の久美子《くみこ》はすでに寝ている時間だし、土産のないことに妻は慣れていた。

彼は売店を離れロビーへ戻りかけた。途中で夕刊を取り十円玉をさし出した時、再びマイクが告げた。

「札幌行五一五便、空席待ちのお客さま、ホソノカズミさま、ヒラヤマノリオさま、ムネミヤサイコさま、日本航空カウンターまでおいで下さい」

瞬間、有津は立ち止った。マイクは同じことをもう一度くり返して止《や》んだ。

「ムネミヤサイコ」

有津は口のなかで最後にきいた名をくり返した。

たしかにそう聞えた。

立ち止り、自分に言い聞かせると、彼は急いでロビーへ戻った。

有津がカウンターを見通せるロビーの一番手近な石の柱まで来た時、五一五便の搭乗手続き中のカウンターへ近づいていく女性の後ろ姿が見えた。

女性はあまり大きくはない。紺地の結城《ゆうき》に紬《つむぎ》の手描きの帯を締め、右手に白い旅行鞄を下げている。

その女性が今、空席待ちで呼ばれた女性だとすれば宗宮佐衣子《むねみやさいこ》に違いなかった。

有津は柱に背をもたせたままその女性の動きを見守った。女性はカウンターで何事か話しかけている。ほどなく受付のグランド・ホステスがうなずき、赤い座席シートを切り取ってその女性に渡した。

細面の落着いた顔である。二十七、八歳か、紺地の着物に白く引き締った顔がよくうつる。

有津の立っている柱の横を通り抜けると、夜景の透けて見えるガラスの壁に立った。そこでいま得た座席券をもう一度確かめるように見直すと、ハンドバッグにしまい込み、左腕の時計を見た。美しい横顔であった。

あれが宗宮佐衣子か……

有津は改めて斜め前の女性を見直した。

マイクはたしかにムネミヤサイコと呼んだ。一度目は不意をつかれたので、あるいは聞き違えたかもしれないが、二度目はそのつもりで耳を澄ませて聞いた。マイクは間違いなくムネミヤサイコと呼んだ。

女は旅行鞄を足元に置き、うつむき加減に立っている。ぼんやりとなにかを考えているようでもある。

ムネミヤサイコ、しかしそれが果して宗宮佐衣子なのか。

同姓同名は沢山いるが、ムネミヤという姓は多くはない。サイコという名も珍しい。だが字面《じづら》ならともかく、発音の上でのムネミヤサイコは他にいないともいえない。

これまでその名はいつも気にかかっていたが、人伝《ひとづて》にも聞いたことはなかった。少なくとも有津が探したかぎり、札幌にはいなかった。それが今、目の前にいる。声をかければ届くところにいる。

あのときの宗宮佐衣子と同じ人だろうか。

ともかくこのムネミヤサイコは自分と同じ飛行機でこれから札幌へ向っていくことだけは確からしい。慌てることはないのだ。有津は浮き立つ心を押えながら夜景を見ている女を見続けた。

思い返してみると、あれから十年近い歳月が流れている。

この間、有津は宗宮佐衣子という名を忘れることがなかった。普通の知己なら月日とともに薄れていくのだが、その名前だけはその時々に、鮮明なイメージとなって浮び上ってきた。

妻と初めて接吻《せっぷん》した時も、性の交渉をもった時も、あまり多くはない浮気の時にも、彼はその名を思い出した。

快感を上りつめて、もう駄目だと思う寸前に、宗宮佐衣子の苦痛に歪《ゆが》んだ白い顔が有津の頭をかすめていった。萎《な》えてしまうとあれほど求めていた欲望が白々しいほどに消え、それとともに佐衣子の顔もおぼろになり、どう思い起そうとしても甦《よみがえ》ってこない。

露崎《つゆさき》先輩が言ったように、やはりそんな名前は聞くべきでなかったのだ。

醒《さ》めたあと有津はきまってかすかな悔いを覚えた。聞きさえしなければ、いつまでもその名に引きずられ、思い続けることもなくて済んだはずである。

だが考えてみると、これは奇妙な錯覚であった。なぜなら有津はまだ、宗宮佐衣子と逢ったことも話したこともなかった。肝心の名前もただ一度教えられただけにすぎない。

それは有津京介がまだ大学院の学生で二十四歳の時であった。

高校の時にやっていた関係で、有津は大学の一年目からサッカー部に入った。キャプテンは経済学部四年の落合だったが、練習中には他の先輩もよく現れた。

露崎政明《まさあき》は有津より五つ上の先輩で医学部を出て三年前に医者になっていた。専攻は婦人科であったが、大学病院にいたので暇をみてはグラウンドに現れ練習を見ていた。

秋であった。その日は朝から雨で練習もなかった。夕方有津は部室にたむろしていた四、五人の学生と雑談をしていた。

そこへふらりと露崎が現れた。入るなり露崎は部屋を見廻した。彼は部員の挨拶に軽くうなずいただけで、しばらくはものも言わず、煙草をふかしていた。部員達は少し戸惑い、また前の話に戻った。

「どうだ、君等《きみら》アルバイトをしないか」

二本目の煙草を吸い終った時、見計らったように露崎が言った。

「どんな仕事ですか、先輩」

どうせ暇をもてあましている連中である。彼等は先輩の周りをとり囲んだ。

「少し変った仕事だが」

露崎は一通り皆の顔を見渡した。

「他の連中には言わないで欲しいんだ」

「言いませんよ。なんです？」

先輩の思わせぶりな態度が若者の興味をそそった。

「実は……」

露崎は皆に顔を近づけ、それから声を低めて言った。

「君等のザーメンを欲しいのだ」

「ザーメン？」

向い合っていた竹岡が頓狂《とんきょう》な声をあげた。

「そうだ、ザーメン、精液だ」

少し怒ったように言うと露崎は五人の顔を順に見廻した。五人は瞬間顔を赤らめ、それから照れたように笑い出した。

「どうってことはない。簡単なことだろう」

露崎は戸惑ったように黙り込んでいる五人の表情を楽しむように眺めまわした。

「どうだ、竹岡」

「はあ」

今まで人一倍騒ぎまわっていた竹岡も目を伏せ神妙に控えている。

「試験管に入れてきてほしい。一cc七百円だ、いいだろう」

毒気にあてられたように学生達は目を外《そ》らした。露崎の眼は笑っていた。

「一人三ccで二千円になる。どうだ有津」

名前を呼ばれて有津はびくっと体を震わせた。

「なんだ、どうしたんだ」

露崎の声が威勢よければよいほど、学生達は肩をすぼめて小さくなった。

「悪くはないだろう」

「なにに使うんですか」

ようやく竹岡が乾いた声で尋ねた。

「人工授精さ。旦那に種がなくて、おかげで子供ができなくて困っている奥さんがいるのだ。美人だぞ」

五人は麻酔にでもかかったように、うっとりした眼差しで露崎を見上げた。

「どうだ、やるか」

有津は露崎の視線が再び自分に向けられているのを知った。出来れば断わりたかった。自分の精液を白昼、試験管に入れて渡すのはひどく恥ずかしいことに思えた。誰かがいやだと言えば自分も断わろうと思った。

そんなことまでして俺は金は要らない、そう考えたとき露崎が言った。

「どうだ有津、おまえ男だろう」

「はい」

「じゃ、やれ」

「やります」

「そうか、おまえは」

「やります」

あとは同じ問いと答えのくり返しだった。

有津は何故《なぜ》「やる」と答えたのか、自分でも分らなかった。後で考えてみると、あれは気合のようなものだったと思う。男だろうと言われて後に引けなくなったのか、初めは断わるつもりだったのが、気付いた時には逆になっていた。竹岡も吉村も、まるで練習中に先輩に喝でも入れられたように威勢のいい返事をしてしまった。

「よし、じゃその三人で決りだ。俺についてこい」

露崎は決ると長居は無用とばかり立ち上った。

「あのう……今すぐにですか」

竹岡が泣き出しそうな声で尋ねた。

「そうだ、今じゃ都合が悪いのか」

「いえ、別に……」

「じゃ、いいだろう」

三人は屠所《としょ》にひかれていく羊のように、おずおずと露崎の後に従った。残った二人が済まなそうに三人を見送った。いくつかの廊下を曲ったあげく、婦人科第三研究室という木の札が下った部屋の前で三人は待たされた。周りの棚には古ぼけたカルテやレントゲン袋が積み重ねられ、その横には様々な臓器が納められている標本ビンが並んでいる。少し開かれたドアの先には、見るからに複雑そうな実験器具や化学薬品が並んでいる。三人は黙り込んだまま、露崎が現れるのを待った。

今からでも断わる方法はないものだろうか。待ちながら有津はまだ逃げ出すことを考えていた。

「彼等ですよ」

その時声がして、三人の前のドアが開き、露崎先輩が現れた。彼の後ろには、よれよれの白衣を着た長身の男が立っていた。

男は三人を一瞥《いちべつ》してから、「うん、いいだろう」とうなずいた。

まるで実験動物の下見をするような眼だ。有津は思わず後ずさりした。いよいよ自分がその実験動物になるのだと思うと急に情けなくなった。

「これに入れてきてくれ、ザーメンが乾かないように下に生理食塩水が入っているからな」

露崎が三本の試験管をそれぞれに渡した。

「トイレはこの先の曲ったところと階上にもある。何分かかるかな」

三人は処女のようにうつむいたまま黙っていた。

「若いんだもん、すぐだろう」

白衣の男はそう言うとニコリともせずドアの奥に消えた。

「俺はここで待ってるから、出来次第もってきてくれ」

今度は露崎が慰めるように言ったが、三人は無言のまま、試験管をもってトイレへ向った。

有津が入ったトイレは竹岡が入ったトイレの一階上であった。同じトイレに隣り合せではさすがに恥ずかしい作業をやる気にはなれない。

ドアを閉じ、鍵をかけてから彼はどうしたものかと辺りを見廻した。その壁にも、どこにでもある女の裸像や局所を描いた絵があったが、暇にまかせて入院患者が描いたものか、その半ばは消された跡があった。

しばらく壁を見ていたが、やがて有津は思い出したように前を開いた。かがもうかとも思ったが結局立って壁によりかかったまますることにした。

皆は何分ぐらいで終るだろうか。

有津はなぜか、早すぎても遅すぎても可笑《おか》しいと思った。

とにかくまず出すことだ。

彼は堅く目を閉じ息をつめた。全身が熱くなった。

「美しい人妻だよ……」

露崎の言葉が思い出された。有津はその言葉からたぐり寄せるように、女の白い肌を頭に描いた。眼を閉じ、想念の中で彼は一気につっ走った。

「あっ」

小さな声を発すると彼はあわてて冷たい試験管を前に当てた。火花が散ったかと思った。瞬間、有津の脳裏を、眉を寄せてあえいでいる白い女の顔が横切った。

有津京介がその奇妙な仕事にたずさわった時間は、数分のことだった。彼は急に力が抜け、目がしぼんでいくような虚《むな》しさにとらわれた。

しばらく壁に背をもたせ、それから左手の試験管を見た。管壁についた残りの精液がゆっくりと下っていく。先の部分は生理食塩水に達し、白い尾を引いて混っていった。

一億個だったかな。

性の雑誌で読んだ記憶から一cc中に含まれているという精子の数を彼はぼんやりと思い出した。有津が研究室へ戻った時、竹岡と吉村はすでに戻っていた。二人とも少し蒼《あお》ざめて見えた。

「ご苦労さん、お礼だよ」

露崎はその場ですぐ三人に白い封筒を渡してくれた。精液の量を確かめた様子もなかったから最初から礼金は決っていたのかもしれない。

そのまま三人はサッカー部の部室へは戻らず、病院を出ると無言で別れた。一人になって封を切ると二千円入っていた。この金はその美しいという人妻が出したのかと、有津は封筒を捨てながら考えた。

その後、露崎は何度か部室にもグラウンドにも現れた。露崎と二人きりになるときもあったが、そのアルバイトについてはどちらも忘れたように一言も言わなかった。

提供した三人の間でもその話はしなかった。

数分間の簡単な作業で二千円も得たのに、有津には儲《もう》けたという感じはなかった。仲間達に得意がって言う気にもなれなかった。口では露骨なことを言っていても、その実、性には初心《うぶ》な青年の純真さが、そのことについて言うのを拒否していた。その気持は他の二人とも同じようだった。互いに触れない間に、三人にとってその話はタブーになった。

だがタブーであればあるほど、有津にとってそのことは一層重くのしかかり、忘れられなくなっていた。

サッカー部の納め会は例年、十二月の初めにやる。年の暮が迫ってからでは学生達が帰省したり、アルバイトに出て集まりにくくなるからである。

その年の納め会は大学正門から五百メートル南の陸橋の先の焼鳥屋で開かれた。十一月末に一度降った雪がとけ舗装のない小路はところどころ泥濘りとなっていた。

納め会には直接部の指導や激励にくる先輩も含めて三十人近い男が集まった。もちろん露崎も来ていた。肩張った挨拶が終り、酒がまわり、ひとわたり余興も終って座は乱れはじめた。

有津京介は座がくずれて、小さな話の輪に分れてから露崎の姿を探した。八畳と六畳の二間を続けた部屋は煙草の煙で満ちていた。露崎は初めに坐った奥の席から動かず、キャプテンの落合と話していた。喋っているのは落合で聞いているのは露崎だった。時々うなずき、そして笑う。話はさして入り組んだことでもなさそうだった。有津は銚子《ちょうし》をもって露崎の前にいった。

「先輩どうぞ」

「おう、ありがとう」

有津が注《つ》ぎ、注ぎ返されてから、彼は煙草に火をつけた。

「じゃ、そのこと頼みますよ」

落合の話はさして重要なことでもなかったらしく、有津が来たのを機に立ち上った。会はすでに終りに近く、座は乱れかけていた。

「実は、ちょっと、話があるんですが、先輩こっちに坐りましょう」

人のいない隅に、有津は露崎を引っぱってくると、まだ入っている銚子を二本ほど調達してきた。

「なんの話だい」

酒を注がれながら露崎が尋ねた。

「実はこの前のアルバイトのことですが」

「アルバイト?」

「あの……ザーメンの」

「ああ、あれか」

露崎はつまらなそうな顔をして、盃《さかずき》を飲み干した。

「あれがどうした」

「あれ、成功しましたか」

「妊娠したかということか」

「まあそうです」

有津は両膝に手をつき、かしこまった恰好《かっこう》で返事を待った。尋ねておきながら返事を聞くのが怖かった。

「シュヴァンゲってるよ」

「シュヴァンゲル?」

「妊娠したよ」

「本当ですか」

思わず有津は腰を浮かせた。予期しなかったわけではないが、いざそう言われるとなにか悪いことをしたような気持になった。

そんなことがあるだろうか。有津はまだ信じられなかった。

「その人は産むのですか」

「当り前じゃないか。高い金をだして子供をつくりにきたのだもの」

これまで有津は素人《しろうと》の娘や人妻と交渉をもったことはなかった。おっかなびっくり友達に連れられて二度ほどその手の女と関係をもっただけだが、怯《おび》えていた故《せい》か期待していたほどの快感はなかった。

「間違いないのですね」

どういうわけか有津には自分の精液が妊娠させる力をもっているとは思えなかった。あんないい加減なやり方で出した精液で子供ができてはたまらないとも思う。

子供をつくるということは、愛があって、肉体と精神が結合しあって初めてできることだ。有津はそう信じたかった。

「どうしたのだ」

「あのう、それで、子供はできるのですか」

「順調にゆけばな」

「じゃ来年には……」

「そういうことになる」

有津は、露崎の前で盗みでもして叱られている少年のように頭を下げていた。

「あまり気にするな」

「はい」

答えながら、有津はその美しい人妻にひどく残酷なことをしたような気になった。自分のようにたえず自慰をしている不埒《ふらち》な男の精液を、その人妻の白い肌に触れさせるなどとは、とてつもない冒瀆《ぼうとく》である。悪いことをした。青年らしい女性への憧れと後悔が頭の中で渦巻いた。

「話はそれだけか」

「あのう、ひとつだけ教えて欲しいのですが、その人の名前は……」

「女の人のか？」

「そうです」

「それは言えないことになっている。人工授精は単に医学的なことだからね。私情を交えてはいかんのだ。だから三人以上の精液を混ぜて誰のが授精したか分らないようにするのだ。受けた方はもちろんだが、出した方も相手の名前が分っては、いろいろと不都合がおきる」

「じゃあ、あの時の三人のを混ぜたのですか」

「そうだ」

有津は半ば気が軽くなり、半ば気を殺《そ》がれた。

「名前を知ると妙な気が起きるからな」

「いえ、僕はそんな……」

精子提供者だといってその人妻にどうこうしようというわけではない。ただその名前の人に心の中で詫《わ》びたい気持なのだが、それをうまく言えそうもなかった。

「決してそんな悪い意味ではありません、ただ名前だけでも聞けば安心するんです」

「変な理屈だな」

「悪いことはしません、お願いです、名前だけ教えて下さい」

言いながら有津はその女が自分の恋人ででもあるような錯覚にとらわれた。

「言えないことになっているんだ」

「先輩頼みます、聞いたって僕はただ胸の中にしまっておくだけです」

駄目だと言われるとかえって聞きたくなる。

「お願いです、このとおりです」

何故こんなに知りたいのか、有津自身にも分らない。自分の精子の行き先を見きわめたい、そうした男の本能が有津を追い込んでいるのかもしれなかった。

「お願いです」

「困った奴だ」

後輩に両手を畳につけ、ぺたりと頭を下げられている図はあまり見映えのいいものではない。

「よし分った。誰にも言うなよ」

「はい」

「お前も名前を聞く以上、その婦人を探したり興味をもっちゃいかん。誓うな」

「誓います」

有津は今、自分の心は一点の曇りもないと思った。男と男の約束といった気持だった。

「一度だけ言う」

露崎はそこでちょっと息をついた。

「たしかムネミヤサイコといった」

「ムネミヤサイコ?」

有津は小さく声に出して言った。

「もういいんだろう」

「ムネミヤとは……」

「そう、宗教の宗に宮、サイは佐渡の佐に衣だと思った」

「ありがとうございました、誰にも言いません」

「あたりまえだ。お前が変なこと言っちゃ俺の首がとぶ」

そう言うと露崎は逃げ出すように立ち上った。

二

「お急ぎのところ長らくお待たせ致しました。札幌行十九時十分発、五一五便、只今《ただいま》より二番ゲートから御案内致します」

マイクが告げた。

十年前の思い出から覚めると有津は足元の旅行鞄《かばん》を持ち上げた。待っていた客がぞろぞろと動き出す。宗宮佐衣子が有津の斜め前を行く。バッグを持った右肩が少し下っている。首が前に傾き、着物の端からほっそりとした襟足がのぞいている。

二、三メートルの間隔をとりながら有津は後を追った。ゲートの出口で立ち止り、右手に持っていたハンドバッグを左手に持ち替えて搭乗券を見せる。旅行鞄とハンドバッグを持った左手がしなうように伸びきっている。そのまま通路へ出る。

夜の空で雲が動いていた。飛行機が尾翼を張って待っていた。佐衣子は後ろの搭乗口に向う。有津も同じ後部座席である。昇降段がある。一段一段、昇るたびに佐衣子の白い足首がのぞかれた。

24のC、有津のチケットはそう記されている。左右のナンバーを見ていく。二人前を佐衣子が行く。後三分の一のところまできて佐衣子は立ち止り、それから軽く頭を下げて座席に入り込む。有津は少年のように胸をときめかした。24のC、佐衣子が坐りかけているのはその横である。並ぶのだ……

有津は危うく声を呑んだ。搭乗手続きの時、二つの空席が並んでいたが、その一つを空席待ちの佐衣子が取ったのだ。

神様のお導きか……

有津は柄にもなく神妙な気持になった。

席はどんどんうずまっていく。有津が坐りかけた時、一足先に腰を降ろしていた佐衣子が振り向いた。思わず有津は頭を下げた。佐衣子は怪訝《けげん》な顔をしながら会釈を返した。

窓側の奥の席には女子大生らしい若い娘が坐っていた。鞄を下におき隣の席についてから、有津はわけもなく胸を正した。

ベルト着用のランプがつき、スチュワーデスが酸素マスクの使い方を説明した。旅なれた客は誰も聞いていない。説明する方もお義理のようである。横目で窺《うかが》うと佐衣子は窓の方を見ている。丸い窓から翼の下端で明滅する赤い光が見える。その先にターミナルの明るい光が映っている。

横をおさえつけた髪から形のよい佐衣子の耳が出ていた。光の故《せい》か透けるように白い。

飛行機は主滑走路に入り、方向を定めると動き出した。軽い衝撃があって浮上する。機内全体が傾斜し、急上昇していくのが分る。佐衣子はまだ窓の外を見ていた。赤と青のコース灯はすぐ消えて飛行機は低い雲の中に入った。ベルト着用のサインが消え、煙草を喫《の》んでいいとマイクが告げた。佐衣子が窓から目を離し下を向いた。ベルトを外す有津の肘が佐衣子の右肘に触れた。

気がつくと飛行機は水平飛行に戻っていた。スチュワーデスが新聞を配りに来た。女子大生と有津は受け取ったが佐衣子は手を出さない。新聞を拡げて有津はそれと同じ夕刊をいましがたロビーの売店で買ったことを思い出した。

落着くのだ。

彼は自分をたしなめるように新聞の活字に眼を向けた。しかし気持は静まらなかった。自分の横に十年間さまざまな空想をめぐらしてきた女性がいる。この女性が本当にあの時の宗宮佐衣子であろうか。もしそうなら……

横にいる人のことを考えているのに、有津はそれが現実のこととは思えなかった。

探してはならぬと知りながら、これまで有津は宗宮佐衣子の名前を求め、さまざまに想像してきた。顔も姿も衣裳《いしょう》も、自分勝手に考えた。考えるたびにそのイメージは美しくなっていくようであった。青年の時の有津が純粋であったように、佐衣子のイメージはその時点でとどまっていた。

だが時に自分でも思いがけないほど淫らな想像を抱くこともあった。その時、佐衣子は婦人科の診察台に仰向《あおむ》けに寝ている。膝支えにより両肢《りょうあし》は思いきり拡げられ股《もも》と膝は九十度近く折り曲げられている。その肢位を彼は婦人科の医書で垣間見《かいまみ》たことがあった。

「人差し指と中指二本を揃《そろ》えて触診するのだ」皆に問いつめられて露崎はしぶしぶ教えた。露崎の言ったことを有津は有津なりに想像する。

佐衣子はしっかりと目を閉じている。佐衣子の体は羞恥《しゅうち》と不安に小刻みに震えている。一刻も早く終ることを念じている。カチカチと金属の鉗子《かんし》の触れ合う音がする。佐衣子は耳をふさぎたい。いっそのこと意識がなければいいと思う。やがて冷たい金属の感触を内部に感じる。僅かな間がある。佐衣子は命じられたとおりに大きく息を吸う。お腹の力を抜く。突然、突き当る感覚が襲う。あっとばかり佐衣子は顔を歪《ゆが》ませ、腰を引く。だが革ベルトで緊縛された下半身は微動だにしない。彼女の肉の内壁に漂うような小波《さざなみ》が寄せてくる。それとともに満ちてくる感覚が拡がる。

俺の精液は彼女のなかに受け入れられた。

奇妙なことにその瞬間を想像したあと、彼は必ず受け入れられたという言葉を思い出した。

「どうぞ、おやつでございます」

スチュワーデスが菓子包みを渡した。佐衣子の着物の袖口から白く細い二の腕がのぞく。堅い診察台の金具を摑《つか》んで耐えていた腕である。

「コーヒーとコーラとスープ、どれがよろしいでしょうか」

「コーラ」

窓側の女子大生が答える。

「スープ」

「スープ」

有津は佐衣子と同じ答えを返す。佐衣子の声は低い。

スチュワーデスが半袖の腕を伸ばし女子大生にコーラを渡しかけると、佐衣子が受け取って手渡してやる。

「すみません」

はっきりした声で女子大生が礼を言った。続いて佐衣子にスープが渡される。有津は手渡してやろうと待ち構えていた。だがスープはスチュワーデスの手から佐衣子へ直接渡ってしまった。

三人は無言のまま菓子包みを開いた。いつの間にか窓の外は星が輝いていた。右手には月が見える。雲を抜けきった九千メートルの上空を飛行機は進んでいた。

八時だった。出発してすでに三十分を経ている。機長が挨拶を兼ねていま仙台の上空だと告げた。間もなく下北半島にかかる。

有津は焦りを覚えた。十年の間思い続けた女性の横に坐れた。この好機を逃すことはない。

変な気持で近づこうというのではなかった。ただ確かめておけばそれで満足する。あんないい加減な行為の結果をこの女性は大切に受け止めてくれた。あるいはそれを育んできてくれたのかもしれない。そう思うだけで有津は佐衣子に謝り、許しを乞いたい気持になる。有津にとって遊びと同じ行為が彼女にとっては真剣なことであったのだ。

意を決して横を向くが声にならない。

佐衣子は肘をつき右手を顳顬《こめかみ》に当てている。休んでいるのか身動きひとつしない。千歳《ちとせ》に着いたら佐衣子とは別れねばならない。

有津はまた新しい煙草に火をつけてから時計を見た。飛行機が小刻みに揺れた。次の瞬間、エアポケットに落ち込んだらしく垂直に沈み込んだ。立っていたスチュワーデスがよろめき、驚きとも不安ともつかぬ溜息が機内に洩《も》れた。佐衣子は顔をあげ、不安げに窓を見た。星の光は変らない。

今だ、と有津は思った。

「札幌までですか」

「は、はい」

突然声をかけられて佐衣子は戸惑ったらしい。札幌行の飛行機だから札幌に行くのは当り前であった。気の利かない質問だと有津は少年のように耳を赧《あか》らめた。

「札幌はまた雪のようですね」

有津は追いうちをかけるように続けた。きっかけは開けたのだ。進むだけだと自分に言いきかせる。

「四月だというのに、あきれた雪ですね」

「寒いでしょうね」

佐衣子は身をすくませ頰に手を当てた。

「札幌は初めてですか」

「いいえ、以前に住んでおりましたから」

「じゃ、今は東京?」

「ええ……」

佐衣子は口籠《くちご》った。機内には単調なエンジンの音が響いている。窓側の女子大生は相変らず窓の外を見ていた。

「札幌へはたびたびいらっしゃるのですか」

「両親がいるものですから」

前を見たまま佐衣子が答えた。硬く、他人の入り込むのを閉ざした横顔である。有津は小さく息をつくと小刻みに煙草を喫《す》い続けた。

機内の温度は心地よく、シートを傾けて目を閉じている人もいた。スチュワーデスが左右に目を配りながら、ゆっくりと過ぎていく。有津は途切れた話を続けることを考えた。

「私は北大に勤めています。有津と言います」

勇気をだして内ポケットから名刺を取り出して佐衣子に渡した。渡してから大胆なことをすると自分であきれた。

「わたくし、宗宮です」

佐衣子は名刺を見てから仕方なさそうに言った。

「宗宮佐衣子さんですね」

佐衣子は目を見張った。それから訝《いぶか》しげに有津を見て言った。

「どうしてわたしの名を……」

「さっき、空席待ちで呼ばれましたね、あの時、僕は横にいたのです。それで覚えていました」

佐衣子はかすかに頷《うなず》いた。女を手なずけていくドンファンのようだと、有津は気が重くなった。

「宗宮は宗教の宗を書くのですか」

「そうです」

「僕は前に同じ名前の人を知っていました。その人は佐渡の佐に衣と書くのです」

「私もです」

佐衣子がかすかに笑った。

「十年も前のことです、札幌で」

「その頃なら私も札幌におりました」

「本当ですか」

「その人ならよろしかったのに、残念ですね」

佐衣子は有津が作り話に乗じて聞き出しているとは、気付かないようである。

「その人はとっくに結婚してしまって名前も変りました」

「残念ながらそのあたりは私と違います」

「違うのですか?」

「ええ……」

「失礼ですが、御主人は」

佐衣子は少し考えるように窓を見た。

「妙なことを聞いて、気を悪くしないで下さい」

エンジンの音が変り減速したようである。北海道の上に来たらしい。春の雪におおわれた野原が月の光に白く浮き上って見える。その中を黒く一直線に貫いているのが国道のようであった。

ベルト着用のランプがつき、飛行機はゆっくりと左へ旋回していた。傾く座席の中で有津は佐衣子の横顔を窺った。頬から顎の部分が中年の相を表すというが、佐衣子のその部分は肉が薄く寒々としていた。

今は未亡人なのか。

そう思って見るせいか、その横顔はいかにも頼りなげに見える。

アナウンスが着陸態勢に入ったことを告げた。赤と青の航空標識が招くように点滅する。その中へ抱え込まれるように飛行機は滑り込んでいく。軽い衝撃があって飛行機は地についた。人々が立ち上った。佐衣子がバッグを持った。有津が通路に出て佐衣子が後に従った。タラップに出ると東京とは違う寒風が頬を打った。そこだけ明るい空港ビルの屋上に気温五度という電光文字が見える。

住所だけでも聞いておきたい。

飛行場のアスファルトを並んで歩きながら有津は思ったが、さすがにそこまで言い出す勇気はなかった。空港ビルの中は眩《まばゆ》いほど明るかった。右手に手荷物受取りのラウンジがある。多くの人はそこで荷物を受け取るが有津は荷物を預けていない。

彼女は……

振り向いた時、佐衣子が言った。

「じゃ、私はここで」

「そうですか」

心とはうらはらに有津は鷹揚《おうよう》にうなずいた。佐衣子は軽く頭を下げると、向きを変え、ガラスの先の到着ロビーへ向った。ラウンジの周りには客が溢《あふ》れ、その後ろを預り荷物のない人達が過ぎていく。

これで終りになるかもしれない。

有津には未練があった。追いかけたところで改めて話しかける勇気もなかった。たとえ話したところで、いかにも強引すぎる。妙な人だと思われるのがおちである。だが今のままではいかにも物足りなく、素っ気なかった。

戸惑った末、再び有津が歩き始めた時、佐衣子の姿はすでにガラスの向うに消えていた。到着ロビーには出迎えの人達がかたまっていた。出てきた客に駆け寄り手を振っている人がいる。抱いてきた子供を受けとり、しきりにあやしている婦人もいる。右手に札幌行のバスのチケット売場がある。そこにも、ロビーに通じる左右の通路にも、佐衣子の姿はなかった。

人々の群れが流れていく。ロビーの前にバスが二台並んで停っている。前の車はすでに半ば近くうずまっていた。見上げるが佐衣子らしい姿はない。バスの前方にタクシー乗り場があり、その手前に自家用車が一台停っている。有津が目を戻した時、車のドアが閉じられ婦人が消えた。夜目に帯の白さだけが残った。

あの人だ。

思わず有津が駆け寄ろうとした瞬間、車は動き出した。リアウインドーから微《かす》かに見えた首と肩は佐衣子のものに違いなかった。佐衣子と同時に運転席には若い上背のある男が乗り込んだように思った。だが顔は見えなかった。車はテールランプの光を残して、そのまま国道に消えた。

空港ビルの前の広場は濡れたまま黒く拡がり、その先に薄く雪化粧した野面《のづら》が夜の中で見透《みとお》せた。まだ寒さに馴染《なじ》まぬのか体が微かに震えた。

有津は何か大きな落し物でもしたような気持で、ゆっくりとバスに戻った。

三

札幌の北大植物園は冬の間は雪で閉ざされる。開園は例年、ゴールデンウィークの始まる四月二十九日からであったが、温室だけは冬の間も開かれていた。

有津は九時すぎにゴム底の靴で家を出た。西の山に近い宮の森の家から植物園まではバスで三十分ほどかかった。四月半ばの札幌は街の表通りはすでに乾いていたが、山沿いの道や日陰の小路は雪が残っていた。樹陰《こかげ》の多い植物園も例外ではない。

植物園正面の半開きの鉄の柵をくぐり抜けると有津は右手の事務室に向った。半年間、雪の下にあった芝生は白茶けた素地を出し、樹木の根元には、まだところどころ雪の塊があった。

植物園事務室は白壁ぬりの二階建てで、正面玄関の上には三間幅のバルコニーがある。札幌農学校時代の植物学教室を原型のまま大学構内から移したもので、窓の細く長く、どっしりした構えはいかにも明治調の建物だが、バルコニーの床と手摺《てすり》は一部朽ちかけていた。

有津の部屋は入ってすぐ左手にある。表向きは応接室ということで、広いゆったりしたスペースの中に、書斎机と応接セットが向い合って置かれ、その上の白壁には代々の植物園長の掲額が並んでいる。

園長は植物学教室の古参の教授が互選で選ばれるが、大学と兼職なので植物園にはあまり顔を出さない。そのせいで大きな決裁以外の園内のこまごましたものは常勤している有津が目を通していた。

その日、有津が部屋に着いたのは十時だった。着いてすぐカバンから学会の抄録集を出している時、助手の志賀洋平《しがようへい》が入ってきた。

「いかがでした、東京は」

志賀は同じ植物学教室の後輩で、有津より八つ下の二十六歳である。花粉分析の研究で去年から大学を離れて植物園の研究室に来ていた。

「別に、どうということもない」

「学会は盛会でしたか」

「毎年同じようなものだ」

「留守中にこの前の楡《にれ》の木について、アメリカから改めて依頼状が来ています」

志賀は持ってきた外国郵便をさし出した。

「やはり強いというんだね」

「ええ、アメリカのものよりはもちろん、北欧あたりのよりも強いようです」

楡の木はヨーロッパ大陸からアメリカ、日本と亜寒帯に広く分布している。英語でエルムと呼ばれるのはこの樹木で、北海道にあるのはこのうちのハルニレという類である。

北大はエルムの学園と呼ばれるほど構内にこの樹《き》が多い。いずれも高く太く見事に生育し、樹齢百年をこすものもある。子供が四、五人幹の周りを手で繋《つな》いでようやく届くといった巨木も珍しくない。植物園にもこの樹は多く、夏の日には広い芝生に黒く大きな影を落す。

「向うにはそんなに病気が多いんでしょうか」

「この頃また増えているらしい」

楡の木にダッチエルム病という菌類が原因の病気があるが、これにかかると巨木もたちまち、ふなくい虫に襲われたように枯れてしまう。この楡の木の伝染病に対して、日本のハルニレは外国種のものより抵抗力が強いので、送って欲しいという依頼であった。

「二百本か」

「そんなに苗木がありますか」

「分らん、とにかく探してみよう」

有津は手紙を畳んで煙草に火をつけた。志賀も煙草をとり出してソファに坐った。

「東京はもう桜が散ったでしょうね」

「今年は向うも寒くて一週間くらい遅れたらしい。九段《くだん》あたりはちょうど散りはじめていた」

「この分では、こちらは五月の初めは無理ですね」

志賀は窓へ目を向けた。夏から秋にかけ、樹木の繁みで日陰になるこの部屋も、今はまだ新芽の時季で春陽の中に色褪《いろあ》せたままの園庭がよく見通せた。

「少し寒いな」

部屋の中央に石油ストーブがある。ちらちら燃えて赤い焔《ほのお》が見えるが、火をつけてまだ間が経《た》っていないらしく、部屋の中は寒々としていた。

「天井が高いからなかなか温まらんのです」

じっさい天井は見上げるほど高かった。

「それに壁が白いせいもありますね」

「明治時代の建物に住んでいるのだから、今の生活に合わないところは仕方がない」

「ところで、新館の建築の話はどうなりました」

志賀が膝を乗り出した。

「それが、まだはっきりしていないらしい」

「はっきりしないといっても、新しく建て直すことだけは決っているのですね」

「それが、一部補修してこの建物をこのまま使ってはという話もあるようだ」

「それはどういうつもりですか、この建物は補修では追いつきませんよ」

「しかし農学校時代の建物で残っているのは、これと時計台くらいしか、もうないからね」

「それはそうですが、中で働いているわれわれの身にもなって貰《もら》わなければ困ります」

「……………」

「いまどき木造で、ばか高い天井で、一部屋毎《ごと》ストーブで温めるなんていうところはどこにもありませんよ」

たしかに志賀の言うとおりだった。彼の言うことはここで働く職員の大方の意見でもあった。だからこそ大学を通じて、文部省にこれに替る洋館の新築願いを出したのだ。それが壊すのは惜しいという意見も出てきて改築の話もある。

「夏はいいんだがね」

有津は部屋を見廻した。どこといって建てつけの狂ったところはない。ただ大きくてまとまりがなさすぎるのだけが欠点であった。夏にむかっていく時はこの静かな涼しさは他所《よそ》では味わえない贅沢《ぜいたく》なものだと思う。だが冬が近づき、寒さがつのるに従って、その考えは変り、もうこんな建物はすぐにも壊した方がいいと思ったりする。一年で賛成と反対とに揺れ動いていた。

しかしこの頃、有津の考えは少しずつ変ってきていた。冬の最中、多少温まるのが遅くても、不便でも、このままの方がいいのではないか、と思ったりする。自分一人くらいこの明治の面影を残す建物と一緒にいてやりたいとも思う。

「観光客のためというのなら、道庁の赤煉瓦《あかれんが》のようにこれだけ残して、事務室と研究室は別に造ればいいのですよ」

「そうなるとまた予算の問題がからんでくるからね」

「とにかく一生に一度か二度、道外から見物に来る人のために、われわれの毎日の生活が犠牲になるわけにはいきませんよ。そうじゃありませんか」

「それはそうだ」

うなずきながら有津は改築でもいいと思っている自分が、いささかうしろめたかった。ぎすぎすと狭苦しい東京から戻ってきた故《せい》だろうか。

有津は東京のことを思った。だがそれはすぐ別のことへつながった。

「ところで電話帳はあるかな」

「持ってきましょうか」

突然の話題の変化も、志賀は気にしている様子はなかった。

「誰かに持ってくるように言ってくれないか。五十音別でいい」

「はい」

志賀は立ち上りかけたが、思い出したように言った。

「あのう、苑子《そのこ》さんにお会いになりましたか」

「いや、まだ会っていない」

苑子は有津の妻、牧枝《まきえ》の妹だった。札幌のF女子大の英文科の二年生で、一年前から有津の家に同居していた。志賀とは一年前に、彼が有津の家に来たことから知り合って交際している仲であった。

「昨夜は遅かったから会っていないが、苑子となにかあったのかね」

「いえ、別に……」志賀は口籠《くちごも》った。伏せた顔に青年の初々しさがあった。

「じゃ、電話帳をとどけさせます」

志賀が出ていくと、部屋はまた元の静けさに戻った。有津は立ち上った。夜来の雪は札幌では朝のうちに溶けていた。午前の光の下で、溶けた雪が枯草の面から水蒸気となって一斉にあがっていた。

「これでよろしいのですか」

「ありがとう」

女事務員が机の上に電話帳を置き、ドアを閉じるのを見届けてから有津は机に戻った。

「宗宮佐衣子」

彼は昨夜の記憶を呼びさますように、もう一度低い声で呟《つぶや》いた。

札幌の電話帳は東京のから較《くら》べると薄くて、その一区分にも満たない。「ム」の項は二頁《ページ》に満たず、「宗」の項は数えるほどしかなかった。

「宗宮佐衣子」の名はない。だが「宗宮」の姓は二つあった。市の中心部と豊平《とよひら》である。

かけてみようか。

有津は迷った。大の男がいまさらとも思う。露崎が言ったとおり探すべきではない。

あれはあれでいいのだ。

午前中、有津は電話をかけることを諦めていた。だが午後、研究室でアメリカエノキの腊葉《さくよう》を見ている時、また別の考えが浮んだ。

空港で逢ったのは単なる偶然ではない。あれは神の配慮で自分達をひきつけたのではないか。

自分でもあきれるほど科学者らしくない発想であった。だが一度思うと、それはいかにも確からしく思えた。

どうかしている。有津は自分の頭を叩いた。叩きながら調べるくらいは悪くはない、と考えた。

机の上に受話器がある。手を伸ばせばすぐ届く位置にある。取りかけて有津はもう一度考えた。

もし彼女がいきなり出てきたら何といおうか……

昨夜、飛行機で一緒だった有津です、とでも言うのか。彼女は何と答えるだろうか。「はい」と返事くらいはするであろう。だがその先、何を言えばいいのか、言うべきことは何もない。一度逢っただけの男の突然の電話に彼女は驚き、あきれるだけであろう。

可笑《おか》しな話だ。有津は伸ばしかけた手を引っ込めた。

午後三時、有津はサロベツ原野総合調査の関係論文をとりに大学へ行った。教授達はまだ学会から戻らず、残った教室員も少なく、教室はどこか、暢《の》んびりしていた。

図書室から論文をとり、帰りかけた時、有津の眼に電話帳と電話が映った。部屋には誰もいない。四時半である。

ここからなら交換に気兼ねする必要はない。

有津の頭に再び佐衣子のことが甦《よみがえ》った。いや甦ったというより、それは今日一日中、彼の頭の中にありながらおし隠してきたものであった。

いるかどうか、それを確かめるだけでいい。

有津は自分に言いきかせて電話帳を開いた。初めの宗宮姓の住所は豊平という所になっていた。

出たらすぐ切ろう。有津は大きく呼吸をした。息を吸いながら自分のやり方は卑劣だと思った。

止《よ》そうか。もう一度考え、考えながら頭とは別に手はダイヤルに触れていた。自然にダイヤルが廻り、呼出音が鳴っている。有津は息を潜めた。

「もしもし」

「はい」

いきなり威勢のいい男の声が返ってきた。

「宗宮鉄工所です」

「鉄工所？　お宅に宗宮佐衣子さんて方はいらっしゃいませんか」

「サイコ？　あんたどこにかけてんの」

旋盤でも廻っているのか、電話の奥に騒々しい音が聞える。

「そんな者、いないよ」

電話はそれで切れた。かける時の心臓の高鳴りは消えていた。あれはまるで違う、有津は自分で苦笑した。

残るは一軒だった。これに違いない。

再び有津はダイヤルを廻した。一度かけた故か今度は気持はいくらか落ちついていた。

長い呼出音があってから先方が出た。

「ムネミヤです」

やはり若い男の声であった。瞬間、有津は夜の光の中で佐衣子を車に乗せた男の黒い影を思った。

「そちらに宗宮佐衣子さんはいらっしゃいませんか」

「サイコ？」

男の声が低く聞き返した。

「あなたは誰方《どなた》ですか」

「有津と言いますが……」

思わず彼は自分の名を口走った。失敗《しま》ったと思った時、受話器から冷えた声が戻ってきた。

「ムネミヤですが、私の家にサイコという女の子はいません。お間違いじゃありませんか」

「しかし……」

「おりませんから」

電話は向うから切れた。有津は溜息をつき額の汗を拭いた。

不思議だったが、二軒とも嘘をついているとも思えなかった。

あの女性はどこに行ったのか。

有津の脳裏に再び、夜の空港で別れた佐衣子の蒼《あお》ざめた顔が浮び上った。細面の顔に、少し驚いたような眼が見開かれていた。もはや探し出せないと知って、その表情は一層鮮明に甦ってきた。

あの時、何故《なぜ》もっと詳しく聞いておかなかったのか。

有津は悔いたが、佐衣子の姿は薄く雪の拡がる闇を前にして、そこで糸が切れるように見事に途切れていた。

四

五月になった。

初旬に札幌は梅と桜がほぼ同時に咲くが、今年は全国的な春の寒波の影響で中旬に延びていた。

この花々が散って、北海道にはようやく初夏が訪れる。北国の初夏の緑は目にしみるほど美しい。それはモノクロームの長い冬のあとに、ようやく目にした緑というコントラストの故《せい》もあろう。だが芝生の種類そのものも違う。道外の芝は主に高麗芝《こうらいしば》と呼ばれるもので、葉は粗剛で、冬の間、地上部が枯死する。これに比して北海道のはケンタッキーブルーグラスという西洋芝で、葉は柔らかく細やかである。同じ緑でもケンタッキーブルーグラスには黄色味を帯びた艶《つや》がある。娘と人妻の違いとでもいうべきであろうか。

北大植物園の芝生も勿論《もちろん》、この後者の芝生である。広大な芝生は軽い起伏をもち、その周辺を一斉に葉をつけた樹木が取り囲む。初夏のまだ弱い日差しの中で、それらはさまざまな影を芝生に落す。

初夏の訪れは山際の住宅地でさらに鮮やかである。まだやわらかい緑の中に桜と梅の淡い赤味が入り混る。朝夕、霞がなびく時、この花の色は一層淡味を増す。

夕方、有津はこの山へ向って帰るのが好きだった。近づいてくる山肌を見ながらようやく初夏が来たと思う。それはこれで冬から逃れられたという気持でもある。ともかく半年、暗い冬に耐えて良かったと思う。それは人事や事件とは無関係である。自然が芽吹くように彼の体も浮き立つ。

有津の家は山裾のグラウンドとテニスコート脇の道を上り、針葉樹林に囲まれた道を百メートル行って左へ曲ったところにある。三十坪ほどのこぢんまりとした家だが、赤い屋根とクリーム色の壁は緑の山を背に、いかにも瀟洒《しょうしゃ》なたたずまいを見せている。

その日、有津は六時に家へ戻り、庭を見てから風呂へ入った。一本ある桜は散り、躑躅《つつじ》が咲き始めていた。

「パパ、私も入る」

有津が入るのを待っていたように五歳になる久美子が入ってきた。人々は久美子を父親似だと言うが、有津は自分より、むしろ妻に似ていると思っていた。顔や体つきだけのことを言っているのではない。小さい時、ある人形を欲しがって買ってもらうまで、その売場を一歩も動かなかった。洋服でも一度こうと決めると変えようとしない。その気の強さが妻に似ていると思うのだった。

風呂を上り着物に着替えて夕食に向う。七時だった。夕食を終ると久美子はまたテレビに向った。有津が茶を飲みながら夕刊を見ていると妻の牧枝が横に坐った。

「今度、苑子が家を出ると言うのです」

話しかけられて有津は新聞から眼をあげた。

「一人でアパートを借りるらしいのです」

このところ苑子とは朝、出がけに顔を合せるくらいで、あまり話したことはなかった。何時に出かけ、何時に帰ってくるのか、それさえ知らなかった。

「ここは遠くて通うに不便だって」

そうかも知れぬと有津は思った。牧枝は湯呑茶碗を両手で抱えていたが、やがて小さく息をついた。

「困りました」

「別に困ることもないだろう」

「不便だというのは逃げ出す口実なのです。あの子、街の中で私達の監督なしに自由に暮したくなったのです」

「若い娘だもの、仕方ないだろう」

「若い娘だから困るのです」

言われて、なるほどと有津は思った。

「暢気《のんき》なこと言わないで下さい。苑子が出ると言うのは、貴方《あなた》の研究室にいらっしゃる志賀さんの入れ知恵ではないかと思うのです」

「志賀君がすすめたというのか」

「誰にも気兼ねせず二人で自由に逢いたいためだわ」

「しかしいまだって、二人は自由に逢っているんだろう」

「でも、二人の間は普通じゃないと思うわ」

「体の関係があるというのか」

有津がきくと牧枝は眼でうなずいた。

有津は苑子の小気味よく伸びた肢体を思い出した。セーターを着、ミニスカートをはくと小柄な体に若さが溢《あふ》れていた。

「まさか」

「この頃は十時、十一時に帰ることが度々です。タクシーといっても暗い夜道を危険です」

「しかし、そんな時は志賀君が送ってくれるんだろう」

「それならますます心配じゃありませんか」

今まで愛くるしい義妹《いもうと》だと思っていた苑子が、男を知った女だと言われて有津は戸惑った。遅く帰ってくるというだけで、そうだとは思いたくなかった。

「なにか証拠でもあるのか」

「証拠なぞなくても分るものです」

牧枝はぴしゃりと言った。二人は姉妹である。下手《へた》な証拠より勘の方が正しいと牧枝は言っているのだった。

成程と思いながら有津はまだ、そうとは信じたくはなかった。

「志賀さんは何か仰《おっしゃ》ってませんでしたか」

「いや、別に言ってないな」

東京から帰ってきた翌日、志賀に、苑子に逢ったかと聞かれたことを有津は思い出した。そのあと一カ月近くなるが志賀は何も言っていない。

「この頃の若い人は何を考えているのか分りません」

まだ若いつもりの牧枝がそんなことを言うのが有津には可笑《おか》しかった。

「貴方からよく聞いてみて下さい」

「聞くといって何を聞くのだ」

「二人の本心をです」

「結婚のことか」

「体の関係があれば、当然のことでしょう」

有津は腕を組んだ。そうともいえそうだし、そうでないともいえそうだ。

「そんなことは、お前が聞いたらいいだろう」

「私が聞いてものらりくらり返事するだけで、肝心のことは何も答えないのです」

「お前が聞いて駄目なものを、俺が聞いて話すわけはないさ」

「あの子は貴方の言うことなら割合ききますからね」

牧枝は皮肉な眼を向けた。

「お前達は実の姉妹《きょうだい》じゃないか」

「貴方は監督する立場にあるのに、狡《ずる》くて口喧《くちやかま》しいことは一言も言わないから」

「二十歳にもなったらそう口喧しくも言えまい」

「とにかく私にとっては他人事《ひとごと》ではないのです」

「函館《はこだて》のお義母《かあ》さんには言ったのか」

牧枝の実家は函館にあった。八丸という大きな海産物問屋で姉妹の父が死んだあと、今は兄の代になっていたが母はまだ健在である。

「お母さんなどに言ったらそれこそ吃驚《びっくり》して倒れてしまいます」

有津と牧枝は見合結婚であった。嫁ぐまで牧枝は男を知らなかったらしい。そのことを牧枝は妹にも求めているのかもしれなかった。

「昔とは時代が変っている」

「だからといって放っておくわけにもいかないでしょう」

有津は茶を啜《すす》った。苑子は今日もまだ帰ってきていなかった。

「志賀さんにも一度よく、どういうつもりなのか聞いて戴《いただ》きたいのです」

「お互いにそんなことは考えたうえで、やっているのだろう。それほど心配ならお前から聞けばいいだろう」

「でも、あの方は貴方の後輩で、貴方がこの家に連れて来たんじゃありませんか」

「それとこれとは別だ」

「だって男同士じゃありませんか」

「だから聞けるというものでもない」

自分が先輩で、現実に地位も上である。だからこそかえって言いにくいのだと有津は思った。

「出て行くというのを無理にとめるわけにもいくまい」

「貴方は、とにかく面倒なことは一切したがらない人ですから」

「まあ、そう騒ぎ立てるほどのことでもないだろう」

有津は立ち上った。書斎に入り窓を開けると草木の匂いが部屋に満ちてきた。

ライラックは日本原産の木ではない。原産地はトルコ半島からヨーロッパ南東部のバルカン半島にかけての一帯である。ライラックは英語名で、リラはフランス語である。日本名はムラサキハシドイというこことになるが、これではいかにも味気ない。札幌の人達はこの木をライラックかリラとしか呼ばない。ライラックが北海道にもたらされた明治中期は、いろいろなものが北海道に持ち込まれた時代であった。ポプラ、アカシヤ、ドイツトウヒ、リンゴ、鉄道、馬……そして人々。およそ、当時日本という国へ入ってきた新しいもののほとんどが、この新しい島へも同時にもたらされた。

すべてが他国から来た者同士のサッポロの街に、ライラックはよく似合う。それは菊でも桜でもいけない。明治に築かれたサッポロは、紫色の冷え冷えとしたリラでなければ似合わない。ライラックを見ながら、有津はそんなふうに思う。

植物園事務所の右手には樹齢八十年余のライラックの老木がある。八十年余というのは明治二十五、六年ごろに、すでに大きな株のままソリに乗せて運び込まれたからである。詳しい樹齢は誰も知らなかった。高さ五メートルを越し、こんもりと枝が繁っているので花どき以外はライラックと気付かぬ人が多かった。

この木の蕾《つぼみ》が下から開き始めるのを見ると、有津は初夏がきたと思う。それまでの桜と梅の季節は彼にとっては春であった。

その蕾が開いた日、有津は志賀と植物園の芝生を横切って薬草園の方へ歩いていた。土曜日の午後で閉園時間の五時が近づいていたが、斜陽の当る芝生にはまだかなりの人が残っていた。

「小学校の一年生なんですがね、悪戯《いたずら》ざかりで池の魚でも取ろうとしたんですよ」

歩きながら志賀は言った。

今日の昼過ぎ、植物園に遊びに来た少年が、サクラ林から樹木園に通じる路《みち》の途中の池に誤って落ちて、全身ずぶ濡れになったというのである。落ちたのは勿論、少年の過ちだが、ちょっと間違えば落ちるような状態にしておいたという点で植物園側にも落度がある、と少年の母親が訴えてきた。

有津は大学に行っていて不在だったので、志賀が替って文句を言われ、一応謝ってお引取り願ったというのだが、若い志賀としては納得しかねるらしい。

「そんな可愛い子供なら自分できちんと監督してりゃいいんですよ。それを自分は連れの奥さんとお喋りに熱中していて、目を離しているうちに子供が落っこちたからってこっちに文句を言ってくるなんて、お門違いもはなはだしいですよ」

志賀は行き交う入園者に聞えるのも構わず大声で続けた。

「柵が無いと言ったって、本来自然を生かした植物園に柵があっちゃ可笑しな話ですからね」

ライラック並木を右に見て芝生を抜けると、サクラ林の下り坂になる。樹の間《ま》隠れに水が光り、池に出る。樹木園へ通じる路には橋があるが、少年が落ちたのはその橋の先の上り口の所である。

この辺りの池は以前は湧泉《ゆうせん》があり、幽庭湖と呼ばれて、美しい水を湛《たた》えていた。それが今は水枯れのためにポンプ給水により辛うじてその一部を残しているに過ぎない。そのおかげで水は浅く、池より沼といった感じが強いが、池畔にはミズバショウ、エゾリュウキンカ、クリンソウ、キショウブなどの湿地の植物が生い茂っていた。

「ここから滑り落ちたのだな」

池の畔《ほと》りは比較的急な傾斜になり、その辺りの土は周りの大きな樹木に陽《ひ》を遮《さえぎ》られて黒々と湿気を帯びたままである。

「こんなところに出てくる奴が悪いんですよ」

「柵をするとなると、鉄か何かにしなければいかんな」

「やはり柵をつくるのですか」

「また文句をいわれるとうるさいからね」

「向うの不注意ですよ。勝手に入って、勝手に落ちたんですからね」

「入園料を取っている以上、そう突っぱねるわけにもいかないだろう」

「しかしここにペンキ塗りの鉄の柵を作ったら折角の幽遠な自然園が台無しですよ」

「大衆に開放するということは俗化するということだよ。まあペンキの色は少し地味な色でも考えて周りに合せよう」

慰めるように言うと有津は池を見下ろすベンチに腰をかけた。

「分らない奴が多すぎますよ」

志賀も仕方なく腰を下ろした。陽が樹木園の先の山に傾き、樹の間から斜陽が小さい光の粒となって二人のまわりに散った。五月の半ばを過ぎていたが、樹陰にはまだ底冷えがあった。

「明日は日曜か」

眼の前にイタヤカエデ、ヤマモミジ、ミズナラといった樹々《きぎ》が重なりあっている。どれも黒く節くれだった樹木である。その中に一つ白く透けるように伸びた幹がある。荒々しい男達の間に交って、それだけが女人の肌を思わせて艶《なま》めかしい。

そのブナの樹を見ていて、有津はふと家を出るという苑子のことを思い出した。

「君は知っているかと思うが、苑子が今月で家を出たいと言っているらしい」

志賀の体が微《かす》かに動いたようであった。

「私は別に反対ではないのだが、牧枝が何かと心配していて、一人にして手離すのが不安なのだろうが、君とのこともね」

「…………」

「まあ、君達二人の関係はどういうことなのかと、いうことらしい」

「どういうことって……」

「つまり、苑子に対する君の気持はどうなのかということらしい」

有津は牧枝の言葉を代弁しているように言ったが、それは有津自身が聞きたいことでもあった。

「どうかね」

「僕は苑子さんが好きです」

志賀が前を向いたまま言った。

「そうか、それならいいのだが」

「でも、今すぐ結婚とか婚約ということは考えていません」

「苑子もまだ学生だからね」

「今、自分の気持に正直に言えるのはそれだけです」

「女というのは性急でね、とにかくうるさい。しかし君が苑子を愛してくれているのならそれでいい」

「でも、愛しているからすぐ結婚できるというわけでもないでしょう。愛しているから結婚、という考え方は単純すぎると思うんです」

「そうかね」

「世の中の夫婦が全部愛し合って結ばれているというわけではないでしょう。それにこの頃苑子さんの気持が……」

「君、ちょっと待て」

手で制して、有津は立ち上った。正面の白い肌のブナの樹の先の樹木園から自然林へ向う小路を一人の女性が歩き、その横に八、九歳の少年が従っている。樹林の間を女と子供の姿は切れ切れに移動する。斜陽に女の後ろ半分は明るく前半分は暗く翳《かげ》りになっていた。

宗宮佐衣子ではないか……

樹の葉が光の中に揺れていた。彼はもう一度目を凝らした。信じられなかったが、その細く陰になった横顔は佐衣子に違いなかった。空港と機内で何度も見た顔に違いなかった。

「ちょっと失敬する」

「どうしたのですか」

「その話はまたあとでしよう」

呆気《あっけ》にとられている志賀をあとに、有津は自然林へ通じる小径を下った。

すぐ四、五メートル先を一組の母子連れが行く。和服を着た撫《な》で肩の女性は佐衣子に違いない。その右手を少年が行く。少年の頭は佐衣子の肩口まである。その体は母親に似て細かった。

有津は息を整えた。整えてから一気に追い抜いた。細い道で瞬間、佐衣子は軽く身を捻《ひね》り道をあけた。

振り返り正面から見据えて有津が言った。

「宗宮さんではありませんか」

女は立ち止った。見上げた顔は間違いなく宗宮佐衣子であった。

「有津です。このまえ飛行機で御一緒でした」

ああ、というように佐衣子はうなずいて、

「その折りは失礼致しました」

「いや、こちらこそ」

改めて挨拶を交わすあいだ、少年は手持無沙汰に有津を見ていた。

「今日はこちらへお仕事にでも」

「いえ、僕はずっとこちらの研究室に来ているのです」

「そうでしたか」

佐衣子は浅黄《あさぎ》の紬《つむぎ》に藍地《あいじ》の帯を締めていた。

「お子さんですか」

「はい」

答えてから佐衣子が言った。

「紀彦《のりひこ》ちゃん、先生に御挨拶なさい」

少年は改めて有津を見上げると「こんにちは」とはっきりした声で言った。少年は白い筋の入ったセーターに半ズボンをはいていた。

顎の尖《とが》った顔に二重の大きな眼が見開いていた。鼻筋が通り、子供には珍しく整った顔立ちであったが、右の額に小さな絆創膏《ばんそうこう》が貼られている。

「傷ですか」

「慌てん坊で、学校で柱にぶつかったのです」

佐衣子は笑ったが、少年は面白くなさそうに顔をそむけた。有津はもう一度少年を見た。見ながらあまりの偶然に狼狽《うろた》えていた。

「おいくつです」

「小学校三年です」

「そうですか」

二人は歩き始めた。少年は少し遅れて従《つ》いてきた。

三年生は……、有津は考えた。八歳である。

あれは十年前であった。

「植物園へは度々いらっしゃるのですか」

「私は以前に来たことがあるのですが、この子は初めてなのです。久し振りに見ると、広くて美しいのに驚きました」

「東京とは草も木も随分違うでしょう」

「私もこの子も北海道の草花はさっぱり分らないのです。今日は陽気が良かったので勉強がてら来てみたのです」

路は自然林の茂みを抜けて明るい芝生に出た。五時に近く、芝生に休んでいた人達が起き上り、少しずつ出口の方へ向っていく。

「もう十日もすると、もっと沢山の花が咲き揃《そろ》います」

「こんなこと伺ってもよろしいでしょうか」

佐衣子が立ち止って言った。

「なんです」

「トリカブトというのがございますね」

「ええ、ここの薬草園にもあります」

「いま見て参ったのですが、その草はどんな花をつけるのでしょうか」

「あれは花をつけるのが秋で、碧色《あおいろ》の花です。上の方は帽状で全体として鳥の冠のような形をするのでその名が付いたのです」

「そうですか。この子の理科の教科書に出てくるものですから」

「トリカブトは北海道には縁の深い植物でして、あの根を干したものにアルカロイドという有毒な成分が含まれていて、漢方では神経痛やリウマチにきくとされているのです。ところが北海道では、昔、アイヌが熊を倒すのに矢の先にこれを塗って使ったのです」

「紀彦ちゃん、先生の仰言ること分った」

少年は瞬きもせず、顔には大きすぎる眼で有津を見上げていた。

「花の標本くらいはあるかもしれません。これから探してあげましょうか」

「いえ、お忙しいでしょうから」

三人はまた歩き始めた。有津と佐衣子が並び、その間を少し遅れて少年が従いていた。

「三年前になりますが、〝北海道の草花〟という本を私が書きました。百頁《ページ》ほどの小さなものですが、小学生から一般の人達まで本州とは変った北海道の草花の特徴を知って貰《もら》おうというのが目的で書いたのです。それにはトリカブトのこともよく出ています。家に戻ればあるのですが」

「買わせていただきます」

「いや、もう古いものですから店には出ていないでしょう、今度持ってきてあげます」

「ありがとうございます」

三人の姿がハルニレの影に入って出た。少年が樹の幹を振り返った。

「学校はどちらです」

「円山《まるやま》小学校なのです」

「じゃ、山に近いのですね」

「ええ、公園がございますね、あのすぐ手前なのです」

佐衣子ははきはきと答える。

「私の家は宮の森なので、あの辺りならよく通ります」

芝生が途切れ、その先は正門に続く軽い下り坂になっていた。左へ行くと事務所で右へ向うと温室であった。

「私はあの事務所にいます。研究室もあの中にあるのです」

樹立ちの先に事務室の白い建物が見えた。佐衣子はその建物を少し眩《まぶ》しそうに眺めた。

「よろしかったらお寄りになりませんか」

「でも、もうお時間ですから」

佐衣子は帰っていく人達で混み合っている正門を見た。

「出口のことなら心配はいりません」

「今度また改めて教えて戴きに参ります。ありがとうございました」

佐衣子が頭を下げると、少年が慌てて真似た。

「じゃこの次までにトリカブトの花の標本と本を探しておきましょう」

「申し訳ありません」

「見付かり次第、御連絡しましょうか」

「ええ、でもそれでは勝手ですから私の方から」

「いや、構いません。お電話は何番です」

「でも……」

佐衣子は少し口籠《くちごも》ってから自宅の番号を告げた。

「宗宮さんでよろしいのですか」

「親の家なので尾高《おだか》と言うのです、でも電話にはほとんど私が出ます」

佐衣子がもう一度礼をして背を向けた。斜陽の中を少年がその後に従った。

二人の後ろ姿がニレの樹陰に消えるのを見届けてから、有津は事務所の中の研究室へ戻った。

「お知り合いの方だったのですか」

有津が書棚から植物標本のファイルを取り出している時、志賀が入ってきた。彼はすでに帰り仕度だった。

「あ、君、トリカブトの標本は無かったかね」

「多分、大学の方へ持っていったと思います」

「誰が？」

「村越が来て、たしか秋の頃でしたか」

村越は同じ植物学教室の大学院生で植物の毒性について研究している男だった。

「そうか、仕様のない奴だな」

「急いで必要なのですか」

「ちょっとね」

「明日にでもきいてみます」

うなずきながら、有津はうしろめたかった。

「お帰りになりませんか」

「そうしようか」

有津が机の上を整理しはじめると、志賀がいった。

「さっきの苑子さんのことですが」

「なんだね」

「本当をいうと、僕はこの頃、苑子さんの気持がよく分らなくなったのです」

「そんなこと言ったって、君達は愛し合っているんだろう」

「そうなんですが」

「そんなことは二人でゆっくり話し合えば分ることじゃないか」

すでに有津の頭は佐衣子のことで一杯だった。


宗宮佐衣子が有津の電話を受けて植物園を訪れたのは、それから五日経《た》った木曜日の夕方であった。

佐衣子は少し硬い表情で有津の部屋で向い合って坐った。

「本はこれです。トリカブトの標本はあると思ったのがないのです。大学の方でも調べて貰《もら》ったのですが、持ち出した本人がどこに置いたのか分らなくなって、やはりありません。あまり手近にある花なのでついうっかりしたらしいのです」

有津は机の上に雑多に積み上げてある文献の中から青い表紙の本をとりあげた。

「お手数かけました」

「花の形や、茎のことはその本でもよく出ていますから小学校や中学校程度の理科の勉強には充分役立つと思います。実物は今度、秋に花でも咲いたら見に来て下さい」

「ありがとうございます」

佐衣子は受け取り、本の頁《ページ》を開いた。

「紀彦君はお元気ですか」

「今日も一緒にお伺いするのを楽しみにしていたのですが、昨日辺りから少し風邪気味なものですから置いて参りました」

「それはいかん、熱はあるのですか」

「昨夜軽くあったのですが、今日はもうありません」

「花時の五月の末でも、北海道はまだ肌寒い時があるから、温かいくせに冷える、妙な季節です」

有津は佐衣子を見た。白い壁の部屋に佐衣子がぽつんと坐っていた。高い天井が底冷えを思わせた。

この女《ひと》に自分のが……

有津は微かな震えを覚えた。それは驚きというより怯《おび》えに近かった。

少年の顔が思い出された。都会育ちらしく痩せこけて眼だけが大きかった。骨の発育に肉がついてゆけないといった感じだった。少年の顔は白かった。含羞《はにか》むと眼の縁が朱味《あかみ》を帯びた。大きな眼も、細い鼻梁《はなすじ》も、中程で軽くつき出た唇も、すべて佐衣子のものであった。だが眼から鼻への線や、笑った時の鼻から口の柔らかな表情は、誰のものなのか。

間違いなく、そこには佐衣子と違うもう一人の血が入っていた。

竹岡か、吉村か、俺自身か、一体そのうちの誰なのか……

「紀彦がとても喜びますわ。あの子は植物や昆虫がとても好きなのです」

「私も……」

と言いかけて有津は口を噤《つぐ》んだ。

「毎年、夏になると田舎へ行って、夏休み中戻って来ないのです」

「どこへ行かれるのです」

「蓼科《たてしな》です」

「別荘ですか」

佐衣子はうなずいた。有津は佐衣子の東京での生活を思った。佐衣子と紀彦と、もう一人の男と、あるいはその祖父と祖母と、誰が何を考え、誰が何を望んだのか。

「お子さんは紀彦君、お一人ですか」

「はい」

「一人では淋しいでしょう」

そうとも、そうでないともとれるうなずき方をして、佐衣子は窓に目を向けた。

「もう東京は完全に引き揚げられたのですか」

「ええ……」

「御主人も?」

「わたし達、紀彦と二人だけです」

どうやら佐衣子が少年と実家に戻ってきていることは間違いなさそうである。蓼科へ一緒に行った男は死んだか、別れたか、佐衣子の許《もと》にいないことだけはたしからしい。

「北海道の方が空気も自然もきれいですよ」

不躾《ぶしつけ》な質問をした言い訳のように有津が言った。

「ご本のお代はこの定価のとおりでよろしいのでしょうか」

「いえ、いりません」

「でも、それでは勝手すぎます」

自分が少年に与えるのは当然なのだと有津は言いたかった。

「本当にいらないんです」

有津が首を振った時、ドアがノックされて、志賀が入ってきた。だが女性客がいるのを知ってドアの入口で立ち止る。

「失礼しました」

「何か」

「いえ、急ぎませんから後でまた」

志賀は軽く頭を下げて出ていった。

植物園の閉園を知らせるチャイムが鳴った。部屋の中の時計は正確に午後五時を示していた。傾いた陽に窓際の樹の葉の一つ一つが光を返していた。

「本当にいりません。しまって下さい」

机の上に眼を戻すと有津はもう一度言った。

「そんなつもりで持ってきたのではありません」

「それではお言葉に甘えて、戴きます」

佐衣子は本を風呂敷に包んだ。

「このあとは、まっ直ぐお帰りですか」

「別に寄るあてはございませんけど」

「よろしかったら途中まで御一緒しましょうか」

「はい……」

有津は事務所へ行き、帰る旨を告げてから部屋へ戻り、机の上に積み上げた本の中から三冊の本を鞄《かばん》におし込んだ。

「沢山ご本がございますね」

「味気ない本ばかりです」

「樹や草に囲まれているのですもの、羨ましいですわ」

「いつもこうしていると、こんな環境が当り前のことのように思えてきます」

事務室を出ると正面にライラックがあった。その根の辺りを躑躅《つつじ》の赤い花弁が埋めていた。

「随分大きなライラックですね」

「この根の下にはソリが埋まっているのです」

「ソリが……何故《なぜ》です？」

「明治の半ばにこの木の株をソリで運んできたのです。あらかじめ穴を掘ってあったのですが、株が大きすぎておろせなくて、そのまま埋めたというのです」

佐衣子は可笑しそうに笑った。

「ソリはもう土になってしまったでしょうね」

「ライラックの根が食べてしまった」

事務所の女性が二人、「さようなら」と声をかけて通り過ぎていった。閉園時間を過ぎて人影のなくなった芝生は静まりかえっていた。繁みの奥から市内電車の音が微かにきこえてきた。

「リラの花は下から咲いてくるのですね」

新しい発見をしたように佐衣子が言った。

「小さな花が数十個寄り集まって一房になります。むずかしく言うと脈状円錐《えんすい》花序といって、直立する房咲きです」

「リラの花が咲くのを見るのは七、八年ぶりです」

佐衣子は花に触れながら言った。

「その間はずっと東京だったのですか」

「八年になります」

佐衣子は少し首を傾けて言った。開いた花の紫はまだ淡かった。

「この花冠の先が五つに切れているのがたまにあります。その五裂の花はラッキーライラックと言って、その花を呑み込んでしまうと、愛する人は永久に自分に対する愛を変えない、という言い伝えがあるのです」

「呑み込むのですか」

佐衣子は花房の中を探った。花をつけた枝葉が微かに揺れた。

「ありませんわ」

「勝手なおまじないですよ」

諦めて佐衣子は手を戻した。正門脇の小さな柵から二人は園外へ出た。

アカナラの茂みの下を行くと北一条に出た。山へ一直線に通じる広い道路には並木が二重に続いている。外側は銀杏《いちょう》で内側はニセアカシヤであった。

「よろしかったら食事でもいかがです」

交叉点《こうさてん》の手前で有津が言った。

「でも私は……」

「お急ぎでなければ付き合って下さい」

「………」

信号が赤から青に変った。二人は広い道を横切った。舗道に人々の影が長い尾を引いた。夕暮にしては空が晴れすぎていると佐衣子は思った。

ビルの下のレストランで二人は食事をした。有津は空腹を覚えたが佐衣子はあまり空いていないと言って蟹サラダだけにした。

「ビールはいかがです」

「すぐ赤くなって、いけないのです」

「一杯くらいならいいでしょう」

構わず有津は注《つ》いだ。

「すっかりお仕事のお邪魔をしてしまいました」

「そんなことはありません」

「家できっとあきれています」

「時々街に出られるのですか」

「滅多に出ません。でも今日は病気の子供を置いたままですから、家にちょっと電話をかけてきます」

佐衣子は入口の近くの電話に行ったが、じき戻ってきた。

「まだ悪いようでしたか」

「おかげさまでもう平気なようです。慣れない街に来て少し疲れたのだと思います」

客がたて混んできて周りの席は一杯になった。佐衣子と向い合って食事をしていることが有津には不思議だった。

「先生はお子さんは？」

佐衣子が尋ねた。

「女の子が一人です」

「おいくつですか」

「五つになりました」

「じゃ可愛いさかりですね、何と仰言るのです」

「久美子です」

「今度会わせて下さい」

スプーンを持ったまま佐衣子が言った。

五

露崎産婦人科医院は札幌の南郊、藻南《もなみ》公園の近くにある。

かつてアイヌ語で札幌川(サッポロベツ)、乾いた大きな川と呼ばれていた豊平川が、海に近く開けた扇状地に札幌市は開けたが、この扇の要に当る部分が藻南公園の辺りである。

街の中心部では広い川床を見せる豊平川も、この辺りでは川幅も狭まり、流れもやや激しい。だが水量は開拓当時の豊かさはない。

川面の変化とともに、山の位置もこの辺りでは余程違う。都心部では西に遠く望めた山並が、この辺りでは扇の要そのままに内側にせり出し、川の近くまで迫っている。川を目前にして山裾が途切れた形が、軍艦の舳《へさき》に似ているところから、その突端は「軍艦岬」とも呼ばれたが、終戦とともにその名もすたれた。豊平川の上流はこの先、山峡を抜けて定山渓《じょうざんけい》という温泉郷に達する。

露崎産婦人科医院はこの山峡から抜け出たばかりの川と、後ろに迫った山との中間にあった。樹木の多い札幌でも、この辺りはさらに川と山に近く、都心部にはやや離れていたが住むにはよい所だった。

佐衣子とレストランで別れた一週間後、有津は意を決して露崎医院を訪れた。院長の露崎政明は有津が学生時代、サッカー部の先輩で親しかったので、三年前に開業した時に元の部員達と一緒に一度訪れたことがある。だが訪れたのはそれだけで、それ以後、サッカーの試合見学で二、三度会ったことはあるが家にはいっていない。

「随分久し振りだな」

露崎はあらかじめ電話をよこしたとはいえ、突然現れた後輩を懐かしそうに迎えた。

「今は大学は？」

「ずっと植物園の方です」

「そうか、そりゃいい。うるさい爺さん連中とは別居したというわけだな」

露崎はウイスキーのボトルをとり出して二つのグラスに注《つ》いだ。

「今日は、患者さんは？」

「入院といっても皆堕《おろ》すのばかりだからね。まあどうってこともないんだ」

「患者さん、多いんでしょう」

「いや、少ない。こんなところで開業する奴は馬鹿だよ。大体、こんな住宅地の病院に堕しに来る奴なんかいないさ。産婦人科はやはり街の小路の入りくんだ先の、なにやら分らんところでやるのがいいんだ」

「そんなもんでしょうか」

「やましい者が来る所だからね」

露崎はグラスを持ったまま笑ったが急に真顔になって言った。

「君もその類いか」

「いや、私は別に……」

「しかし滅多に現れぬ男が、突然やってきた。くさいと睨《にら》むのが医者の勘だ」

露崎はオンザロックを飲んでから、

「まあいい、合宿で一緒に釜の飯を食った仲だ。隠すことはない、いってみろ」

「大したことじゃないんですが、実は父親と子供のことです……」

「なんだ、はっきりいえよ」

「要するに、子供を本当に自分の子供だと断定するには、どうしたらいいんでしょうか」

「あまり穏やかな話じゃないね」

「私のことじゃないんです。ちょっと友達に聞かれたものですから」

「本当か」

「嘘じゃありません」

「まあいい、それでその父も子も札幌にいるのか」

「ええ……」

答えながら有津は年甲斐《としがい》もなく顔が赤らむのを覚えた。

「まあ一番手っ取り早くて簡単なのは血液型を調べることだがね。ただこれは正しいからといって、そうだと断定するわけにはいかない」

「といいますと」

「例えばA型の父とO型の母とからはAかOの子供しか生れない。これがBの子であったら父親は別の

B型の男ということになる。だが父親が別人でも同じA型の人は何人もいるからね。要するに逆もまた真というわけにはいかないわけだ。ＡＢＯといった簡単な分類だけでなく、A型の中のなに、というように、細かな分類まで追えばもっと正確に分る。だがこれはかなり面倒だ」

「ここではできませんか」

「できん。他に唾液を調べるとか、組織の反応をみるとかいくつかの方法がある。だがどれも簡単ではない。その子は幾つかね」

「八つか九つです」

「それなら顔を見るのが簡単で一番確かだ」

「しかし顔だけでは……」

「いや、これが意外に確実なんでね。二人並べてじっと見たらすぐ分る。実の父子《おやこ》なら必ず似てるところがある。君はその二人を見たんだろう」

「いえ……まだ」

「本人がその子を見るんじゃ難しい。自分ではなかなか分らない。しかし他人が見たら分る。やはり他人の眼の方が客観的で正しいのだ」

露崎はまたウイスキーを飲み込んだ。学生のときから大きかったが、開業してさらに一廻り大きくなっていた。

「こんな素人《しろうと》っぽい方法では不満かね」

「血液型を見るにはやはり、血を採らなければなりませんね」

「この頃は血液型くらいはたいてい知っているはずだが、その子はどうなのかな」

「さあ……」

「父子というのは本当に似るものだ。今に歩き方や酒の飲み方までそっくりになるぜ」

有津は口元までもっていったグラスを止めた。

「君の子供はたしか女だったね」

「そうです」

露崎はうなずき、それからかすかに笑った。

「じゃ違うな」

「冗談じゃありませんよ」

「しかし、男親というものはたまにそんな疑問にとらわれるものだ。ワイフにこれはあんたの子よ、と言われればそれまでだからね」

「私のことじゃないんです」

「まあいい。なんだったら一度連れて来いよ。俺が冷静な眼で見てやる」

「そのうちに……」

夜のガラスに有津の顔が映っていた。顔の奥で庭の茂みが揺れていた。葉を近づけているのはリラのようであった。ガラスの中に少年が浮び、佐衣子が現れた。

「しかし君もいろいろ苦労するな」

「違うって言っているでしょう」

「そうむきにならなくていい。男の気持は男が一番よく分る」

宗宮佐衣子のことだと有津は正直に言いたかったが、そのことを言えば露崎に叱られることは目に見えている。

相手の女性を探さない、というのが十年前の露崎との約束であった。

「どっちにしてもあまり深入りしないことだ」

露崎はさらに二つのグラスに氷をつぎ足した。子供の話はそれで途切れ、あとはサッカーと昔の部員達の話になった。そんな話は有津にとってはつけ足しでしかなかった。

一時間で有津は露崎の家を辞した。

夜は暖かかった。コートを着ると暑いほどだった。だが脱いで背広だけになるとうすら寒い。体の中に暑さと寒さが同居していた。

空には月も星もなかった。風はあるとも思えなかったが生垣を行く時には風があった。露崎の家から広い国道まではゆるい下り坂になっていた。路《みち》の左右には大きな邸宅があるかと思えば小さな家があった。ところどころ櫛《くし》の歯が抜けたように空地がある。

夜の中に草の匂いがあった。思い出したようにある街灯の下を歩きながら有津は佐衣子を思った。

露崎の家を訪れたのは、少年が自分の子かどうか、確かめたいからであった。それを知れば気持が落ちつくと思った。佐衣子と近づいたのも、彼女が自分の子供を育てているかもしれないという期待と怖《おそ》れからであった。少年のことさえ知ればいいのだと思った。

それは父である可能性をもった男として、当然の願いだと思った。

だが露崎の家を出てから有津は自分のなかに、少年のことだけを知りさえすればいい、という気持だけではないものを感じていた。それを確かめたいと思いながらそれを知ってしまえば、すべてが終ってしまうという怖れがあった。それだけでは物足りなかった。

有津は立ち止り、街灯の光の下で煙草の火をつけた。つけながら自分に問いかける。

一体お前は何を求めているのか。

暗い空の中で雲が動いていた。暑くもない寒くもない風が過ぎていった。すべてが動いている中で辺りは驚くほど静かであった。

「佐衣子だ」

暗い地底から引き出すように有津はその言葉を呟《つぶや》いた。それから思い出したように小路を、明るい光の交叉《こうさ》する広い道へ向って歩き始めた。

家に着いたのは十時だった。

久美子はすでに寝て、妻の牧枝は茶の間でテレビを見ていた。

露崎の家の前の小路から明るい道に出て、賑《にぎ》やかな街を通り抜けて、再び山手の暗い道を車で来た。夜道に慣れた眼には茶の間の光は明るすぎた。

「おかえりなさい」

有津は明るさを避けるように背を向けると、背広を牧枝に手渡した。

「御飯は、どこかで食べていらしたの」

「ちょっと、昔の友達と会った。軽いお茶漬でいい」

有津は着物に着替え、テーブルの前に坐り夕刊を開いた。牧枝は流しで夕飯を整え、お盆に載せてもってきた。有津は新聞を見ながら箸をとった。

「今夜、志賀さんが見えたわ」

半ばほど食べ終ったころ、牧枝が思い出したように言った。

「七時頃かしら、貴方《あなた》に電話があったのよ。いないと言ったのですけど、何か用事がありそうだったので」

「…………」

「苑子のことでお話ししたいと仰言《おっしゃ》るものですから、貴方はじき帰ると思ったので、お呼びしたのです」

「それでなんだと言うのだ」

有津は新聞から目を離さずに聞いた。

「苑子がアパートを借りることは志賀さんは知らなかったというのです」

「相談していないのか……」

「ええ」

「しかし、彼と自由に逢いたいためだと、お前は言ったじゃないか」

「私はたしかにそうだと思っていたのです。でも最近、志賀さんは苑子とはあまり逢っていないというのです」

「じゃ苑ちゃんは毎晩どこへ行っているのだ」

「志賀さんの話では苑子に誰か他に好きな人がいるのではないか、というのです」

「まさか」

「あの方が嘘をついているとは思えません。第一、私達に嘘をつかねばならない理由がありません」

有津は新聞を前に腕を組んだ。若い者達は何を考え、何をしようとしているのか、有津には見当がつかなかった。

「帰ってきているのか」

有津は二階の方へ眼を向けた。

「いいえ、まだです」

「彼の他につき合っている男がいるというのはどうして分ったのだ」

「そこはあの方もはっきり言わないのですけれど、苑子はこの頃少しおかしいというのです」

「どういうことだ」

「時々約束をすっぽかしたり、志賀さんを避けるところがあると仰言るのです」

茶を啜《すす》りながら有津は、以前、志賀が言いかけたのはこのことであったのかもしれないと思った。

「俺も彼には少し聞いてみたことがあるのだが」

「いつ？」

「十日ほど前だ。その時彼はちょっと妙な言い方をしていた。苑ちゃんは好きだけれど結婚は考えていないというのだ」

「そんなことを言ったのですか。二人は体の関係まであるはずなのですよ」

「あったってそう思うのかもしれん」

「だって貴方、苑子は女ですよ、男とは違うのです。何故《なぜ》だと仰言るのです」

「その先は聞かなかったが、苑ちゃんの態度に原因があるのかもしれない」

「苑子は小さい時から末っ子で甘やかしすぎたのだわ」

有津は再び新聞に目を戻した。その時、ドアの開く音がした。

「苑子だわ」

牧枝が有津に目配せした。苑子の部屋は二階にあった。そこへ行くには二人のいる茶の間の横を通らなければならない。小さな物音がしてから忍ぶような跫音《あしおと》が近づいてきた。待ち構えたように牧枝が言った。

「苑ちゃん」

跫音が止り、しばらくして襖《ふすま》越しに苑子の声が洩《も》れた。

「なあに」

「御飯は?」

「食べてきたからいいわ」

「ちょっと、こちらへいらっしゃい」

「なによ」

牧枝が襖を開けた。眼の前に苑子が立っていた。斜めに向けた苑子の顔は軽く朱味《あかみ》を帯び、カールのかかった髪はいくらか乱れていた。

「あなた、もう十一時よ」

「…………」

「学生が毎晩こんなに遅くまでどこへ行っているの」

苑子は顔をそむけた。ミニスカートから細く形のよい肢《あし》が伸びきっていた。その太腿《ふともも》に有津は男の匂いをかいだ。

「姉さんあんたのことが心配で、このところ眠れないのよ」

苑子はブックホルダーを脇に抱えたまま黙りこんでいた。

「まあお坐りなさい。今夜、志賀さんが見えたのよ」

瞬間、苑子の眼がかすかに動いた。

「貴女《あなた》とうまくいっていないって言ってらしたけど、本当なの」

苑子は相変らず横を向いていた。軽く上を向いた鼻がいかにも愛らしい。

「喧嘩《けんか》でもしたんじゃないの。それともどなたか別に好きな人でもできたの？」

牧枝は縋《すが》るように立ったままの苑子を見上げた。

「貴女はまだ学生なのですよ。まだ親から送金して貰《もら》っている身でしょう」

「今日は疲れているから明日にして」

「苑ちゃん」

牧枝が呼んだが、苑子はくるりと向きを変え、階段へ向った。そのまま上っていく跫音が聞えて消えた。

「こうなのですから」

牧枝は腹立たしげに立ち上り、襖を閉じ坐り直してから言った。

「明日はきっとあなたから聞いてください」

有津は腕を組んだまま、頭は佐衣子のことを考えていた。

六

宗宮佐衣子は午後三時に、山に近い円山の実家を出ると車で真っ直ぐ四丁目へ向った。四丁目は駅前通りと南一条通りの交叉《こうさ》する十字路で、札幌で最も人通りの多い場所である。

佐衣子はその角で車を降りると交叉点を渡り、向い角の三越デパートへ入った。六月に入って間もなかったが、表に面したショーウインドーには、夏を呼ぶワンピースやブラウスが色とりどりに展示されていた。

陽《ひ》は明るいがまだ力がなく、東京で言えば五月の初めの陽気だった。陽が雲から抜けた時だけ、そこは息づき、雲へ入るとまた、沈んで見えた。

夕方には間のある午後のデパートはさほど混んではいない。佐衣子は入口の左手にあるネクタイ売場に向った。ざわめきの中に店内放送が催し物の案内をしていた。

佐衣子がケースの前に立ち止ると、女店員が近づいてきた。

「贈りものですか」

「ええ」

「何歳くらいの方でしょうか」

「三十四、五歳かしら」

ケースを見ながら、ネクタイ売場に来たのは何年ぶりかと佐衣子は考えた。

夫と婚約した時、一度だけ一人で来て買い求めたことがあった。やはり札幌のこのデパートで、その時、山にはまだ残雪があった。すると今より少し早い四月の末頃であったかもしれない。ネクタイの地は絹で淡い青地に白のストライプが入っていたことまで覚えている。それから十年経《た》っていた。

「こんなのは如何《いかが》でしょうか」

女店員がケースの上に二種類のネクタイを並べた。一つは紺地に白い二の字が走り、一つは格子縞《こうしじま》であった。

「これなぞはすっきりしていて、これからの季節には、よろしいかと思いますが」

女店員は紺地に白い斑《ふ》の走ったネクタイを胸元にかざした。ネクタイの上に佐衣子は有津の顔を思い浮べた。

「こちらになると、少し難かしくなるかもしれません。少し柄が大きいので、シンプルなのをお好きな方には向かないかもしれません」

あの人は、と佐衣子は思った。肥《ふと》ってはいないが骨組みはがっしりしていた。かつての夫のような脆《もろ》さはなかった。

「落ちついた感じの方でしたら、こんなのも宜《よろ》しいかと思いますが」

女店員はさらに新しいのを二つとり出した。小さな縞模様の西陣織りであった。

佐衣子は女店員の掲げたネクタイをしばらく見ていたが、再びケースへ眼を戻した。たしかに落ちついてはいるが、地味すぎた。女店員は仕方なくいま掲げたネクタイを元へ戻した。

ケースの右端に浅黄色に蘇芳《すおう》に近い赤が、斑《まだら》に浮いているのがあった。織り方は麻のように粗い。

「それを見せて下さい」

佐衣子が指で示すと女店員はケースの中からとり出した。

「とてもしゃれてますわ」

「若すぎますか」

「いいえ、赤が沈んでますから、四十歳でも可笑《おか》しくはありません」

「じゃ、それにして戴《いただ》こうかしら」

女店員はネクタイを持ち、レジの方へ消えた。三本のネクタイがケースの上に残されていた。どれも紺か白の落ちついた配色であった。

何故《なぜ》、買ったのだろうか。

ネクタイを受け取ってから、佐衣子は買ったことにこだわっていた。

本を戴いたお礼なのだ。

家を出る時、佐衣子は自分に言いきかせた。その理由で充分なのだと思った。だが、いざ手に持つと余計なことをしたような気がしていた。

出すぎたことではないだろうか。

歩きながら、佐衣子は地色に蘇芳の赤が浮いていたのを選んだ自分の心が無気味だった。

佐衣子が植物園に着いた時、有津は部屋に居なかった。

「もうじき戻りますが、呼んできましょうか」

一度顔だけ見たことのある志賀が言った。

「お仕事でしたら、宜しいのです」

「この建物のすぐ裏にいますから、よかったらそちらへ御案内しましょう」

「お邪魔でしょうから、私はここでお待ちします」

午後に訪れることは今朝方、電話をしたから有津は知っているはずであった。

「仕事といっても、池を見ているだけです」

「池をですか？」

「池に泥炭を埋めてあるのです。一度御覧になっては如何です」

有津が泥炭の研究をしていることは知っていたが、泥炭というものを佐衣子はまだ見たことがなかった。

「本当に構いませんか」

「大丈夫です」

志賀は先に立って歩き始めた。佐衣子はそのあとに従った。

初夏の陽が白い壁の一角に溢《あふ》れていた。樹《き》の繁みの陰で、湿気をおびたままの黒土を行くと事務所の裏手に出た。佐衣子の肩口ほどもあるイボタが小径《こみち》を埋めていた。径は軽い下りになり、土の上の枯木をまたぐとその先に小さな草地が開けた。

「有津先生、お客さまです」

志賀が声をかけた。佐衣子が顔を上げるとウドの葉の先に有津の顔が見えた。

「お連れしました」

草地の中程に五メートル四方の池があり、その池のコンクリートの縁に有津は立っていた。

「お邪魔ではありませんか」

「いや、ただ池を見ていただけです」

「じゃ、私は失礼します」

そう言うと志賀はいま来た道を戻っていった。志賀の姿がイボタの先に隠れてから佐衣子が言った。

「お部屋でお待ちしていようと思ったのですが」

「たまに外もいいでしょう。ここは職員以外は来ませんから」

池を中心に十坪に満たない草地は丈高い雑草に囲まれ、その周りはさらに鬱蒼《うっそう》とした樹木が取り巻いていた。

「この水の下にあるのが泥炭です」

池といっても浅く水が張ってあるだけで、その下に土と枯草が入り混った土壌が、敷石ほどの大きさに、四角に切り刻まれて沈んでいる。

「この土がそうなのですか」

「手前のが札幌に近い篠津《しのつ》泥炭地のものです」

「泥炭にもいろいろと種類があるのですね」

「出来た土地によってさまざまです。その右手のは千歳川流域のもの、その先にあるのが今少し前、車で着いたばかりのですがサロベツ原野のもので、黒味の多いのが第一層です」

「色も違うのですか」

「層によって違います。その隣は少し褐色がかっているでしょう。第二層のヨシの泥炭で、多量の鉱質土壌を含んでいるのです」

説明を聞いても佐衣子にはどれもが同じ土としか見えない。

「第二層で大体、地表から十二ないし三十センチくらいの深さの部分です。このあたりのは有機物を六〇パーセントくらい含んでいるのです」

有津は水の中に手を入れ、泥炭の端をむしり取った。

「この中に死んだ植物が混っています」

掌《てのひら》の上にのせた土塊《つちくれ》を、有津は大事なものでも撰《え》り分けるようにゆっくりとくだいていく。いかにも楽しそうだ。

「これはたしか燃えるはずでしたね」

「そうです。戦時中、燃料が不足した時には燃やしたものです」

佐衣子の泥炭への知識といったらその程度のことしかなかった。

「結局、泥炭というのは何なのでしょうか」

「これの定義も専門的に言うとなかなか難しいのですがね、簡単に言うと、多少腐植化した植物の残りが自然に集積してできた土壌で、その有機物の含量が五〇パーセントを下らないもの、とでもいうことになりましょうか」

「北海道だけにあるのですか？」

「樺太《からふと》にも満州にもありました。要するに寒い土地の川の流域に多いのです」

佐衣子は有津と並んで池の傍に蹲《かが》むと水面から出ている泥炭の表面に手を触れた。

「寒さが有機物の完全分解を妨げ、その上にまた地下茎が生え、また葉が落ちるといったことをくり返して出来るのです。だからこの土壌は排水が悪く、作物ができにくいのです」

「でも札幌の辺りは何でもできているんじゃありませんか？」

「いえ、今のようになるまでが大変だったのです。客土といって良い土を重ねたり、排水に工夫をこらしたり、肥料を研究したりと、ずいぶんと苦労を重ねたのです。この何の変哲もない土壌が、北海道の開拓者を苦しめたことは測り知れません。この土塊にも先人の血と汗が滲《にじ》んでいるはずです。北海道の農業は泥炭地開発の歴史そのものです」

有津は手で千切ったヨシをそっと池へ戻した。

「つまらん話をしました」

有津は佐衣子と一緒であるのに急に気付いたように立ち上ると、泥炭で汚れた手を池の水で洗い、その手をハンカチで拭いた。微《かす》かな風が周りの繁みを揺らせた。

「本日は、この前のお礼を申し上げるつもりでやって参りました」

「お礼？」

「ご本を頂戴しました」

「あれは私の余った本です」

「これ、つまらぬものですが」

「なんです」

有津は差し出された細長い箱を手にとった。

「ネクタイです。お気に召さなければ取り替えて下さい」

有津は少し眩《まぶ》しそうに佐衣子を見返して、

「開いてよろしいですか」

「どうぞ」

繁みの中で有津はケースを開いた。佐衣子は眼をそらした。池の中に泥炭の表面が光っていた。

「これはいい」

いわれて佐衣子が顔を戻すと、初夏の光の中で有津はネクタイを胸元に当てていた。

「どうです」

「よくお似合いです」

目鼻立ちのはっきりした有津の顔の下に、浅黄と蘇芳のネクタイが下っていた。沈んでいると見えた蘇芳の赤は、戸外の光で見ると浮き立って見えた。その斑を見ながら佐衣子は顔を赧《あか》らめた。

「それでは遠慮なく頂戴します」

有津はケースにしまい込み、小径の方へ歩き始めた。

「紀彦君はお元気ですか」

「ええ、おかげさまですっかりよくなりました」

「それはよかった」

有津は血液型のことを思った。聞こうと思ったが言い出しかねた。

「あのご本はもう全部読んでしまいました。とても勉強になったと喜んでいました」

「今度書く時はもう少し、きれいな図のあるものにしたいと思っています」

カエデの木に早蟬がきて鳴いていた。エゾツツジの横を抜けると事務所の正面だった。

「寄っていきませんか」

「いえ、ここで失礼します」

「少しならいいでしょう」

「でも、今日はすぐ帰るつもりで参りましたから」

園丁が一人、草刈り機を押しながら近づいてきた。

「とにかく、ここでは可笑しい」

佐衣子は有津に従って事務所の正面の二階の階段を上った。上りながら寄っていくのは草刈り機を持った園丁のせいだと思った。

「今月の半ばから、しばらく札幌にいません」

部屋に入り、緑のシェイドを開きながら有津が言った。

「どこへいらっしゃるのです」

「サロベツ原野です。泥炭の仕事で、開発局の総合調査班に加わるのです」

「どれくらいですか」

「一カ月の予定です。途中で一、二度帰って来れるかもしれませんが、またすぐ戻らねばなりません」

「サロベツというと……」

「天塩川《てしお》の河口ですから、稚内《わっかない》に近いのです」

稚内という土地に佐衣子は行ったことはないが、札幌から急行でも七時間はかかるときいたことがある。

「その準備で今日、五時から大学側と簡単な打合せがあるのです。一時間で終りますが、どこか街で時間をつぶしていてくれませんか」

有津が真っ直ぐ佐衣子を見詰めた。

「でも……」

「一度、ゆっくりお話ししたいことがあるのです」

「何でしょうか」

「その折りに……」

有津が時計を見た。机の上の置時計は五時を示していた。

「二、三日中にでも、また出直して参ります」

「では明後日《あさって》、七時はいかがです」

「承知しました」

「エルムを御存じですね、あそこで」

有津は薄野《すすきの》に近い大きな喫茶店の名を言った。

「よろしいですね」

「はい」

答えながら佐衣子は有津の喉《のど》を見ていた。


佐衣子が家へ戻ると五時半であった。紀彦は遊びに行ったまま、戻っていなかった。

「速達が来ていましたよ」

母が茶の間の簞笥《たんす》の上から手紙を持ってきて渡した。

差出人は義母の宗宮しげからだった。佐衣子は外出着のまま庭の見える茶の間のテーブルの前でそれを読んだ。

近況が簡単に書いてあった。東京は梅雨《つゆ》のさかりで鬱陶しいとあった。それからすぐ、紀彦の除籍のことにはやはり賛成できない、貴女《あなた》がどうしてもと言うなら紀彦だけでも戻して欲しい、と書いてある。

その後は紀彦のことばかりであった。

「なんと仰言《おっしゃ》っているのです？」

母が、読み終ったのを見計らったように台所から声をかけた。

「また、紀彦だけは離したくないというのです」

佐衣子は夕方の明るい庭を見ながら言った。

「そんなことを言っても、この前、東京へ行ってお話しした時には、了解して下さったのでしょう」

「それが考えるうちに気が変ったというのです」

「じゃ、貴女だけは籍を抜いていいというのですか」

「そういうことらしいのです」

「それでは母と子を離すことになるじゃありませんか」

母が佐衣子の前に来て坐った。

「紀彦が可哀想じゃないのかね」

それはそのとおりであった。だが五年間可愛い盛りを紀彦と一緒に過してきた義母の気持を我儘《わがまま》とだけも言いきれないと佐衣子は思った。

「一度約束しておいて、破るなんて卑怯《ひきょう》でしょう」

「卑怯とか、約束を守らないなどということではないのよ。とにかく離したくないのね」

「まさか、あんたまで戻る気なのではないでしょうね。克彦《かつひこ》さんもいないお姑《しゅうとめ》さんだけの家に」

「お母さん、私は何もそんなこと言ってないじゃありませんか」

実家には老夫婦と、佐衣子の五つ下でまだ独身の弟しかいない。佐衣子母子がきてようやく賑《にぎ》やかになったところで、今更、母が紀彦を東京へ戻したくない気持も佐衣子には分る。

「そんなことを言ってきても返事をする必要はありませんよ。一度は籍を抜くとはっきり仰言ったのですから」

「お義母《かあ》さんは淋しいのですよ」

「でもそれだけであんたと紀彦ちゃんの将来まで縛る権利はないでしょう」

佐衣子は庭を見ていた。籍のことはもうどうでもいいような気がしていた。

「しかし可笑しな話ね、紀彦とは何の血の繋《つな》がりもないというのに」

母があきれたように言った。

「籍があるというだけで……」

それもそうだと佐衣子は思った。

「いざとなったら、はっきり言ってあげた方がいいかもしれないわ」

「なにを？」

「紀彦のこと」

庭の右手のヤマモミジの前にリラがあった。

モミジの繁みの故《せい》で、リラの紫は一層際立っていると佐衣子は思った。

七

土曜日の夕方、佐衣子は奥の八畳間で鏡に向っていた。庭に面している雪見障子にうつる樹影から、陽《ひ》が傾いているのが分った。振り返って簞笥《たんす》の上の時計を見ると午後六時を廻っていた。

佐衣子が腰紐《こしひも》を結び、身八つ口から手を入れて、お端折《はしょ》りの形を整えている時、陽の陰った障子が開いた。縁から上って現れたのは紀彦だった。

「ママ、どこへ行くの」

「ちょっと、お出かけよ」

「僕も行く」

「駄目よ、今日はママ一人でお仕事があるのですから」

「いやだ、いくよ」

「お婆ちゃんと一緒にいなさい。帰りにお土産を買ってきます」

「何時に帰るの」

「さあ、九時頃になるかしら」

答えながら、有津と逢うのに、そんなに遅くなるわけはないと思った。

「じゃ、零戦《ゼロせん》のプラモデルを買ってきて」

「零戦？」

「そう、日本の飛行機だよ」

佐衣子は胸もとのふくらみを見せるため、乳首の脇でタックをとってから紐をかけた。

「分った？」

「分ったわよ」

話がついても紀彦はまだ敷居の上に立っていた。佐衣子は紀彦の視線を感じて縁の方を見た。

「さあ、遊んでらっしゃい」

「じゃ、頼んだよ」

紀彦は縁に降りかけたが、急に思い出したように振り向いた。

「本当に九時には帰るんだろうね。ママが帰ってくるまで起きてるよ」

「先に休んでいていいのよ」

「嫌だよ」

佐衣子はすぐ紀彦の気持を察した。

「そんなに大きくなって一人で寝られなくてどうするの、皆に笑われるわよ」

「いいよ」

紀彦は庭にとび降りて消えた。紀彦の気の弱さは男親がいない故《せい》かもしれなかった。

それにしても子供に嘘をついてまで出かける必要があるのか。

鏡に向いながら佐衣子は少し憂鬱になった。

出かけるのは止《よ》そうかと思ったが、いまさら断るのも悪い。

着物は山吹色に萌黄《もえぎ》の交った手織りつむぎだった。その上に地織りの帯を締めた。胴を締めて佐衣子の気持は定《きま》った。

「行って参ります」

「あまり遅くならないように」

流しで夕飯の支度をしていた母が玄関まで送ってきた。

「古いお友達が集まって、ただお喋りをするだけです」

ここでも嘘をつかねばならないのは面倒だと佐衣子は思った。

約束の「エルム」という喫茶店へ佐衣子が着いた時、有津はすでに来ていた。テーブルの上の灰皿には吸い殻が一本置かれ、コーヒーは半ばほど減っていた。

「お待ちになりました?」

「いや、僕が少し早く来すぎました」

時計を見ると七時十分前だった。

「飯はまだですね。食べに行きましょう。何が好きですか」

「私は何でも」

「実は僕は和食の方が好きなのです。小さいところですが、僕の知っている小料理屋があります。そこへ付き合って下さい」

有津は伝票を持って先に立ち上った。

街には暮れる寸前の明るさがあった。

土曜日の故か若い二人連れが目立つ。佐衣子は有津の二、三歩後ろから従《つ》いていった。

薄野の電車通りの手前の小路を右へ曲った中程にその店はあった。入口には「まりも」と暖簾《のれん》が出ている。

入るとすぐ、「いらっしゃい」という板前の威勢のいい声がとんできた。

「上はあいてるかな」

階下は縦に長いスタンドで、入口からすぐ二階へ上れるようになっていた。スタンドはほぼ満員である。

二人が坐ったのは三畳ほどの小綺麗《こぎれい》な座敷だった。開け放たれた窓から道を挟んで隣の軒端《のきば》が見える。

夜風が入ってきて佐衣子はようやく落ちついた。

小女《こおんな》が注文を取りに来た。

「僕は酒にしてくれ、貴女《あなた》は」

「ジュースを」

「いや、酒でいい、酒にして下さい」

「飲めません」

「日本料理だから酒を飲むべきなのです」

変な理屈だと佐衣子は思った。

「それから、親爺《おやじ》はいるのだろう。料理は親爺に任せると言ってくれ」

少女はうなずいて出ていった。

「これ、とても似合うと言われました」

二人になって、有津は胸を張ってネクタイを示した。

「御迷惑ではなかったかしら」

「どうしてですか」

佐衣子は有津の妻のことを考えていた。有津からはうかがうべくもないが、美しい女《ひと》なのだと思った。

「貴女はセンスがいい、着物の選び方がとくによろしい」

「からかわれては困ります」

「からかっているのではありません」

戸が開き、大柄な男が顔を出した。

「いらっしゃい、有津さんでしたか」

男はポロシャツの下に白い前掛をかけていた。

「ここの親爺さんです」

有津が紹介すると、男は愛想のよい笑いをみせた。

「中旬からまたサロベツだよ」

有津は友達のように話しかける。

「いいねえ、俺も行こうかな」

「土曜の夜からでも来いよ」

「そうだなあ」

男はそう言ってから、思い出したように、

「お料理はこちらで見つくろって？」

「適当に見つくろってくれよ」

「それじゃまた、どうぞごゆっくり」

男はもう一度佐衣子に頭を下げて出ていった。替りに小女が小付けと酒を持ってきた。

「あの親爺は鉄砲狂いでしてね。僕と初めて知ったのも、サロベツ原野で鴨撃ちに来ている時にぶつかったのです」

言いながら有津は佐衣子の盃《さかずき》に酒を注《つ》いだ。佐衣子は慌てて有津に注ぎ返した。

「僕らが観察している泥炭の実験区に鉄砲担《かつ》いで、のこのこ入ってきたのです。その時に思わずどやしつけましてね。向うも何故《なぜ》怒られたのかすぐには分らなかったようです」

「立入り禁止の立て札はないのですか」

「まあ一つ二つはありますがね。ばかでかい湿地の原野ですから、それくらいじゃ分るわけはないのです」

北海道にいても札幌以外をあまり知らない佐衣子には想像もつかない土地であった。

「こんなところで研究しているなんて嘘だとあの親爺が言いましてね」

「原野では、どんなことをなさるのです」

「いろいろあるのですが、まあ簡単に言うとまず泥炭地に排水溝を造るわけです。そうして水位を下げながら、一定地域の植物の生育状況や、土壌の変化を調べるのです」

「大変なお仕事ですね」

「いや、都会であくせくしているのからみれば、ずっと気楽です」

小女が料理を運んできた。

はまちと赤貝の刺身に清《す》ま し汁《じる》、それに大根と生たらこの炊き合せを置いていく。

「どうぞ」

佐衣子は二杯目を飲んだ。妙に口当りのいい酒だった。

「海をはさんで利尻《りしり》富士が見えます」

「その原野から？」

「そう、夕方、文字通り七色に変って暮れていきます」

佐衣子は遠い海に続く原野を思った。そこに有津と立っている姿を想像した。体が芯から熱くなっているのが分った。
二、三人の跫音《あしおと》がし、奥の部屋に消えた。賑《にぎ》やかな笑い声が聞える。他の部屋も埋まったらしい。小女が更にさざえの壺焼きと二色玉子を持ってきた。
「御飯は」

「私はいりません」

「そうですか、じゃ僕もいらない、酒を追加して下さい」

銚子《ちょうし》は四本目だった。その大半を有津が飲んでいた。

「貴女と向い合っていると酒が進みます」

「お聞きになりたいことというのは、何でしたか」

「いや、改まって聞くほどのことでもありません」

有津は軽い酔いを覚えた。この女が本当に自分の精液を受けたのか。

確かなことだと思いながら更にはっきりした言葉で確かめたくなる。

その瞬間、佐衣子はどのような表情を見せるか。美しい姿の狼狽《ろうばい》する瞬間を見たい。有津の身内に次第に残忍な欲望が拡がってきていた。

「御主人はお亡くなりになったのですか」

「はい」

佐衣子の視線が、有津からそっと逃げていく。驚きながら詰《なじ》っている眼でもある。そんなことをなぜ聞くのかと訴えている。

「いつですか」

「二年前です」

「どこかにお勤めだったのですか」

「ええ……」

妊娠させる能力のなかった男の面影を有津は頭に描いてみた。

だがそのイメージは白い紙のように頼りなく、定かではない。もっともそのことは有津にとってはむしろ幸せである。佐衣子の夫が性的に自分より劣っていたという思いが、かえって自信と安心を与えていた。

「会社ですか、それとも大学にでも」

「ええ……」

佐衣子の返事は要領を得ない。夫のことになると急に無口になる。触れられたくない傷があるようである。

人工授精で佐衣子は傷つき、相手の男はそれ以上に傷ついたのかもしれない。

「紀彦君はやはりお父さん似なのですね」

「さあ……」

佐衣子は眼を伏せた。有津は窮鳥を追いつめていくような快感を覚えた。

「お父さんにそっくりなのですね」

もう一度言った時、佐衣子がハンカチで顔をおおった。

「どうしたのです」

「いいえ、少し酔いました」

佐衣子は低く呟《つぶや》くとハンカチを当てたまま後ろの壁に倚《よ》りかかった。

「水でももってこさせましょう」

「大丈夫です」

軽く横坐りの姿勢のまま、息を荒らげているのが、堅く締めた帯の上下への動きから知れた。

飲んだと言っても、佐衣子が飲んだのは盃に二、三杯である。いかに弱くても、それだけで酔うとは思えなかった。酔ったのは酒の故というより、有津の尋ね方にあったようである。

有津は調子に乗って問い詰めすぎたことを悔いていた。

小女がグラスに冷水をいれて持ってきた。

有津はそれを受け取り佐衣子へ差し出した。

「すみません」

眼を閉じたまま佐衣子は一口飲み込んだ。

「御迷惑をおかけしました」

「いや、僕が無理強いしたようです」

「お車を呼べるでしょうか」

「出たらすぐ拾えますが、帰るのですか」

「すっかり御馳走になりました。とても楽しゅうございました」

「じゃお送りしましょう」

「いいえ、一人で帰りますから」

「方角は一緒ですから送ります」

有津は強引すぎるかと思いながら、先に立ち上った。

車に乗り、並んで坐ってから、有津ははっきりと、佐衣子が欲しいと思った。

運転手がいなければ、このまま抱きしめたい。

別れが近づくにつれ、その願いはいっそう強くなる。

「また逢ってくれますね」

有津は欲望をおさえた乾いた声でいった。

「ええ……」

うなずいた佐衣子の横顔には近寄りがたい厳しさがあった。

「また電話をしてもよろしいですか」

「はい」

尋ね、確かめることで有津は自分を納得させていた。車は山に近い公園へ近付いていた。

「あ、その辺りで止めて下さい」

外灯を一つ越した先で佐衣子がいった。車はブレーキをかけ、その少し先で停まった。

「ここでしたか」

「いいえ、まだ少し先ですが、歩きながら冷やして帰ります」

「じゃ僕も降りましょう」

「すぐ近くですから大丈夫です」

有津は構わず代金を払い、車を降りた。

夜の外には微風があった。夏を前にして戸惑ったような底冷えがあった。外灯の先に重い松の茂りがある。山に近い住宅街は音もなく静まりかえっていた。

「その先でしたか」

「右へ曲ったところです」

二人の跫音だけが夜空に響く。曲った先に夜目に櫟《いちい》の生垣が見え、その先に門灯の明りが見えた。

「じゃここで」

佐衣子が振り向き、白い顔が夜の中に揺れた。

瞬間、有津の両腕が佐衣子を抱き寄せた。それは有津の意志というより、体が先に動いたという方が当っていた。

「いや……」

引き寄せられながら、佐衣子は激しく顔を振った。

だが探し求めていた有津の唇が佐衣子のそれに触れた瞬間、佐衣子は動きを止め、やがて思い直したようにかすかに唇を当てた。

長い時間に思えたが、それは十秒にも満たなかった。有津が唇を離したのは背後に車の近づく気配を知ったからだった。

有津の力が緩んだのを知って、佐衣子は慌てて両手で顔をおおった。

車は曲らず、二十メートル先の路《みち》を横切って消えた。音が消えると、二人はまた静寂《しじま》のなかにいた。

佐衣子は髪を直し、顔をおさえると先に歩きはじめた。

「また逢ってくれますね」

有津が言ったが、佐衣子は答えず茂みの先の門灯の中に消えた。

立ち止り見送りながら、有津は草いきれのなかにリラの香りをかいだと思った。

八

宮の森一帯の朝は小鳥の声で始まる。昔流で言うと官幣大社《かんぺいたいしゃ》、北海道神宮の奥の森、すなわち、お宮の森であったのが、昭和三十年前後からの激しい宅地化ブームで、森が切り拓《ひら》かれて住宅地となった。円山、山鼻《やまはな》といった古い住宅地に対して、宮の森はさし当り、札幌の新興住宅地ということになる。

日曜日の朝、午前九時に有津は眼をさまし、床の中で新聞を読んでいた。カーテンの外に明るい日差しを感じながら、のんびりと新聞を読んでいるのは心地よい。妻と子供の久美子は一時間前に起きていた。いまも久美子の声が茶の間から時々洩《も》れてくる。

新聞に特別の記事はなかった。一通り目を通すと、それ以上、詳しく読んでみようというほどの気は起きない。

だが有津は新聞に目を向けていた。もう一眠りしようというほどの眠気もないが、といって起き出す気もしない。このままただぼんやりしていたかった。だが、それは正しい意味で何も考えず、ぼんやりというわけではなかった。眼覚めた時から、新聞を読んでいる時、そして新聞へ目だけ向けている今も、有津の心の底に漂うように残っている思いがあった。

あの人は……

有津は何気なく辺りに眼を向けた。すぐ横に、ついさっきまで妻の寝ていた布団があり、その先に久美子の布団がある。

妻の床は起きぬけに乱れた掛布が盛り上った形のまま、枕元に妻の脱いでいった水色のネグリジェがたたんで置かれていた。カーテンの切れ目から洩れた縦に長い光が、射すようにそのネグリジェの上を横切っていた。

寝室に一人だけなのを確かめて、有津は前より大胆に佐衣子のことを思った。

昨夜、十時過ぎに戻り、軽い夜食をとり、夕刊を読み、テレビを少し見て寝た。妻より先に寝て、後に眼覚めた。有津の体には佐衣子の思いがあったが、妻が気付いた様子はなかった。

どうして、と有津は考えた。

昨夜、佐衣子を求める気はなかった。二人だけで夕食をとり、ゆっくり話す、はじめはそれだけのつもりだった。あんなところまで進んだ理由が分らなかった。

喫茶店で逢い、小さな座敷に上って酒を飲んだ。有津は心地よく飲んだ。佐衣子も楽しそうであった。そこまではとりたてて言うほどのこともなかった。

有津が軽く酔いを覚え、佐衣子の眼元がほんのりと色づいていた。

有津の正面に佐衣子の顔があった。美しいと思った。その時、彼は突然、聞き質《ただ》したい衝動にかられた。聞きたい、ということは言いかえれば、佐衣子を苦しめてやりたい、という欲望であったかもしれない。

「紀彦君はお父さん似なのですね」

あの瞬間から佐衣子はにわかに乱れた。急に酔いがまわったように顔を赧《あか》らめ、目を伏せた。怯《おび》えた眼差《まなざ》しであった。その時から佐衣子はたしかに萎《しお》れた。何としても抗《さか》らうという気力を失ったようである。

欲望がなかったというのは嘘になる。

たしかにそれはあった。あったから佐衣子と別れたくなかった。そうなることを予想していなかっただけで、なりたいという気持は常にあった。地を這《は》う地熱のように、それは有津の心の深い部分で燃え続けていた。

細身の美しい躰《からだ》であった。

着物の上からだが、闇の中で抱いた感触は頼りなく息切れそうであった。

「パパ、まだ起きないの」

振り向くと久美子が襖《ふすま》を少し開き、顔だけ出していた。

「うん、起きようか」

一人の思いを照れ隠しするように、有津は軽く伸びをした。

「ママは？」

「もう起きてるわよ」

枕元の腕時計は九時だった。日曜日として早すぎるというわけではないが、初夏の陽《ひ》はすでにかなり高い。

「ママが起きろと言ったのか」

「ううん、ママは御飯作ってる」

有津は起き上った。昨夜の思いにこだわっているのは有津だけのようである。

起きるのを見届けて、襖を開けたまま久美子は去っていった。

有津は寝間着を脱ぎ、一人で簞笥《たんす》から単衣《ひとえ》をとり出し、帯を締めた。それから少し考えてから押入れを開き、布団をあげ始めた。

いつもなら、「おい、着物」と言い、布団もあげない。陽の当る庭にでて伸びをし、庭をぶらぶら歩く。家で動くといってもその程度のことしかない。

「あら、あげちまったの」

布団をあげ終った時、妻がきた。

「珍しいこともあるものね」

妻は少し皮肉交りに言うとカーテンをあけた。

明るい光が部屋に満ちた。有津には光が眩《まぶ》しかった。盗み見たが妻の表情に変ったところはなかった。

有津は新聞を持って部屋を出た。茶の間では久美子がテレビの漫画を見ていた。漫画は夕方だけだと思っていたが、朝もあるのを有津は初めて知った。

半ばほど開けた縁から六月の風が小気味よく吹いていた。眠気はまだいくらか残っていたが、それは佐衣子への思いのようでもあった。妻が戻ってきて流しに立っていた。

「久美子、少し散歩して来ようか」

「だって、これまだ終んないんだもん」

「そんなものは、いつでも見れるだろう」

「パパ、本当にいくの」

家にいると横になったり、本を読んでいるだけで、無精をきめ込んでいるだけに久美子は有津の言うことが信じられないらしい。

「本当さ、動物園辺りまで行ってこよう」

家から森に囲まれた動物園までは歩いて十分の距離だった。

「じゃさ、ビーズ買ってくれる」

「ビーズ?」

「ネックレスにするの。カネトモさんに売ってるの」

カネトモというのは坂を下った角の雑貨屋だった。

「分った、行こう」

久美子はなお惜しげに一、二度テレビの画面を振りかえってから勝手口にいる妻に声をかけた。

「ママ、パパと一緒に動物園まで行ってくるから」

「あら、御飯は」

妻が茶の間と勝手口の間ののれんから顔を出して言った。

「もう少しあとでいい」

有津は玄関へ向い、サンダルをはき外へ出た。

「いいでしょう、パパ」

バンドでとめる型のパンプスを、久美子は足をあげて見せた。バンドが交叉《こうさ》する足の中央には花飾りがついている。赤ん坊だと思っていた娘が、お洒落《しゃれ》をする年齢になったことが無気味だった。

道はイボタの生垣に沿って軽い下りになっていた。初夏の陽を浴びて、眼の前の山全体が緑に燃えていた。

何故《なぜ》、出てきたのか。

達者な足で先にいく久美子の後ろ姿を見ながら、有津は散歩に出てきたことにこだわっていた。出がけに見せた妻の皮肉めいた顔が思い出された。

おや、といった表情の中に、かすかな笑いがあったようにも思えた。

妻と顔を合わせていたくなかった。

それはあきらかに昨夜の行為による後ろめたさだった。昨夜のことを妻が気付いているとは思えなかった。だが明るい光の中で対しているのは息苦しかった。

久美子は動物園には何度も来て慣れていた。どこに何の動物が、何頭いるかといったことまで、ほとんど覚えている。だから久美子の目的は動物を見るより、むしろ園内の遊戯場に行くことのようであった。

「パパ、これに乗ろう」

ソフトクリームを食べてから、久美子は有津の袂《たもと》を引いた。コーヒーカップという名で、カップの形をした乗物が、回転軸の中心を大きく廻りながら、カップ自体も自転する。カップの自転は反動がつき、勢いがある。右へ廻ると見せて、ぐいと左へ曲る。その度に久美子は陽気な声をあげた。

日曜日だが、朝の動物園はまだ空いていた。コーヒーカップに乗っているのは、子供同士のもう一組がいるだけだった。有津は久美子と向い合って坐っていた。山に近い朝の陽が楡《にれ》の樹《き》の間からこぼれていた。

どうしたことか……

久美子の明るい笑顔を見ながら、有津は奇妙な思いにとらわれた。

親と子が日曜日の朝、コーヒーカップに乗っている。子供がはしゃぎ、親がそれをみている。その姿は優しく平和だった。

誰が見ても微笑ましい情景であった。だが有津はその微笑ましさに照れていた。家庭の安らかさが露《あら》わすぎた。

これは違う。

うしろめたさから出た安らかさではないか、有津の気持はやはり重かった。

コーヒーカップを降り、猿の運転する電車に久美子だけが乗って、動物園を出た。

日差しが強まりそれにつれて人出も増えていた。

樹陰《こかげ》の路《みち》を選びながら有津は山へ向った。バス停留所を抜け、樹林の間に見え隠れするユースホステルの前を過ぎると雑貨店に着いた。久美子はそこで、約束どおり、ビーズ玉のセットを買った。

「久美ちゃん先に行く」

買って貰《もら》うと久美子は現金だった。足早に一人で坂を上っていく。

有津は帯の間に手をさし込んだままゆっくりと歩いていった。

すでに十時を過ぎていた。朝食はとうにできているに違いない。有津は妻が待っている茶の間の光景を思った。テーブルがあり、茶碗が並んでいた。

妻が御飯をよそう。

佐衣子はどうしているだろうか。

その時、何の前触れもなく一つの思いが有津の脳裏を横切った。それは妻との思いの中に、突然とび込んできただけに、有津にも意外な思いだった。妙な連想だった。二つの間に何の繋《つな》がりもなかった。だが、その突飛さにあきれながら、彼はすぐその思いに馴染《なじ》んでいった。

道は軽く左へ曲り、両端からの樹の葉が道を狭めていた。前を見ると久美子の姿はもうなかった。

佐衣子とは妻との前に結ばれていたのだ。

有津の頭にその思いが浮んだのは、ニセアカシヤの下を歩いている時であった。

間違いなく十年前、佐衣子は自分を受け入れていたのだ。それから何度も、数えきれぬほど有津は佐衣子を犯している。想像の中ではあったが、その底には揺ぎない事実があった。

妻より佐衣子との方が古い、だから……

追打ちをかけるように有津の中にさらに奇妙な想念が生れた。初めは奇妙だと思ったが、一度思うと、それはさほど不思議とは思えない。そうだと思い込むことが、それを一層確からしくした。

気にしすぎるのだ。

自分に言いきかせると有津は意を決したように顔をあげ、リラの植込みのある角を曲った。

九

北海道の六月は梅雨がない。明るく晴れた一日であった。空気が乾いていた。東京のあの鬱陶しさはどこにもなかった。だが晴れている空が佐衣子には不安だった。青すぎる空は止《とど》まるところがなく、すべてをさらけだし、含羞《がんしゅう》がなかった。

午前中、床をあげ、掃除をし、紀彦の身の廻りの世話をしながら、佐衣子はかすかな期待を抱いていた。だがそれは昼になっていったん途切れた。

午後、佐衣子は紀彦と連れ立って家を出た。四丁目に近い二軒のデパートを廻って紀彦は飛行機と重戦車のプラモデルを買った。あとの方は昨夜、佐衣子が約束を破った結果の余得である。そのあと佐衣子は化粧品部へ行ってオークル色のファンデーションとピンクの口紅を買った。

「ママ帰ろう」

買うものさえ買えばあとは不要とばかり、アクセサリーのコーナーをぶらぶら歩く佐衣子の袖を紀彦が引いた。外へ出ると陽は少し翳《かげ》っていた。

「少し散歩しましょうか」

「どこへ行くの」

二人は電車通りを渡った。

「植物園にでも行ってみましょうか」

コーヒー店の前まで来て佐衣子が言った。

「車で？」

「歩いてよ」

紀彦はあまり気が進まぬふうだった。家へ帰ってプラモデルで遊ぶことと植物園に行くこととを天秤にかけているふうだった。

日曜日の大通りは人が溢《あふ》れていた。花壇の周りの芝生に人々が寝そべり、そこからアカシヤの並木ごしに電車が通り過ぎるのが見えた。

北一条を越え、官庁街のビルの間に入ると辺りは急に静かになった。

紀彦は黙って従《つ》いてきた。汗ばむでもなく、涼しいわけでもなかった。新しい庁舎を左に曲るとアカナラの並木があった。その先に植物園の入口の鉄柵が見えた。赤と白で染め分けられた観光バスが並んで見えた。一般の客に混ってセーラー服の女学生達が出入りしていた。入口まで百メートルとなかった。

「あの先生に会うの？」

バスの横まで来て紀彦が尋ねた。

「そうね」

「今日は日曜日だよ」

日曜日に植物園は開いているが、有津は出ているのか、いないのか、そのことはわからなかった。

「僕は会ってもいいよ」

佐衣子は立ち止った。入口の横に小さな小屋があり、切符はそこで売っていた。入園者が短い列を作って並んでいた。入口まできて佐衣子はここへ来た理由は何かと考えた。デパートを出た時、すぐ植物園へ行ってみようかと思った。それは格別の理由もなく、行って休もうと思ったに過ぎなかった。

だが歩きながらその考えは少しずつ変ってきたようである。近づくにつれ有津のことがはっきりとした形をとって浮び上ってきた。

昨夜の今日だと言うのに……

佐衣子は怯《おび》えたように正門から眼を外《そ》らした。

「入らないの、ママ」

「今日は止《よ》しましょう」

「どうして、折角来たのに」

「だって、今日は日曜日であの先生はいらっしゃらないわ」

紀彦は簡単にうなずいた。紀彦にとっては初めからどちらでもいいことのようだった。

「いらっしゃる時の方が、いろいろ教えていただけるし、いいでしょう」

言いながらそれはまるで反対だと佐衣子は思った。

佐衣子の実家の入口のライラックはいまがさかりだった。下から押し上げるように咲き誇った花は、櫟《いちい》の生垣をこえ、道まで溢れていた。

玄関口には三本のライラックがあったが、庭にも二本あった。入口のは紫だが、生垣の少し奥まったのは白い花であった。

「ライラックの花言葉は、紫は〝初恋の感動・情緒〟で白は〝若さの喜び〟あるいは〝幼い無邪気さ〟だ」と有津は言った。いずれにせよ、リラは若さが主題らしい。見詰めると、たしかにリラのパステル・カラーは一種独特の淡い色をもっていた。

これが〝青春〟の喜びと苦しみであろうか。

佐衣子は自分がすべてに感じやすくなっているのを知った。

「電話がなかった？」

家に戻るとすぐ佐衣子は母にきいてみた。

「いいえ、別にきませんよ、どこからくるんだったの」

「別に……」

くるわけないと佐衣子は思った。

紀彦は茶の間で早速、プラモデルを開き始めた。医学部の大学院に行っている佐衣子の弟が、それに加担していた。夕飯にはまだ間があった。

「あんた」

奥の間で着替えていると母が入ってきた。

「なに、お母さん」

佐衣子は鏡の中で答えた。

「東京に返事を出しましたか」

「ううん、まだよ」

「向うからは速達で来たんだから、早く返事をあげなければ」

佐衣子は答えず帯を解いた。

「迷っているんじゃないだろうね」

「いいえ、どうして」

佐衣子は振り返った。母が和簞笥《わだんす》の前にぺたりと坐って見上げていた。

「さっさとしないからさ」

「だって、急いだって急がなくたって同じよ」

「変に向う様に気をもたせるのはいけないよ」

「そんなつもりじゃないわ、あんな風に言ってきてる時、すぐ反対のことを言ってやっても駄目なものよ」

「そうかね」

わずらわしい、と佐衣子は背を向けた。

「本当は紀彦がこちらへ転校する前に、きちんとしてくるべきだったのよ。一度その名前で学校に入って、途中で姓が変るなんて、子供にいいわけはないからね」

「だって、そんなことを待っていたら、いつまでも東京にいなければならなかったわ」

「それはそうだけど……」

「こうしていれば、いつか向うだって諦めてくれるわ」

「でも、向うも淋しいだろうからね」

早く籍を抜けと言い出しておきながら、母は途中から向うへ同情していた。

佐衣子は袷《あわせ》に着替えると、鏡台の前の丸椅子に坐った。

「なんなら富樫《とがし》さんに東京まで行って貰《もら》おうかと思っているのですよ」

富樫というのは、克彦と佐衣子の仲人であった。

「そんなことしても無駄だわ」

「無駄ということはないだろう。あの方なら両方の家をよく知っているんだから」

「だからかえって駄目なのよ。誰が出たって駄目なものは駄目よ」

「だって、お前……」

「いいから、お母さんもう少し待って。そのうち私がもう一度東京へ行ってくるわ」

「この前、行って駄目だったからね」

「でも、少しずつ分ってきてるのよ。許そうとしてきてるのは分るわ、あせらないことよ」

佐衣子は障子にうつる木の枝の影を見ていた。陽光が傾くにつれ、枝の先は桟に近づいていた。

「さっさと籍を抜くなら抜いてさ」

母はそこで少し息をついてから言った。

「再婚の相手を考えなければならないでしょう」

「再婚?」

「そうさ」

「わたしが？」

「決ってるじゃないか。いつまでも、この家に母子二人でいるわけにもいかないだろう」

「お母さん、私達を追い出すの？」

「馬鹿なことを言うんじゃないよ、あんた方がここにいるのが邪魔だなんて言っているんじゃありません。あんた達がいる気なら、いつまでいたってかまやしないよ。だけど、あんたはまだ三十よ。このまま一生独身というわけにもいかないでしょう」

「わたしはいいわ」

「いいわと言って、それで済むわけではないでしょう」

母は常識的なことを言っているようだった。だがその常識は母以前の何代もの間の人々の知恵が含まれているようでもあった。

「それに私も、いつまでも生きているわけでもないからね」

「お母さん……」

「お父さんや私が死にでもしたらお前一人で、どうやって生きていくの」

佐衣子は母から目をそらした。そのことを考えなかったわけではなかった。考えたが問いつめていくのが怖かった。

「誰方《どなた》か、いい人でもいるといいが……」

佐衣子は有津のことを考えていた。有津はいま、妻と向い合って何を話しているだろうか、考えるうちに佐衣子は急に腹立たしくなった。

十

一日、家にいるのは惜しいほどの快晴だった。

午後から有津は数日後から始まるサロベツ行の準備を始めた。去年行った時のデータを引っぱり出し、必要なものだけまとめる。久しぶりに使うシュラーフザックや自炊用具の手入れもした。フィールドへ出かける時、いつも彼の中に学生の時の思いが甦《よみがえ》る。

夕方、妻の牧枝は高校時代の同窓会へ出て行った。牧枝の学校は中学から高校、大学まである私立の女子だけの学校だった。牧枝はその大学の家政科を出ていた。

有津は公立の高校で男女共学を経験していた。男達の間にもまれているうちに女子も男っぽくなる。牧枝が女子だけのミッション系の学校で育ってきたことに有津は少しひかれていた。

だが結婚してから「女子だけの学校でつまらなかった」と牧枝は時々言っていた。つまらない者同士が集まって、お喋りしている様子が有津には可笑《おか》しかった。

「これは軽く炒めてね、あまり強くしない方がいいわ。それから茄子は縦に二つ割りにするのよ」

出がけに牧枝は二階から降りてきた苑子に夕食の仕度を説明していった。このところあまり話をしない姉妹が流しで並んで立っていた。口争いはしていていても姉妹は姉妹である。

山と山との間を真赤に染めて陽《ひ》が落ちた。

有津は部屋で昨年開発局で出した、サロベツ総合調査概要を読んでいた。

二、群落の構成と分布
A　砂丘の群
砂丘列の数はところによってちがうが、稚内付近では少なくとも六列を数える。各砂丘列の間には前述のように狭長な沼、もしくは湿地がある。沼にはエゾヒツジグサ、ネムロコウホネ、コウホネなどが生じ、フトイ、ヨシ、オオカサスゲなどが沼畔を埋める。湿地化したところもまた、ヨシ、イワノガリヤスが優勢であるが、ところにより高位、中間泥炭地要素の優勢な場合もある。海岸草原群落は、第一砂丘後背部にかけて若干をみるのみで発達は著しくない。


読んでいると苑子がドアをノックして顔を出した。

「お義兄《にい》さん、お夕飯できました」

本をそのままに、茶の間に行くと久美子がすでに食卓について食べていた。

苑子がすぐ有津に給仕をした。苑子は普段のセーターに牧枝の白い前掛をしている。久美子に魚の身をとってやり、有津に給仕をする仕種《しぐさ》には新妻のようなういういしさがあった。

牧枝がいない三人で食卓に向うのは初めてだった。有津は落ちつかなかった。夕食を終ると久美子はまたテレビに向った。有津が食事を終えて夕刊を読んでいると苑子が茶を差し出した。

「ありがとう」

有津は茶を飲みながら、牧枝からきいたことを思い出した。志賀の他に男がいるらしいといったが本当だろうか。

久美子はテレビに熱中していた。有津は苑子の方に向き直ってきいた。

「やはり、家を出るのかね」

苑子は卓を拭いていた手を止めた。

「街の方に下宿をすると聞いたが」

「ええ……」

「いつ？」

「でもお姉さんが反対だから」

「しかし、どうしても行きたいのなら仕方がないだろう」

「お義兄さんは賛成してくれますか」

「そう積極的に賛成というわけでもないが、子供じゃないのだから、いつまでも縛りつけておくというわけにもいかないだろう」

言いながら、こんなことを言ったのを牧枝が聞いたら怒るだろうと思った。

「出来たら来月からでも出たいのです」

「部屋の目途はあるのかね」

「あったんです。でも今からではまた新しいところを探さねばならないんです」

「それで、やっていけるのか？」

経済的には有津の家にいるようなわけにいかないことは目に見えていた。苑子は答えず電灯に輝く卓を見ていた。

「誰か好きな人でもいるのかね」

「…………」

「人が人を好きになることは悪いことではない。誰を愛していい、悪いという理屈もない」

それは苑子に言っていながら、自分への言いわけでもあった。

「牧枝には話さないが、言う気があったら言ってみてくれないか」

「わたし……」

言いかけて苑子は唇を嚙《か》んだ。目を伏せた横顔に、娘ではない女の顔が浮んでいた。

「いま好きな人がいます」

「志賀君ではなく?」

苑子はうなずいた。牧枝の言ったことは当っていた。

「その人は……」

「中年の人です」

「中年?」

「奥さんも子供もいます、でも、私は好きなのです、離れる気はありません」

まだ小娘と思った苑子の眼がきらりと輝いた。有津は驚きを隠すように一つ息をした。それから改めて苑子を見据えた。

伏せた苑子の顔に睫毛《まつげ》が翳《かげ》を落していた。斜めから見える首筋には、まだ稚《おさな》さが残っている。

「その人はいくつ？」

「お義兄さんと同じ年齢です」

「俺と……」

有津は改めて苑子を見た。テーブルを囲んで向い合っている女が、自分の愛の対象として可笑しくない年齢に達しているのだと知って、彼は戸惑った。

それは驚きというより感動に近かった。有津は一口茶を飲んだ。

「パパ、どうしたの」

向い合っている二人を見て、部屋の隅でテレビに熱中していた久美子が寄ってきた。

「いや、なんでもない」

「ママはいつ帰るの」

「もうじきだ、テレビを見ていなさい」

久美子は硬い表情の苑子を不安そうに見てからテレビの前へ戻った。画面は相変らず漫画だった。

「いつから知り合ったのかね」

「今年の初めです」

「なにをしている人なの」

「………」

「会社か？」

「今は言えません」

「どこで知ったの」

「それも……」

有津はうなずいた。聞きたかったが、言いたくないという苑子の気持も分った。

「それでアパートは、その人が借りてくれるわけだな」

「ええ」

「その人に妻子がいることは初めから知っていたのだね」

苑子はうなずいた。有津は煙草に火をつけた。

見廻すと部屋の中は明るかった。テレビの画面が小刻みに変っていく。明るく賑《にぎ》やかなことが、かえって有津を不安にさせた。のんびりと茶の間で話しているような話題ではなかった。

「君が愛しているのは分ったが、相手の人はどうなのかな」

「好きなはずです」

「それはまあ、そうだろうが」

「愛してくれてます」

「しかし、その人と一緒になれるというわけでもないんだろう。結婚もできないのに、いいのかね」

「構いません」

「構わん？」

「ええ」

挑むように苑子が眼をあげた。

「その人の奥さんは気付いていないのかね」

「分りません」

「泊ったことはあるのかね？」

「わたし、遅くても、いつも帰ってきています」

「そうか」

苑子の眼は有津の淫らな想像を蔑《さげす》むように鋭かった。

「困ったな」

有津は腕を組んだ。考えても、すぐどうなるというわけでもない。燃えている苑子を下手《へた》に刺戟《しげき》しては、一層悪い方へ追いやるようなものである。

「志賀君はどうなのだ」

「どうって……」

「もう好きではないのか」

「好きでも嫌いでもありません」

「初めからそうだったのか？」

「ええ」

とりつくしまがなかった。若い女の気持はどこで、どう動いているものか、見定めがつかない。

「志賀君とは何もなかったのかね」

「……」

苑子は答えない。答えないところをみると、あったと考えるのが順当かもしれない。

「志賀君は、君に他に好きな人がいることを知っているらしいが」

「…………」

「後悔しないかね」

「どうして?」

「そんな妻子のある男と付き合っても、一緒になれもしないのに」

「一緒になるだけが愛じゃありません」

「しかし、本当に好きなら一緒になるべきだろう」

「じゃあ、お義兄さんがお姉さん以外の人を好きになったらすぐ一緒になりますか」

「それは……」

「愛しているから一緒にいなければならないという理由はありません」

「まあそうだが」

「一緒にいる人同士が、必ずしも愛し合っているとはかぎらないと思います」

訴え続ける苑子の後ろに、有津は自分と同年だという男の影を見た。

愛していながら一緒になれなくてもいいという苑子が哀れだった。そして、まだ女子大生の苑子を、そんな気持にさせた男が憎かった。

「君の気持はよく分ったが、なんといってもまだ学生だからね。人を愛することが悪いと言っているのではない。ただ慎重にしなければ、一生を台無しにする」

「何度もよく考えたことです」

「今はそれで満足していても、年齢《とし》をとると人間の考えというのは変るものだ」

「今が本当ならそれでいいのです」

「そんなわけにはいかない。人生はもっと大切にしなければ」

「分っています」

苑子はテーブルの端にあるダスターを手にとると、きゅっきゅっと力をこめて拭いた。黒いテーブルの表が艶光《つやびか》りして光が散った。

有津は自分の言っていることがいつか平凡な教訓じみた話になっているのに驚いた。

「もう一度、考え直してみる気はないかね」

「え？」

「その男と別れることを」

どこの誰とも分らぬ男を有津は妬《ねた》んでいるのかもしれない。

「君はまだ若いんだ。そんな男とつき合わなくても、これからまだまだいい人とぶつかる機会がある」

「いいのです」

「どうしてもかね」

大きな眼をあげて、苑子がうなずいた。誤魔化している眼ではなかった。

勝手にしろ、そんな男にのめり込んでぼろぼろに崩れればいい。有津の内に残酷な気持が湧いた。それは一つの愛へ大胆に踏み込んでいく若さへの妬みでもあった。

「とにかく、君がそれほど真剣に考えているのなら、そうしてみるのもいいだろう。そのかわり、自分の考えでやったことには自分で責任を持つことだ」

苑子がかすかにうなずいた。テレビを見ていたはずの久美子が二人の方を見ていた。

「君の気持はよく分った」

有津は立ち上った。首垂《うなだ》れたままの苑子が小さく見えた。襖《ふすま》を開け、玄関の右手の書斎へ行く。廊下へ出た時、苑子が追ってきて言った。

「今夜言ったことお姉さんには言わないで下さい」

「分ってるよ」

苑子はすぐ茶の間へ戻った。書斎に入ってカーテンを閉める。暗い窓のなかで庭木がかすかに揺れていた。向いの家の灯が樹《こ》の間《ま》ごしに流れていた。有津は明りをつけぬまま椅子に坐って煙草に火をつけた。

どんな男だろうか。

闇の中の赤い火を見ながら、有津は苑子が好きだという中年の男のことを考えた。

エネルギッシュな経済力のある男のようでもあり、平凡なサラリーマンのようにも思える。その男が、二十《はたち》になったばかりの苑子の若々しい肢体をほしいままにしている。その想念は限りなく淫らで、生々しかった。車の警笛が過ぎていった。

「とにかく俺とは関係ないことだ」

有津は佐衣子のことを考えた。

あれから佐衣子とは二度ほど逢っていた。接吻をしたことで二人の間には加速が加わったように、親しさが増していた。だが二人が進むのはそこまでだった。一度許し合ったことで、二人ともそこまでは安心していた。しかしその先に進むにはもう一つ何かが必要なようであった。

少年のように、まるでぎこちない。

自分達に較《くら》べてすでに結ばれているという苑子達に有津はふと妬ましさを覚えた。

とにかく、俺は義妹《いもうと》達のように器用にはできない。

有津にとっては佐衣子とここまで進んできたことさえ奇蹟に近かった。それは三十半ばという年齢の故《せい》か、性格によるのか、有津自身にも分らなかった。

しかしいずれにせよ、十年前の思いが、彼を大胆にさせ、ここまでひきずってきたことは間違いなさそうだった。

その夜、牧枝が帰ってきたのは午後九時を少し廻っていた。不思議なことに牧枝が帰ってくると家の中が急に活気づく。なにが変るというわけでもない、ただ一人、人が増えたというだけで騒々しくなる。普段はその騒々しさに飽いているのだが、しばらく静かな家にいると、その騒々しさが懐かしくなる。

有津は読みかけた本を置いて茶の間へ行ってみた。

「田島さんも、久末さんも、みんないらしてたのよ」

有津が入っていくと牧枝が坐ったまま言った。テーブルの上には煎餅と、白い雪のような菓子の箱が並んでいる。久美子は早速横に坐り一人前にお茶を飲んでいる。向い合って苑子が煎餅を食べていた。

どんな外出にもきまって土産を買ってくるのは、牧枝の、というより、女の習性のようであった。

「みんな一年ぶりでしょう、これから飲みに行きましょうってことになって、行きたかったんだけど帰ってきたのよ」

「行けばよかったじゃないか」

「だって、そしたら十一時、十二時になってしまうわ」

「いいじゃないか」

「それなら、いってくるんだったわ」

おや、と思うほど、妻の顔は若やいで見えた。

「わたし赤い？　少しお酒を飲んだのよ」

牧枝が苑子に尋ねた。

「そういえば、そうねえ」

「酔払い、ママ」

久美子が笑った。

「御飯、上手に出来た」

「出来たわね」

苑子が有津に相槌《あいづち》を求めた。

「うん、なかなか美味しかった。苑ちゃんは料理が上手《うま》い」

「じゃ、今度から苑ちゃんに毎日やってもらうといいわ。私は替りに外へ出歩くわ」

苑子が有津に軽く目を向けた。苑子との間に小さな秘密ができたことに有津は少し満足していた。

寝室は茶の間の奥の八畳間にあった。文献の準備を終えて十二時に有津は床に入った。久美子はすでに眠っていた。

寝つく時、有津は枕元で何かを読む。新聞でも雑誌でもいい。読んでさえいれば寝つけるのである。

彼は一度読んだ夕刊を持って床に入った。枕元のスタンドをつけると部屋が闇と明るい部分に区分けされた。

記事は格別のこともなかった。千歳飛行場は霧で閉鎖されている、という記事だけが目をひいた。六月から七月の初めにかけては千歳は霧の多い季節だった。霧といっても苫小牧《とまこまい》の海岸から北上してくる海霧《ガス》であった。

空港ロビーは溢《あふ》れているな。

有津は霧で閉ざされたロビーを思った。暗い霧の中で、そこだけは明るく輝いているに違いなかった。

「もう十二時だわ」

牧枝が戸締りをして寝室へ入ってきた。戸を閉めてからスタンドの影の中で寝間着に着替えた。

「もう六月の半ばだというのに、まだ底冷えがするのね」

牧枝が掛布を軽く揺らせて床に入ってきた。有津は背を向けたまま目だけ新聞へ向けていた。

「ねえ、苑ちゃん、なにか言ってなかった」

有津は新聞から目を離した。

「私のいない間に」

「いや、別に」

「さっき、あなたが書斎にひっこんでから、苑ちゃんが言ったわ」

「なんて？」

「やはり今月一杯に出るって。この前叱ってやったから諦めたのかと思ったら、諦めているんじゃなかったわ、本当に困ってしまう」

「まあいいじゃないか」

「一人になって、一体どうする気かしら、出るというだけで詳しいことはさっぱり言わないのよ」

「それで何と言ったのだ」

「そんなに出たいのなら、あなたと相談してみるけど、許すわけはないと言ってやったわ。そしたらお義兄さんに言ってもいいわ、なんて生意気いうのよ」

闇の中で有津は息をひそめた。

「あなたから一度、はっきり言ってあげてよ」

「なんと言うのだ」

「いけないって。私達、あの子の親代りなのよ、いくら血が通ってないからといったって、無責任すぎやしない」

「親代り」と有津は頭の中で呟《つぶや》いた。

それは苑子にとっても、有津にとっても可哀想すぎる。現に苑子の愛人は自分と同じ年齢らしい。いっそのことその男のことを言ってやろうか、そのことを知ったら牧枝はどんなに驚くだろうか、牧枝ならその男のところへ乗り込んでいくに違いない。

「今の若い人は、自由でいいわ」

感に入ったように牧枝が言った。親代りだという牧枝も、苑子の若さを妬んでいる気持がないとはいえない。

「まあ、勝手にするといいわ」

牧枝の足が忍びやかに有津の腿に触れた。滑らかで熱かった。有津は黙って上を見ていた。

「ねえ、スタンドを消すわよ」

灯が消えて、部屋は深い闇に閉ざされた。

牧枝の足がかすかに動いていた。久しぶりに夜の街へ出て、牧枝の体は燃えていた。有津との交渉は初めから多くはなかった。それがこの頃さらに減っていた。久美子が小さい頃はその世話で結構、気がまぎれた。

だがこの頃はほとんど手がかからない。子供をもう一人、出来たら男の子を、というのが二人の願いであった。だが久美子の時の悪阻《つわり》で牧枝はこりていた。もうあんな苦しい目に合うのはいやだと思った。久美子に手がかかる時は一人でもいいと思っていた。初めはもう一人欲しがっていた有津が、いまは完全に諦めていた。佐衣子を知ってその気持は一層定まった。

皮肉なことに有津が諦めた時に牧枝は改めて欲しいと思いはじめていた。久美子を産んで四年経《た》った頃から、悪阻の苦しさは薄れてきたのである。

「ねえ」

牧枝が求めているのが分った。足先だけ触れていたのが、いつか躰全体《からだ》が触れていた。牧枝の温もりを感じながら、有津の頭は冷えていた。

闇と見えた部屋にも夜の明るさがあった。舟底天井の中央に嵌《は》め込まれた蛍光灯のプラスチック・カバーが白く浮き上ってみえる。

苑子は寝たろうか。

有津は堅く唇を嚙んだ苑子の横顔を思った。

一緒にいる人同士が、必ずしも愛し合っているとはかぎりません。

苑子の言葉が音のない闇の中で甦った。有津は佐衣子のことを思った。

別々の人を愛している者同士が同じ屋根の下に棲《す》んでいる。

奇妙な家だと思いながら、有津は燃えている牧枝の方に向きを変えた。

十一

朝起きて身仕度を整え、朝食の用意をして紀彦を送り出す。そのあと後片付けをし始めた頃、父の車が迎えに来る。父は札幌に本店のある銀行の重役をしていた。

老父を送り出し、掃除を済ませ、洗濯を終えるともう昼に近い。昼は母と二人だけの簡単な昼食を摂《と》る。母は麺類を好むが、佐衣子はこの頃コーヒーだけで済ますこともあった。

午後、新聞を読んだり、テレビなどを見て少しのんびりしていると、じき紀彦が学校から戻ってくる。二、三話をし、着替えたりさせているうちにまた夕食の仕度の時間になる。献立はだいたい母が決めるが、作るのは主に佐衣子である。夕食は母と佐衣子と紀彦は揃《そろ》うが、老父と弟の正樹《まさき》は時々欠ける。夕食が終り、片付けると確実に夜が訪れている。平凡で安らかな毎日であった。

だがその平凡なことが佐衣子の心を揺がせた。動きながら佐衣子の心が止っている時があった。

あの人はどうしているだろうか。

心が躰《からだ》とはまるで別に動いていた。最後に逢ってから一週間経《た》っていたが、有津からはなにも言ってこなかった。逢った時も、別れぎわにも、次に逢う約束はなにもしていなかった。その時はするまでもないことだと思った。

あれはあれだけのことだ。

逢った時だけのことだ、と思いながら佐衣子の心の中で待っているものがあった。一度消した筈の思いがまだ燃え残っていた。

燃え残りのまま、火は少しずつ勢いを増してきているようであった。それは頭とは無関係の躰の思いであった。

夫と死別して眠っていた躰が少しずつ動きはじめたようであった。平凡すぎるのは辛《つら》いと佐衣子は思った。

午後、雲が増し、陽《ひ》が遠のいた。佐衣子は奥の部屋へ戻り簞笥《たんす》から単衣《ひとえ》を引き出した。

東京にいる時は冬のうちから、厚手のウール生地の単衣を着ていた。季節の夏とは無関係に、単衣を着るのが流行でもあった。だが札幌では、さすがに夏以外に単衣を着ている人は少なかった。

北海道の衣更えは六月半ばの北海道神宮の祭の日からであった。その日から女学生は一斉に紺のリボンの白いセーラー服に変り、着物は袷《あわせ》から単衣に変る。

人々の服装とともに初夏が一度に花開く。それはあと数日後に迫っていた。

ウール地があるとはいえ、夏にはやはり、絽《ろ》や縮《ちぢみ》や上布の単衣を佐衣子は好んだ。それを着て、初めて夏がきたと感じる。羽織も単衣でなければならない。

佐衣子は簞笥からいったん単衣を取り出して、眺めた。絽を着なければならない燃えるような日が札幌では幾日あるのか、それを着て誰に見せに、何処《どこ》へ行くのか。そこまで考えて佐衣子は眼を上げた。

部屋の中は初夏の午後とは思えぬ翳《かげ》りようであった。佐衣子は立ち上り、縁と部屋の間の障子を開けた。雲が厚く空を充たし、風が止っていた。雨雲の下で、リラの紫は色を増していた。

夕方、佐衣子が買物に出かけようとした時、雨がきた。こらえにこらえていたのが、たまらず降り出したような雨だった。

「じめじめして、梅雨みたいだわ」

「この頃、北海道も時々こんなことがあるんだよ」

母が茶の間の窓から外を見ながら言った。

「本州なみね」

「スーパーまで行くのは止《よ》した方がいいよ」

佐衣子は傘を開いて勝手口を出た。

雨を得て、草木は鮮やかさを増していた。路《みち》の両端を雨水が流れていた。途中で捨てられた空缶に当り、戸惑いながら、水は小さな音を立てていた。買物にいく主婦の姿が小路の先に見えた。そこを右へ曲ると小さな雑貨店がある。時間は五時に近かった。

あそこも……

佐衣子は植物園の緑を思った。雨を受けて植物園の緑も輝いているに違いなかった。

後ろから車がきて佐衣子は道の端に寄った。車は赤のスポーツカーだった。若い男女が二人乗っているのが見えた。車はすぐ通りすぎたが、雨空の下の赤がひどく不似合いであった。小路の角の店に着いて、佐衣子は完全に主婦の顔になった。

夜、夕食を終え後片付けをし始めた時、玄関口の電話が鳴った。廊下に近いところにいた母が出て行って受けた。佐衣子は耳を澄ませたが、戸を開け放した廊下の先から、二言、三言、受け答えをする言葉が流れてきただけで、やがて普通の顔で戻ってきた。

「誰から?」

「お父さんよ、宴会で遅くなるって」

「また……」

佐衣子は自分でも驚くほど、露骨に眉を顰《しか》めてみせた。

「お仕事なんだろうけど、血圧が高いんだからね、無理してはいけないことはよく知ってるのよ」

「一度倒れてみるといいんだわ」

「縁起でもないこと、言うもんじゃありませんよ」

いつになく母の声は厳しかった。

佐衣子は自分が少し焦立《いらだ》っていると思った。ぐいぐいと音を立てるほど力をこめて、茶碗を洗っているると、また、電話が鳴った。

「私が出るわ」

佐衣子は濡れた手を拭いて、廊下を駆けた。

「もし、もし」

佐衣子が答えると、すぐ受話器から声が返ってきた。

「ぼく有津ですが」

瞬間、佐衣子は声を呑《の》んだ。

佐衣子は有津からであることを信じていた。驚いたのは声の主が有津であったことより、予感が当りすぎたことだった。

「御無沙汰していました。いま、よろしいですか」

有津の声は忍びやかであった。

「いま、どこにいると思いますか」

「さあ……」

「まりもです」

「ああ、鉄砲を撃つ」

「そうです。前に、貴女《あなた》とお逢いした、あれと同じ部屋です」

「お一人でですか」

「そうです。来てみたら空いているというので上ったのです。親爺《おやじ》は今まで、僕の向いに坐っていました。少し前、階下へ降りていったのです。だから今は一人です」

佐衣子は襖《ふすま》で仕切られた三畳ほどの部屋を思った。

「これからは、もう出られないでしょうね」

受話器を持ったまま、佐衣子は後ろを振り向いた。廊下の先に、開け放たれた障子の間から光が流れていた。

「如何《いかが》ですか」

「でも……」

「この一週間、何度も電話をしようかと思いました。酒を飲んで急に勇気がでました」

佐衣子は受話器を強く耳におしつけた。自分の耳へとび込むと同じ大きさで、茶の間へまで聞えていくような不安を覚えた。

「いま七時を少し過ぎたところです。来られませんか」

「はい」

「駄目だと言うことですか」

行きたかったが、その気持とは別に佐衣子に抗《さか》らうものがあった。

「そこまでは、とても……」

先回、軽い酔いの中で問いつめられ、乱れた。

行けばこの前と同じことになる。

それは確かなことではなかったが、そうならぬという確証もなかった。

佐衣子は自分に自信がなかった。いま行くことは同じことを求めていることになる。そう思われるのは辛い。

しかし、それに拘束《こだ》わっているのは、佐衣子の中に受け入れる気持がある故《せい》かもしれなかった。

無神経だわ。

佐衣子は少し腹を立てていた。

電話をくれるなら一層のこと、日中、何処か喫茶店ででも逢う約束をして欲しかった。選《よ》りによって佐衣子の行きにくい処《ところ》へ、誘う有津の気持が知れなかった。

酔って勇気が出たにせよ、求め方が勝手だった。

「来られませんか」

「ええ、ちょっと」

茶の間の方は静まり返っていた。門灯の光の中で雨が小さく降り続いているのが分った。

「明後日《あさって》、サロベツへ発つのです。その前に一度お逢いしておきたかったのです」

「明後日は何時にいらっしゃるのですか」

「学生と一緒に、夜、車で出発します」

「それでお帰りは」

「今月一杯は、帰って来れないかもしれません」

佐衣子の定まりかけた心が再び揺らいだ。その心は、何時《いつ》といって止《とど》まるところがない。

「明日はいかがですか、夜、出られますか」

「はい……」

「五時からは打合せ会があります。一時間少しで終りますから七時頃なら」

「出発の前日でお忙しいのではありませんか」

「いや、構いません。七時半なら確実です、エルムで」

「分りました」

「それでは今日はここの親爺を相手にもう少し飲むことにします」

「申し訳ありません」

「楽しみが明日に増えたのだからいいのです、じゃ切ります」

「お休みなさい」

言ってから佐衣子はそのまま受話器を持っていたが、すぐ切れて低い音鳴りだけが続いた。

流しへ戻ると、洗いかけの碗はすでに片付けられ、母は茶の間のテーブルで新聞を拡げ、テレビの番組を見ていた。佐衣子がその横を黙って通り過ぎようとした時、母が老眼鏡を外して顔を上げた。

「誰方《どなた》からなの」

「ちょっと……お友達よ」

佐衣子は立ったまま答えた。紀彦は祖母の前に坐ってテレビを見ていた。

「朝子さん？」

母は、以前近くに住んでいた佐衣子の友達の名を言った。

「いいえ……昔の女学校友達よ」

「その人がよく分ったね」

十年ぶりに戻ってきた佐衣子に、新しい友達がそういるわけはなかった。たとえいたとしてもそのすべては母が知っていた。

「こちらへ見えるの」

「明日、外で逢うことにしたわ」

思いがけずすらすらと嘘が言えた。嘘を言いながら、その滑らかさに当の本人が驚いていた。

「紀彦ちゃん、お勉強はいいの？　今日は帰ってきてから何もしてないわよ」

「いいんだよ、今日は宿題がないんだ」

「宿題のあるなしにかかわらず、毎日二時間ずつするって約束したでしょう」

紀彦はテレビから眼を離さない。

「さあママと奥の部屋に行ってやりましょう」

「今、ちょうどいいところなんだよう」

「宿題がないんなら休ませておやり」

たまりかねたように母が口をはさんだ。

「甘やかすと困るわ」

「紀彦は放っていても、心配ないよ」

祖母の援軍がある故か、紀彦は一向に立つ気配はない。

「父親がいないから厳しく言っているのに、お母さんが邪魔をしては困るわ」

「私はなにも、邪魔をしようなんて気で言ってるんじゃないよ」

「違うわ、みんな責任がなくて勝手よ」

「何を言うんだね」

母が振り向いたが、佐衣子はそのまま奥の部屋へ戻った。午後からの雨の故か暗い部屋には底冷えがあった。灯をつけると簞笥や鏡台が光の中で息づいた。中程に一人坐って佐衣子は、自分がいつになく感じ易くなっているのを知った。

雨は一晩降り続き、翌日の夕方近くに上った。小刻みに降り続く雨なので、雨量はさほど多くはなかったが、それでもまる一日降り続いた故で、樹木の葉は無数の水滴を輝かせていた。そこへ時たま夕方の風がきて、雨のように水滴をふるい落した。

七時少し前、佐衣子は家を出た。すでに陽《ひ》は落ちていたが、山峡の一角だけが空が赤く焼け、稜線《りょうせん》がくっきりと浮び上っていた。

佐衣子は白地に花模様を配した小紋に、藍地《あいじ》の帯を締めていた。

華やぎすぎているかと家を出るまで気になったが、今はそんな季節なのだと自分に言いきかせた。

道の両側にはかなり激しい勢いで清水が流れていた。雨が上ったのに水量が増えているのが可笑《おか》しかった。

小路を出て、神社へ通じる裏参道に出たところで佐衣子は車を待った。

九時を過ぎると車の数は急に減るが、今の時間なら上から戻ってくる車がまだあった。ほとんど夜に塗り込められた空の一端で、赤い稜線はまだ残っていた。その稜線をたどっていった先に、土を露《あら》わに見せた山があった。オリンピックに備えて造られているジャンプ台であった。

日中は働いている人が遠目に望まれたが、今は人影はなく、暴かれた山肌が夕闇の中で黒味を増していた。近づいた車は小さな灯りだけをつけ、空車の標識が際立って見えた。

「街へ、薄野の角へやって下さい」

運転手は黙ってドアを閉めた。瞬間、佐衣子は自分がこれから夜の巷《ちまた》へ向う女性のように思った。無言の運転手もそう思っているのかもしれなかった。車はすぐ明るい商店街へ出た。

なぜ行くのか。

佐衣子は車のシートに身を寄せ、密偵のように息を潜めた。

たとえ夫はいなくても戸籍の上では妻であった。唇を許した男に逢いに行く。それは妻として許されることではなかった。

行くこと自体が明らかな不貞であった。佐衣子は眼を閉じた。そのことは昨夜から考え続けたことであった。考えに考えた末、定まらぬうちに時間がきた。一層有津から電話が来たのが恨めしかった。電話さえなければ迷うこともなかった。

あの人は昨夜、何故《なぜ》電話をよこしたのか。

そこまで考えて、佐衣子はふと、いま街へ向うのは、自分とは無関係な昨夜の雨か風の故かもしれないと思った。

喫茶店「エルム」のドアは自動ドアであった。入口に一メートル四方のゴム敷きがある。それを踏めばドアは開く。そうと知りながら佐衣子はその前で立ち止った。

何故ここへ来たのか。

車の中で繰り返してきた問いが再び頭を擡《もた》げた。

あの人が明日サロベツへ出かけるから。

その答えも車の中で繰り返してきた、ただの挨拶だけである。今まで、紀彦の勉強でお世話になったから。そこまで確かめた時、佐衣子の心に別の思いが浮んだ。

母がわたしを早く再婚させようとしている。

それは何のつながりもなく、雨の日の水玉のようにぽっかり浮んだ考えであった。

しかし改めて考えてみるとそれは奇妙な思いつきだった。

母が再婚をすすめているからといって、有津と逢ってどうなるわけでもなかった。初めから、そんなことを打明けるつもりもなかった。それなのに理由のように考えている。

もしかすると、わたしはあの人に結婚の話を言おうとしているのだろうか。

佐衣子は自分の中に潜む見知らぬ影に怯《おび》えた。

内側からドアが開き若い二人連れが出てきた。いったん二人連れに道を開けてから佐衣子は改めてゴム敷きを踏んだ。

自動ドアがかすかな軋《きし》みをたてて開き、内から「いらっしゃいませ」とウエイトレスが声をかけた。

「エルム」は右手にスタンドがあり、左手にボックスが並んでいる。

奥から二つ目に新聞を読んでいる男の姿があった。少しぼさぼさに七・三に分けた髪の形は間違いなく有津であった。

佐衣子はその髪を懐かしいものを見るように見た。入口で浮んだ戸惑いはすでに消えていた。

佐衣子が近づいた時、有津は「やあ」とかすかに手をあげた。眼が笑っていた。

「雨が降って遅れました」

「僕も今少し前です」

有津はグラスの水を軽く口に含んだ。佐衣子は髪の耳元に軽く手を触れた。

「何にいたしますか」

ウエイトレスが水を持ってきて尋ねた。有津の前にはコーヒーがあった。

「コーヒー」

うなずいてウエイトレスが去り、二人は向いあって坐った。有津がすぐ煙草をとり出し、ライターで火を点《つ》けた。

「お元気でしたか」

「はい」

「昨夜は電話をかけて失礼しました、あとで迷惑をかけたのではないかと後悔しました」

「そんなことはありません」

「突然、我儘《わがまま》を言ったので来てくれないかもしれない、と思ったりしました」

「参るとお約束しました」

「それはそうですが、いざとなると自信がなくなるのです」

話していると今初めて逢ったように他人行儀であった。だがその裏に互いに揺がない確信があった。それは現実に逢っているというより、唇を交わしたという安心感から来ているようであった。

「やはり明日いらっしゃるのですか」

「そうです、夜に出発します」

「列車ならお送りできるのですが、今度お帰りになるのは……」

「二十日《はつか》頃にでも一度戻ろうかと思いますが、詳しいことは行ってみなければ分りません」

佐衣子はコーヒーに軽く口をつけた。雨上りの空気の故か香りが一層際立っていた。

壁の蛍光灯が二人の顔を蒼白《あおじろ》く見せていた。有津は半ばまでしか達していない煙草をもみ消した。

「向うから手紙を出してもよろしいですか」

「私へ?」

「そうです。お宅へ」

佐衣子は有津の眼を見ながらうなずいた。

「御迷惑でなければ出します」

「私は毎日家に居ります」

「あそこは二十八丁目でしたね、読んで笑わんで下さい」

自分で言っておきながら有津は苦く笑っていた。

「返事をくれますか」

「わたしは筆不精で……」

「なんでもかまいません。こんな年齢になって、ラブレターを書くなんて妙なことです」

有津はコーヒーを飲み、水を飲んだ。そして新しい煙草にまた火をつけた。

「一度サロベツにいらっしゃいませんか、天塩か、幌延《ほろのべ》まででも来れば、あとは迎えに出ます。向うは行ったことがないのでしたね」

「旭川まで行ったのが一番遠くです。それも十二、三年も前になります」

「一人で不安なら、まりもの親爺と来たら如何です。あの親爺は二十日過ぎに釣りに来る予定です」

「それじゃ貴方《あなた》が御迷惑でしょう」

「いいえ、かまいません、彼は知っているのです」

「知っているって？」

「昨夜、僕は言ってしまったのです」

「なんと？」

「いや、僕が貴女を好きだということだけです。でも心配はいりません、あの親爺は誰にも言いません。どうせ初めからお見通しだったのです、嬉《うれ》しくて黙っておれなかったのです」

勝手な男だと佐衣子は有津を睨んだが、有津は平気で話を続けた。

「本当に来れませんか」

「行けそうもありません」

佐衣子は少し素っ気なく答えた。

「いいところなんだが」来た人でないとあの良さは分らない」

「行きたくても、女はなかなか簡単には参れません」

「そうか、紀彦君がいるからですね。一層のこと紀彦君を連れてきたら如何です。男の子に一度あんな雄大な景色を見せてやるべきです」

有津に逢うのに紀彦を連れていったら紀彦は何と言うだろうか。どうせ逢うのならまりもの主人も、紀彦もいないところで、二人だけで逢いたかった。だがその気持は言葉にするとまるで別になった。

「奥さまをお呼びになったら」

「茶化さないで下さい」

「茶化しているんじゃありません。いいと思うことを正直に申しているのです」

「いいわけはないでしょう」

「奥さんとお子さんとご一緒なら、そんなよいことはないと思うのですが」

「僕達はそんな仲じゃありません」

「ご免なさい、お気を悪くしましたか」

「別に、ただ貴女が急に妙なことを言い出すからです」

「すみません」

「いや、謝って貰《もら》うほどのことではありません」

争いながら、二人は許し合っていた。争いは一つの甘えでもあった。それは唇を交わし合って生れてきた余裕かもしれなかった。

「ところでお腹は空いてませんか」

「いいえ」

夕食は食べていなかったが、格別空腹感はなかった。

「じゃ少し飲みにでも行きましょうか」

「いいえ、私はこれで」

「そんなに早く帰らなくても、もう少し付き合って下さい」

「瘤《こぶ》つきなものですから」

「紀彦君はもう手がかからないでしょう」

「わたし、本当に帰ります」

「まずここは出ましょう」

有津は伝票を持って立ち上ると、先にレジに向った。佐衣子はビーズのハンドバッグを持って後に従った。

ドアの端にいると有津が会計を済ませて来た。

「もう一軒だけお願いします」

「本当にすぐ帰ると言って、出てきたのです」

ドアが開き、二人は外に出た。車と人の騒音がたちまち二人を取り巻いた。

「いま、八時です。あと二時間、十時くらいまでならいいでしょう」

「十時なんていけません。そんな時間に帰ったら大変です」

「でも誰も怒る方はいないのでしょう」

言いながら有津は薄野に向って歩いていた。逆らいながら佐衣子もそれに従っていた。

「父も母もいます。それに紀彦も、みんなに説教を受けます」

「まさか、貴女は大人じゃありませんか」

「だからかえっていけないのです」

「とにかく少し、ほんの少し付き合って下さい」

そう言うと有津はタクシーに手をあげて止めた。有津が先に乗り、続いて佐衣子が乗った。

「どこへ行くのですか」

「すぐ近くです。とにかく十時までにはお帰しします」

車はどこへ向っていくのか、佐衣子は有津の後から乗ったので、彼がどこと行先を言ったのか分らなかった。だが運転手は承知しているらしい。

「もう今夜しか逢えないのですよ」

有津が低く囁《ささや》いた。

佐衣子は有津が今夜かぎりで札幌からいなくなることを、新しい発見のように思った。

車は薄野を抜け、中島公園の横を南へ向って走っていた。シートの上の有津の手が佐衣子の太腿の外側に当っていた。その手は意識的に触れているわけではなかったが、といって向うから引くという気配もなかった。ためらいながら佐衣子はその一点が熱く燃えているのを知った。

帰らなければ。

その思いは波のように寄せては返す。叫び出せば戻れないわけではなかった。

だが戻ろうとする佐衣子を引き止めるもう一つの力が佐衣子の中にあり、その力の方が次第に強みを増していることに佐衣子は気付いていなかった。

川は黒く、光のない筋となって延びていた。その先に藻岩山《もいわやま》が闇の中に伏した獣の背のような輪郭を残していた。雨雲の残った夜空を見ながら、佐衣子は車に乗せられたことも、橋の上を疾走していることも、有津と並んで掛けていることも、すべて自分の意志とは無関係なことだと考えた。万事が受身である。

わたし自身から求めたものは一つもない。

そう思いこむことで、佐衣子は分裂しそうな自分の内をおさえ続けていた。

橋を越え、交叉点《こうさてん》を過ぎた先で車は左へ曲った。明るい道から急に目隠しされたように暗く狭い路地へ入り、四、五十メートル行ったところで車は止った。

「降りよう」

促されて降りると、夜の外には微風があった。夏を前にして戸惑ったような底冷えがあった。

佐衣子の体は有津の腕にもたれたまま小刻みに震えている。小学生の子供のいる女にはとても思えない。まだ十七、八のように思える。

いよいよ俺はこの女を犯す。十年ぶりに今度こそ本当にきちんと犯すのだ。

どうしたことか有津にはそれが悪いことだという感じはなかった。正当なことを正当にするのだという気持しかない。

「さあ」

「今日はこんなつもりじゃなかったのです。すぐ帰るつもりできたのです」

「それは分りました、分ったからすぐ帰ります」

「じゃ一緒に戻って下さい」

金を受け取り、日報をつけ終った運転手が意地悪く二人を見ているような気がした。

「こんなところでぐずぐずしていてはおかしい」

車が夜空にガソリンの匂いを残して消えた。

「本当に今夜は貴方がいなくなると仰言《おっしゃ》るので、お顔を見に来ただけなのです」

「それは分った。貴女の気持は分りました。でも今夜だけは僕の頼みをきいて下さい」

有津は門柱のある塀沿いに歩き始めた。歩きながら自分のぎこちなさに腹が立った。五十メートル先の角を二人連れがこちらへ曲って近付いた。すれ違う時に見た恰好《かっこう》では、かなり年輩の男性とOLを思わせる女性であった。相手の様子を知ったということは自分達も見られたということだった。

「こんなところにいると変に思われるわ」

佐衣子は怯えたように声をひそめた。

「だから、早く入ればいいのです」

「…………」

「そこから、僕のあとをついてきて下さい」

塀の先に別の入口があった。どちらも塀がつながっているところを見ると、同じホテルに通じる口に違いなかった。

「行こう」

有津が佐衣子の背を軽く押し塀の内へ入った。瞬間、佐衣子の体も有津の腕に抱かれた形で塀の内へ入った。敷石があり、その先にガラスのドアがあった。三歩進み、自動ドアが開いた。

部屋に入って佐衣子は辺りを見廻した。二人は椅子に向い合う。窓から夜の匂いが流れてきた。佐衣子は目を伏せ、肩で息をしている。

眼の縁に小さな皺《しわ》が出ている。あのとき二十すぎだとしても、もう三十を少しこえている。それにしても美しい。有津は今も自分はこの女性に憧れているのだと思った。

この女を抱く。

あの時すでに自分はこの女に受け入れられたのだ。あの時自分には愛も喜びもなかった。

しかし今は違う。自分はこの女を愛し欲望を覚えている。今は自分の意志で女を抱こうとするのだ。

結果は同じでも意味ははるかに違うはずだ。そんなことを有津はたて続けに考える。

佐衣子が眼を上げた。怯えた眼である。有津を疑った眼である。不信が現れている。それを見て今まで有津にくすぶっていた欲望が漲《みなぎ》った。

ベッドの上で佐衣子は激しく抵抗した。髪を後ろで束ねた変り織りのリボンが解け、着物の前が乱れた。

有津は左手で腕をとらえ、右手で一本ずつ紐《ひも》を抜いていった。

腰紐を放たれ、肌襦袢《はだじゅばん》まで一気に開かれて佐衣子はくの字形に体を丸め、脇を固く閉ざしていた。丸く緩やかな肩と、小刻みに波うつ腹、その先に形よく伸びた脚がある。小柄なくせにそれは豊かで淫らに見える。

すべてを脱がせて有津が抱きしめた時、佐衣子の体がしなった。首はなお左右に振っていたが体は柔らかく、優しくなっていた。

有津は目を閉じ、祈るような気持で佐衣子の白い体の上に重ねていく。

「許して」

瞬間、佐衣子は小さく叫んだ。眉根が寄り、鼻がつき上ったようにひどく細く見えた。

十年前、便所の中でのけ反った瞬間を有津ははっきりと思い出した。青い臭いまでが同じように甦《よみがえ》った。

抵抗は消え、佐衣子の中に心とは無関係な時間が訪れた。

すべてが果ててからも二人はしばらくそのままの姿勢でいた。快感が名残り惜しげに佐衣子の体に拡がっていく。佐衣子の体からはすべての力が抜け、四肢は伸びきっている。

萎《な》えてから有津はもう一度、裸のままの佐衣子を抱きしめた。

佐衣子はもう抵抗をしない。柔らかい肌に触れながら有津は今、自分の腕の中にいる女が二カ月前、空港で逢ったばかりの女とは思えなかった。

十年前自分はすでに佐衣子を犯している。

これまで何度も想像のなかで関係を続けてきた。そう思うと有津はいま佐衣子と一つのベッドにいることが、以前から決っていたことのように思われてきた。

「僕は以前にも貴女に逢っていたような気がします」

有津は少し他人行儀な調子で言った。

「いつ、どこで……」

佐衣子が有津の胸元できいた。

「十年くらい前、病院かどこかで」

「まさか……」

「いや、昔のことで、今はもうはっきりしないのです」

言いかけて有津は最後の問いかけをすることを怖《おそ》れていた。それをすれば有津が近づいた気持は佐衣子に分って貰える。だが今の有津はそれだけで佐衣子を求めたのではなかった。

「貴女を離したくはない」

有津の腕は佐衣子の体を抱きしめて、なお充分すぎるほど余った。

佐衣子の口から喜びとも悲しみともつかない呻《うめ》きが洩《も》れた。その声をききながら有津は今度こそ本当に愛情をもって佐衣子の体に受け入れられたのだと思った。

行為のあとには安らぎと、羞恥《しゅうち》があった。

佐衣子は先に起き、浴槽の前の鏡で身繕いをした。肌襦袢をつけ、裾よけをつけ、長襦袢を着る。朝、つけたとまるで同じことを夜にくり返す。

「何時かな」

帯をしめ終った時、有津が起きてきて後ろに立った。

「向うにいっていて下さい」

佐衣子は髪を確かめ、襟元を改めた。

情事の名残りはなかった。

部屋へ戻ると有津は煙草を吸いながらテレビを見ていた。

「十分後に車が来ます」

佐衣子はうなずき、寝室へ入った。

弱い光の中に乱れていたはずの布団が、きちんと直されている。枕も入った時と同じく二つ並んでいる。佐衣子は自分の寝姿を見られたような恥ずかしさを覚えた。

「本当にサロベツには来られませんか」

襖ごしに有津が言った。ホテルの浴衣を畳み終えて佐衣子は有津の横へ戻った。

「駄目ですか」

佐衣子がうなずいた。

「それより、早く帰ってきて下さい」

電話のベルが鳴り車が来たことが告げられた。有津は部屋をもう一度見廻して立ち上った。

「ありがとうございました」

出口で女中が礼をする。情事のあと、見送られることが佐衣子には眩《まぶ》しかった。

「円山へ」

乗ってから有津は行き先を告げた。何も答えぬ運転手が佐衣子には無気味だった。

「向うへ着いたらすぐ便りします」

「はい」

有津の手がそれと分る強さで佐衣子の指を握った。窓の下に暗い川があった。川の先の夜空はネオンで赤く映えていた。

この人はこれから妻のところへ帰る。

佐衣子は有津の整った横顔に、許し難い男のもう一つの顔を見たように思った。


朝、眼覚めると障子ごしに明るい陽が射していた。昨夜の雨雲は夜明けとともに消えたようだった。

佐衣子は寝たまま箪笥の上の置時計を見た。八時であった。横に寝ていたはずの紀彦の床は空だった。もうこんな時間。

快く寝足りた爽快感が体に満ちていた。いつもより一時間は遅い眼覚めであった。遅いのにあきれながら佐衣子はなお眠りのあとの心地よさを楽しんでいた。部屋は静まり返っていた。

天井の目を追い、竿縁《さおぶち》のアカスギを見た時、佐衣子の脳裏に一つの思いが浮び上った。

昨夜は……

佐衣子は目を閉じた。しっかりと目を閉じたが瞼《まぶた》の裏は明るかった。

「エルム」で逢い、食事をするつもりが……

順を追って思い出すことが怖かった。怖いと知りながら止めようがなかった。明るい闇の中で、羞恥が鱗《うろこ》を剝《は》がすように一齣《ひとこま》ずつ甦ってきた。

あの人が……

床の中で佐衣子は両の手を胸に当てた。肌が息づいているのが分った。

何故……

と佐衣子は思った。有津とそんなことになったことが分らなかった。現実のこととは思えなかった。

昨夜からのことはすべて夢の続きのように思えた。

だがそれは佐衣子の頭だけが無理に思い込もうとしていることのようであった。夢だと言いきかせながら、そうでないと言っているもう一つの声があった。それは佐衣子の心のようでもあり、躰のようでもあった。

しばらく佐衣子は岩場に潜む魚のように暗い静寂の中に身を寄せていた。瞬間、頭に満ちた羞恥が少しずつ軀へ拡がっていくのが分った。

その時、朝陽の当る障子に影が動いた。庭で跫音《あしおと》がし、声が洩れた。

「何故切るの？」

「よけいな芽だからだよ」

「折角出たのに」

父と紀彦の声であった。声は朝の空気に乗って枕元まで届いた。縁の戸はすでに開かれている。佐衣子は起き上った。二人は垣根の方へでも行ったらしく、声が遠のいて消えた。鏡台の前の丸椅子に坐ると、小さな花模様の寝間着の上に素肌の顔があった。充分眠った故か肌には生気があった。

少し乱れた髪にブラッシングをし、まとめてから鏡の佐衣子に尋ねた。

「和服にしようかしら、洋服にしようかしら」

鏡の中の自分にきいて答えをまつ。

「やはり和服にしたら」

うなずいて佐衣子は立ち上った。

寒さはなかった。さらしの肌襦袢にしぼのあらいちりめんの裾よけをした。細身の佐衣子はその上にウエストパットをつける。長襦袢は薄い水玉模様であった。

首を前後左右に、自由に廻るように襟を合わせてから軽く衣紋《えもん》を抜き、襟の形を整えた。胸高の上と下、二本の紐をかけてから伊達締《だてじ》めをした。それで体が張った。

昨日と同じ……

帯を締め終った佐衣子に一度潜めた思いが再び甦った。昨日も今と同じ過程で和服を着た。この上に腰紐をし、帯を締めた。一本一本の紐が体に着物を重ね、巻きついていった。

有津さんに逢うため、と佐衣子は思った。美しく装うため着たのだと思った。だが考えてみるとそれは逆のようであった。

あの人に脱がされるため。佐衣子の想念はそこで止って燃えた。嫌なことだと思った。羞ずかしいことを考える。そんな想念から逃げだしたいと思ったが、鏡の中の佐衣子の顔は柔らかく和んでいた。

八時まで例になく寝込んだ自分の軀に佐衣子は恥じていた。ふしだらだと思った。生理が頭と無関係に動いていた。

小さな影が近づいて障子が開いた。

「ママの寝坊」

「紀彦ちゃん今日は早かったのね」

言いながら佐衣子は躰が少し気倦《けだる》いと思った。

「買ってきてくれた？」

言われて佐衣子は昨夜、出がけに紀彦とレーシングカーを買ってくる約束をしたのを思い出した。

「それがねえ……」

「駄目だよ、約束を破っちゃ」

「別に破ったわけじゃないのよ。気になっていたのだけどお仕事が遅くまでかかって」

「だって遊びに行ったんじゃないか」

佐衣子はつまった。弁解の余地はなかった。

「御免なさい。とにかく今日買いに行きましょう」

「罰にもっと大きなのを買って貰うよ」

紀彦は抜け目なく新たな要求を出して、庭へ戻った。櫟《いちい》の生垣の先に花鋏《はなばさみ》を持った老父の後ろ姿が見えた。

着物を着ながら佐衣子は小さな悔いを覚えた。紀彦との約束を守れなかったのは悪かった。有津と逢って簡単に食事をするというだけのことだったはずが、ずるずると遅くなってしまった。

いや、遅くなったこと自体はさして問題ではなかったのだ。そのあと有津に誘われるままに従《つ》いていったのが問題であった。

あの人は初めからそれが目的であったのだろうか。

誘ったのは間違いなく有津であった。だが強引に誘ったのか、こちらが逆らわなかったのか、そのあたりになると不分明だった。いずれにせよ母親としてあるまじき行動であった。

それにしても何故、あんなに簡単に許したのか。

佐衣子にはそこが分らなかった。その瞬間だけ、佐衣子の軀が一人歩きしたようである。心とまるで別の方向へ走った。

有津の顔が思い出された。はっきりした目鼻立ちの中に優しさのある顔だった。

だが、どういうわけか顔よりも羽撃《はばた》くように寄せてきた広い肩幅の思いの方が強かった。

紀彦が開けていった障子の間から、庭が縦に区切れて見えた。もくせいの樹《き》の前にガーベラがあった。立っている佐衣子の髪も、唇も、着物の中に包んだ軀も、すべてが有津の愛撫《あいぶ》を受けたものであった。ガーベラの赤の中に佐衣子は自分の血を見た。軀の中に昨夜の乱れが残っていた。

でも私は逆らった。

佐衣子は頭で呟《つぶや》いた。自分に言いきかせて納得しようとした。

二度言ってそうだと思った。思いこむことで微《かす》かな安らぎが訪れた。

十二

北国の七月初めの陽《ひ》はまだ弱い。どこか、夏になりきれぬ稚《わか》さがある。しかし人々はその稚さに盛夏の暑さを求める。夏の短い北国に住む人達の願いが、そこに潜んでいる。

その七月の初め、サロベツ原野から有津が戻ってきた。札幌を離れていた半月の間に、有津から佐衣子に三度ほど便りがあった。一度目は元気にいる旨をしたためたうえ、原野での一日を簡単に記してあった。そして最後に、「原野から引き揚げる暮れ時、必ず貴女《あなた》のことを思います」と書いてある。どういうわけか、佐衣子には現実に植物園の研究室で見た有津の姿より、寂寥《せきりょう》とした原野で土をいじっている姿の方が鮮明であった。まだ見ぬ土地での、まだ見ぬ姿だけに、それは奇妙な思いであった。佐衣子の脳裏に、原野と有津が密着し、凝縮している故《せい》かもしれなかった。

二度目の便りは七月初めに帰るという便りであった。逢う日まであと六日間と記されている。短いがその言葉の中に、有津が帰札の日を指折り数えているのが分った。それは佐衣子も同じ気持だった。

佐衣子の心に再びかすかな揺らぎが生じたのはこの時からであった。平凡な一日の生活の中に、息を潜め、じっと止《とど》まっている時間がある。あと幾日、と数える。それはまさしく有津にとらわれている時間であった。

二度目の便りを受けて佐衣子はようやく返事を書いた。それまでは自分の気持を見定めかねているところがあった。好き嫌いとは別に、出さぬ方が慎《つつま》しやか、という思いがあった。だがそれは崩れることを知っての抵抗に過ぎない。逆らったということが、崩れることの言い訳になったようである。

佐衣子は一度だけ、紀彦と連れ立って有津のいない植物園に行ったことを書いた。あとは時候のことを記し、最後に、「お風邪など召さぬよう、お帰りの日をお待ちします」と書いた。書いてからもう一度読み直した。読んでみると、お帰りの日をお待ちします、はいかにも大胆すぎると思った。押しつけがましいのは辛《つら》い。

佐衣子はそれを消し、書き改めた。消してみると結びはいかにも味気ない。それでは平凡な時候見舞いの便りに近い。しばらく考えた末、佐衣子は再びその言葉を入れた。

手紙に書くと普通の思いより大袈裟《おおげさ》に現されるのではないか。

佐衣子はまた気が変るのを怖《おそ》れるように封を締め、部屋を出た。

有津からの三度目の便りは彼が帰ってくる前日、夕方に速達で届いた。

佐衣子の手紙を受け取ったということと、学生達とは別に一人で一足先に列車で帰る、と記されている。時間は夕方八時に着く急行であった。

西口から降ります。出来たら迎えに来て下さい。

明日は火曜日であった。火曜日は紀彦がピアノを習いに行く日である。個人教授といっても別に音楽で身を立てさせるというつもりはない。近くにピアノを教える人がいる、というだけで、音感教育のために通わせているに過ぎなかった。だが勉強は勉強である。時間は夜の七時から一時間である。

子供が学んでいるというのに。

佐衣子は心が鈍った。有津がいない時は頭の中で思うだけであった。思うだけでさまざまなことを想像できた。一緒に歩いていることも、食事をしていることも、植物園の樹陰に休んでいることも、空想は自由であった。

時に抱かれている瞬間を想像していることもあった。それは佐衣子が考えていることでありながら、佐衣子のあずかり知らぬことでもあった。

考えているさ中に、その内容に気付き愕然《がくぜん》とする。白昼考えることではなかった。その思いが醒《さ》める時だけ淋しさを覚える。

だが有津がいない時は、いないなりに定まっていた。佐衣子の心が一点に止まっていた。生活のリズムも乱れない。それは少しもの足りなく、だが大方において安定していた。

有津が帰ってくることは、この定まりかけたリズムが壊れることであった。折角定まりかけたものを惜しいが、壊してもいいような気もする。待っているものと拒否するものとが錯綜《さくそう》していた。二日間、佐衣子はまたその両岸で揺らがねばならない。

その日、佐衣子は列車の着く十分前に札幌駅西口に着いた。迷いながら、佐衣子が迎えに出ることは手紙を見た時から定《きま》っていた。ここでも迷ったのは迎えに出るための言いわけでしかなかった。

列車は定時に着いた。線路を一つはさんだ向うのホームなので、乗客が高架橋を渡り出札口に現れてくるまで、やや間があった。佐衣子は出札口の先の出口の端で待った。横に小荷物の一時預りがあり、その隣は赤電話が並んでいた。

吐き出されてくる客の流れを佐衣子は真横から眺めていた。正面に立って探す方が早く見付けられることは明らかだったが、それはさすがにためらわれた。七つの改札が一斉に開かれ、人の列は横に広い流れとなった。

私が見逃しても、あの人は見付けてくれる。

佐衣子はそう思い、そうなることを念じていた。

「やあ」

有津の現れ方は横合いから出し抜けであった。

「お帰りなさい」

出かけた時より有津の顔は陽灼《ひや》けし、整った顔に精悍《せいかん》さが加わっていた。

「手紙が間に合ったのですね。きっと来てくれると思っていました」

きっと、とはどういうことだろうか、どんなことがあっても私が来ることを、この人は見抜いていたのだろうか。

「やっぱり札幌はいい」

有津は駅前のネオンの輝きに目を見張った。光の中にようやく着いたという安堵《あんど》が浮んでいた。

「とにかくどこかへ行って休みましょう」

有津は右手に黒の大きなボストンバッグを持っている。駅屋を出るとすぐ前がタクシー乗り場だった。

三カ所の乗り場にたちまち降りた客が並び、そこへタクシーが一斉に寄せてくる。

都会の夜は、いまようやく始まりかけていた。有津は近くの列の最後尾についた。

「どこへ行くのです」

「ちょっと」

「お家へはお帰りにならないのですか」

「誰よりも先に、まず貴女に逢いたかったのです」

有津は佐衣子の耳元に口を近づけて言った。佐衣子は知らぬげに目をそむけた。

長い列だが次々とくる車で列の進み具合は早い。十分もせず二人の乗る順番がきた。ドアが開き有津がバッグを持ちあげて先に乗った。車は駅前を大きく右へ曲って明るい通りへ出た。

「変りはありませんでしたか。別れていると貴女のことばかり思われて、振り払うのに困りました」

「…………」

「今度別れて過してみて、貴女への自分の気持が本当によく分った」

佐衣子は運転手の様子を窺《うかが》った。有津の言うことはあらわすぎる。だが運転手は知らぬげに前を見ていた。

「僕は三度便りを出したが、貴女からは一度しかこなかった」

「あまり出しては御迷惑かと思ったのです」

「待っていると言ったはずです」

「でも、学生さん達がいらっしゃるのに」

「いや、お宅にだってお父さんやお母さんがいる」

「私の方は構いません。でも貴方《あなた》はお仕事でいらしたのですから」

「貴女はすぐそんなことを言って引っ込み思案になる。今度向うで思ったのですが、貴女の印象は何か冷え冷えとしてとらえどころがない」

「……………」

「しっかり摑《つか》まえていないと、すぐ逃げていきそうだ。どんなに結ばれても安心できないところがある、色で言うと白に近い」

「しろ？」

「そう、冷んやりと白い部分がある」

「そんなお話、止《よ》して下さい」

「止《や》めましょう。こうしてすぐ逢えたのだから」

対向車の明りの中で有津は人懐っこい笑いを見せた。車は繁華街を南へ下っていた。電車通りを渡る時、車が揺れて足元にあった鞄《かばん》が傾いた。

「除《の》けましょう」

有津が鞄に手をかけた。鞄は膨《ふく》らみ、見るからに重そうだった。

「構いませんわ」

「いやいかん。中に泥が入っています」

「泥？」

「そう、泥炭です」

「鞄にですか」

「大半は車に積んでくるんですが、これだけ少し変っているので手に持ってきました」

大切そうに有津は鞄をドア側に移した。

「衣類もそこですか」

「一緒です」

「汚れるじゃありませんか」

「いや、泥炭はビニールに包んであるから平気です」

「ビニールと仰言《おっしゃ》っても……」

佐衣子は有津を盗み見たが、有津は気にする様子もなく煙を吐いた。

可笑《おか》しな人だ。

泥炭が変っているというが、そんな泥炭にとりつかれている有津自身だって変っている。佐衣子は笑いをこらえて可笑しな男の顔を見た。

泥を担《かつ》いで大真面目な男の横顔が懐かしいものに思えた。

「もう出張はなさらないのですか」

「あるのだけれど、七月中はやめました、貴女と離れるのはいやですからね」

佐衣子は声を呑《の》み、外を見た。車は繁華街を抜けていた。車は行き交うが建物は低くなり、時々黒々とした樹木が見える。

「どこへ行くのですか？」

「黙って従《つ》いてきて下さい」

大きなホテルの前を抜けると辺りの情景は一変し、左手は料亭や旅館のネオンが連なり、右手は深い樹立ちが続いていた。

「ねえ、どこか喫茶店へでも行きましょう」

「いや、そんなところは人目につくだけです」

「私はただ、お迎えに参っただけです」

「まあいい」

「よくはありません」

「紀彦君はどうしていますか」

「知りません。とにかく私はそんなつもりでお迎えに参ったのではありません」

「それはよく知っています」

何を知っているのか。佐衣子がどう押そうと動じそうもない有津の横顔に、いままでにない自信を見た。

「困ります」

佐衣子が言ったのはそこまでであった。車が左へ曲り、橋を渡ったところで佐衣子の抵抗は消えていた。車は半月前と同じホテルの前で止っていた。

「降りて下さい」

軽く袖を押されて佐衣子は降りた。街灯がすぐ眼の前にあった。

佐衣子は及ばぬことと知りながら、また言った。

「貴方は私が行かないと言っても、結局は従いてくるとたかをくくっているのですね」

「いいや、そんなことはありません」

「そうに決っています。誘って心の中ではお笑いになっているのです」

「違います」

「ずるい方です」

有津はバッグを下げながら歩いていた。二十メートル先にホテルの入口が見える。

「ねえ、帰りましょう。どこかへ戻ってお茶でも飲みましょう」

佐衣子の声は嘆願に変っていた。

「ここまで来たのに、戻ることはない」

「貴方は、また私をいけなくするのですか」

「いけなく？」

有津が振り向いた。

「こんな悪いママはいません」

「貴女はいつも同じことを言う」

「だって、いつも辛いのです」

「辛い？」

「こんなことだけで別れると、別れたあとがひどく虚《むな》しいのです」

「じゃ、お茶を飲んで別れるのなら虚しくないと言うのですか」

「それなら、納得できます」

「それはいっときのことでしょう」

「いっときでいいのです」

「それは貴女の勝手な言い逃れです」

「言い逃れでもいいのです」

二人はすでにホテルの前にいた。

「入りましょう」

有津が空いた方の手で佐衣子の背を軽く圧《お》した。

「貴方はまた、私をヤクザにするのですか」

「ヤクザ？」

「ええ、貴方に逢う度に、私は少しずつヤクザにされてしまいます」

門灯に浮き上った有津の顔に、一瞬気弱な翳《かげ》りが走った。だが次の瞬間、彼はその怯《ひる》みを振り払うようにホテルのドアを押した。


結果は同じだった。

行為さえ終えてしまえば、入る時の抵抗や、羞恥《しゅうち》は見事に色褪《いろあ》せていた。

これで二度になる。

満ち足りた気倦《けだる》さの中で、佐衣子は有津との逢瀬《おうせ》を数えた。それは知りそめて三カ月という月日のなかで多いようであり、少ないようでもあった。

「もう十時になってしまいました」

佐衣子は身仕度を整え、髪を直した。有津が起きてきてバッグを開けた。

「何もお土産を買ってこなかった、ハマナスの実だけだ」

有津は鞄の端から白い封筒に入れた赤い実を掌《てのひら》の上にのせた。

「可愛いわ」

佐衣子は実を一つ手にとった。ころころと佐衣子の柔らかい掌の中を、実は転がる。

「砂丘でこの実をとっていたら、学生に冷やかされました」

「どうして？」

「いい年齢《とし》をして、子供じみたことを、と思ったらしい」

「泥炭、そのままでいいのですか」

「帰る時、水に浸してきたから心配はありません」

有津は鞄を開いた。中央に二、三枚のビニールに覆われた泥炭が我がもの顔に占拠し、ノートや衣類は左右に寄せられている。

「それをお家にお持ちになるのですか」

佐衣子の眼には、それはただの枯草の交った泥土としか映らない。

「明日、植物園の池に放してやります」

佐衣子はかすかに笑った。

「可笑しいですか」

「池に放すなどと、魚のようです」

「干し上って死なれては困る」

「土が死ぬのですか」

「乾いたら有機成分がなくなって死んだと同じことです」

有津は泥炭の表に軽く手を触れてからビニール包みを寄せ、鞄を閉じた。閉じられた泥炭へ佐衣子はわけもなく妬《ねた》みを覚えた。

「泥炭と私と、どちらが大切ですか」

「それは分りません。比べるべきものではないでしょう、一方は人で、一方は泥です。重さと長さを比べるようなものでしょう」

有津はバッグと佐衣子を半ばずつ見ながら言った。

「いいから仰言って」

「困った人だ」

有津は呆れたというように溜息をついた。

「ねえ、仰言って下さい。仰言らなければもうお逢いしないわ」

「馬鹿なことを言うもんじゃない」

「馬鹿なことじゃありません、ねえ早く」

「今は貴女です」

原野で陽灼けした顔を有津はまっすぐ佐衣子へ向けた。

十三

札幌の駅前通りを南へ下ると歩いて十分そこそこで、薄野の交叉点《こうさてん》にぶつかる。ここで電車は左右へ分れ、一方は豊平へ、一方は山鼻へ向う。山鼻線は右へ三丁走り、そこで左へ曲って再び南下する。山鼻はかつて山鼻屯田兵《とんでんへい》が入植し、開拓したところである。今でこそその辺りは札幌の中心地になってしまったが、明治の頃は札幌本府のあった今の時計台の辺りと、山鼻とは随分かけ離れた存在であった。

本府の道は、正規の北へ向けて南北の道路を敷き、それに東西に走る道を交叉させ碁盤模様に造られた。これに対して山鼻村は南北の道路は北極星に向けて造られた。いわゆる地図上の北と、北極星の北とは七度の開きがある。本府側から延びてきた道路と、山鼻村から延びてきた道路は開拓が進むに従って接近し、最後に今の南七条辺りでつながった。

山鼻電車線が東本願寺の先で軽く屈曲しているのはこのためである。この電車通りを南へ下るとやがて豊平川につき当る。路《みち》は南北に走っているのに、川は斜めに流れているからである。

この川に近づく手前、中島公園に続く西の一角に苑子のアパートがあった。名は静明荘といった。入口が一戸毎《ごと》独立した、いわゆる貸家式アパートで、上下八戸ずつ十六戸が並んでいる。

苑子の部屋は二階の西端にあった。入ってすぐ、三畳ほどのダイニングキッチンがあり、南に面した八畳間がつながっていた。このアパートの中では一番小さな部屋であったが独り身の苑子には充分の広さがあった。

電車通りから一丁半入っただけで、車の騒音は消え、静まり返った夜にはアパートの裏手を流れる川のせせらぎが聞えた。

川の名は鴨々川《かもかもがわ》といい、豊平川の取水口から公園の西を抜け、都心へ出て札幌を東西へ分つ創成川《そうせい》となる。川の両岸には柳が茂り、川の彼岸は公園の樹木となり、此岸《しがん》は大きな邸宅や古い料亭がゆったりとした間合《まあい》をもって建っていた。

この道だけはタクシーより人力車が、エレキより三弦が似合った。川にも道にも、家の構えにも、まだいくらか明治の札幌の名残りがあった。

この川沿いの道を苑子は好いていた。函館からでてきて、友達に誘われてこの道を歩いた時から好いていた。

日毎にリトル東京に変貌していく札幌の都心の近くで、ここだけはかすかな抵抗を示していた。だが最近はこの道沿いにも忍びやかなホテルが建ち、南の端にはアパートさえ建っている。現に女子大生である苑子がその中にいて、一人の男を待っている。古風なものを好いていながら、やっていることはまるで違う。その矛盾に苑子自身が気付いていない。

その男、村尾敬祐《むらおけいすけ》が盛夏の一日が暮れた七時過ぎに苑子の部屋を訪れた。男は夜を背負って現れた。その忍びやかな出現が苑子の若い冒険じみた心を愉《たの》しませる。

村尾は駅の北の石狩へ通じる街道の近くで開業している外科医である。去年の大学文化祭の時、実行委員であった苑子は友人の克子《かつこ》と二人で、大学に近い村尾医院へ広告を貰《もら》いにいった。

「靴ずれの時、通ったことがあって知ってるの。ちょっといかす先生よ」

広告を貰うことより、いかすという医師に会うのが克子の目的のようでもあった。

村尾は克子があらかじめ吹聴したほど、ハンサムではなかった。美男ということから言えば、若さも手伝って志賀の方が上に思えた。

だが村尾には若さとは別の落ちつきがあった。親切に応対する表情の中に、小娘が、と見下したところがあった。それは外科医という残酷な仕事の故《せい》かもしれないし、三十の半ばをこして安定した生活を営む男の傲慢《ごうまん》さかもしれなかった。

いずれにせよ志賀の直線的な熱っぽさとは対照的な醒《さ》めた眼だった。

文化祭のプログラムが出来上った時、苑子は克子が他の仕事に関わっているのをいいことに、一人でプログラムを届けに行った。

自分とは遠く離れた世界に住む男へ、苑子は若い好奇心と憧れを抱いていた。

二度目に苑子が村尾医院を訪れた時は九月の末の平日の午後で、病院は閑散としていた。名を告げると苑子は病院に続く住宅の応接室へ通された。

村尾は白衣を脱ぎ、紺地にエンジの淡い縦縞《たてじま》の入ったカーディガンを着て現れた。

「裏表紙の上段に入れさせて戴《いただ》きました」

村尾医院の広告は同じ値段のなかではかなりいい位置に入れたつもりであったが、村尾はそこへ軽く目を向けただけで、すぐ煙草に火をつけた。驚きも喜びもしない。女子大の文化祭の広告などは初めから当てにしていないのかもしれなかった。

村尾医師が興味なさそうだと知って、苑子はかえってむきになって文化祭のことを話した。彼は時々うなずき煙草を吸い続けた。展示会の話をしている時、中年の、いかにも満ち足りたらしい女性が現れて紅茶と菓子を置いていった。

「奥さまですか」

二人だけになってから苑子は尋ねた。

「そうです」

村尾は当り前だというように答えた。紹介されなかったことに、苑子は村尾にも、妻にも無視されたような口惜《くや》しさを覚えた。

もうあんな人のことは忘れてやる。

その時はひどく腹を立てたのに、苑子はその一週間後に、また一人でバザーの招待券を持って村尾の許《もと》を訪れた。

「あん蜜やお汁粉といった甘いものが多いのですが、お子さまでも連れて是非いらして下さい」

苑子は玄関口で見た女児用の赤いサンダルを思い出していた。村尾はうなずき、かすかに苦笑したが、バザーには勿論《もちろん》、文化祭にも現れた様子はなかった。

学生だと思って馬鹿にしているのだわ。

志賀との間にはこんなことはなかった。苑子が誘えば志賀はきっと来てくれた。苑子の気持を先々と読もうと努めているのがよく分った。

だが村尾の場合はまるで違っていた。苑子がどう振舞おうとテコでも動かぬしたたかさがある。冷笑しているような部分があった。

勝手に馬鹿にするといいわ。

好意が通じぬ歯痒《はがゆ》さに焦立《いらだ》ちながら、揺がない男の姿にひかれていた。

文化祭の一カ月後、右の小指に小さな切り傷をしたことで苑子は再び村尾医院を訪れた。村尾が苑子を誘ったのはこの傷が治った時であった。

「今晩は妻がいなくて外で食べる。よかったら一緒に食べませんか」

傷の処置を終え、看護婦が受付へ消えた一瞬の間に村尾はそれだけのことを言った。

「六時半に、グランドホテルのロビーで」

村尾の表情に秘めごとを話している様子はなかった。

「じゃ」

その時、看護婦が戻ってきた。

「さきほど瘭疽《ひょうそ》で切開した丹羽さんですが、痛むそうです」

「セデス〇・五を二包」

「はい」

村尾は先ほど苑子に夕食を誘ったとも思えぬ平然とした態度で命じた。すべてが計算しつくされたように見事で揺ぎなかった。

どういうつもりかしら。

村尾の言い方は一方的であった。苑子の返事を聞いていない。行くべきかどうか、苑子は迷った。迷いながら村尾がようやく自分の方を向き出したことが嬉《うれ》しかった。

苑子はグランドホテルへ少し遅れて行った。遅れて行って村尾が先に来ているところを見てやろうという魂胆だった。

だが行ってみるとロビーに村尾の姿はなかった。村尾が探すところを見るはずの苑子が逆に周りを見廻す破目になった。

ロビーを一通り見渡し、ドアの近くへ戻りかけた時、村尾が現れた。

「出がけに患者が来て遅くなった」

それだけ言って村尾はロビーを横切り、エレベーターへ向った。後に従いながら苑子は来たら言ってやろう、と思っていた意地悪な言葉を言う機会を逃がしたことを知った。

二人はグリルで食事をしてから、夜景の見えるバーへ行った。

カカオフィズを飲みながら、苑子は村尾へ宮の森の姉の家の電話番号を教えた。村尾は二度ほど口でくり返したが手帳には書かなかった。書きとめられなかったことに、苑子は軽く安堵《あんど》し失望した。

九時になったところで村尾は「送ろう」と、一言だけ言ってタクシーをつかまえ、宮の森まで送ってくれた。

それから二人は半月に一度くらいの割で逢って、食事をしたり、軽く飲んだりした。だがいつの場合も村尾は乱れるということがなかった。彼の行く処《ところ》は何処《どこ》もデラックスで、苑子を酔わすムードがあった。志賀と一緒の時のように、相手の財布のことを考えたり、割勘にする必要もない、心地よく安定していた。

苑子が村尾に体を許したのは今年の三月であった。

春を思わせる南風が吹き、夜のなかで雪が溶けていた。

その時のことを苑子ははっきりと憶《おぼ》えている。

村尾の奪い方には、少しの唐突さも不自然さもなかった。当然のように奪い、当然のように奪われていた。実際すべてが終ってから苑子は起きたことに気付き、驚いていた。考えてみると容易ならぬことであった。

だが村尾に動じている気配はなかった。

村尾の行為には淀《よど》むところがなかった。丹念に、しかも的確に求めてきた。未熟な苑子の女体へ、充分の思いやりを示しながら、要所をおろそかにすることはなかった。

その時、苑子は初めてではなかった。半年前から志賀には数度許していた。

だが志賀の求め方は短兵急で余裕がなかった。真摯《しんし》であったが安らぎはなかった。一生懸命のくせに一人よがりであった。

万事が村尾とは正反対である。

村尾の体には病院の匂いがあった。

この人は今、どんな顔をしているのだろうか。

抱かれたまま苑子は村尾の表情を思った。だが顔をあげて見る気にはならなかった。あげたらたちまち、いま得た安らぎが失われそうであった。

遂に私を求めた。

奪われていながら、苑子に奪われたという気持はなかった。むしろ瞬間にせよ、村尾を狂わせたことに快感を抱いていた。

村尾が自分にひれ伏したと思った。しかしそれは村尾にとっては、予定通りのことなのかも知れなかった。逢った当初無関心に振舞い、食事だけでつき返し、時間をかけたのも、今となっては計算された結果のようでもあった。

だが苑子はそのことに腹を立ててはいなかった。たとえそうでもいい、計算ずくであろうが、冷えたところがあろうが、苑子の体はこれまでのどの時よりも充実し、息づいていた。


苑子のアパートへ来る時、村尾はタクシーで来る。

「車をもっているのだから、乗ってくるといいわ」

苑子は笑ったが村尾は答えない。

遠出以外彼は自家用のベンツを使わない。それが村尾の細心なところであり、冷えたところでもあった。

「遅いわ」

村尾が部屋へ入るなり、苑子は前掛けで手を拭きながら恨みごとを言った。ガスレンジの鍋は湯気立ち、横でフライパンの上の玉葱《たまねぎ》が煮えたっていた。

「出がけに急患がきた」

「そんな言い訳、聞きあきたわ」

苑子はガスを止め、前掛け姿のまま村尾の背広を脱がす。それと気付かぬうちに苑子の動きには、妻のような仕種《しぐさ》が身についていていた。

「遊びにでも出かけようかと思ったのよ」

「しかし晩御飯をつくっていたのだろう」

「もう十分も遅ければよ」

顔にまだ稚《おさな》さの翳《かげ》を残している女が一人前の恨み言をいっていた。二十歳の苑子には気付かぬ艶《なま》めかしさが、そこにはあった。

「学校からは何時に帰ってきたの」

「五時よ、それから先生が来ると思ったから急いで買物に行って、お湯をわかして……」

「分った」

有無を言わせず村尾は苑子の唇をふさいだ。不意をくらって苑子はウエストを引き寄せられたまま、両の肘だけで、ばたばたと男の肩を叩いた。強引だがタイミングは確かである。それが苑子から羞《は》ずかしさや、腹立たしさを失わせる。

釣りあげられたばかりの魚のように、ばたつく苑子を村尾は奥のベッドへ運んでいく。若く、はね返ってくる抵抗も三十半ばの村尾には格別のこともない。どう暴れようと彼にとっては赤児《あかご》をあやすようなものであった。

そうした確かさが苑子にはどう暴れてもいいのだという安心感になっていた。どうなったところで村尾が上手にやってくれる。志賀との時とはまるで違う安らぎがある。どこかで目を閉じ、力を抜きさえすれば、いつでもその安らかな悦《よろこ》びに入っていける。

患者のお腹を切り開く長く細い指で、苑子は村尾のものにされていく。患者の肌に触れた白い指に犯されることに反撥《はんぱつ》しながら、それに満足している。男の表情のように冷酷に、思いきり乱暴にいじめてくれるといいと思う。実際そう思うとおりに村尾の指は進んでいた。

札幌の夏は日中こそ三十度に近く、東京と変らないが、夜になると乾いた空気に乗って涼しさが訪れる。暑さは夏の夜のため、というより行為そのものの故であった。

行為が終ってから苑子はベッドの両脇に散乱している下着をすくいあげ、スリップをつけ、ミニスカートのフックをとめた。

「暑いわ」

レースのカーテンを除け、扇風機をつける。風がベッドの上から垂れている村尾の脚を撫《な》でていく。

「ねえ、お食事をする？」

「そうだな」

「私、お腹がぺこぺこだわ」

苑子はダイニングキッチンに戻り、行為の間にさめかけた味噌汁に火をつけた。

村尾は起き上り、下穿《したば》きから順にはき始めた。腹のあたりにいくらか肉がついているが肥満体というほどではなかった。

「今度、ここに私のものをおいていってもいいかな」

「先生のものって、なあに」

苑子は初対面の時と同様、いまでも村尾を先生と呼んでいた。

「替えズボンとセーターくらい」

「わたしは平気です」

「迷惑ではないかね」

「どうして？」

鍋をおろしながら苑子がいつもより大きな声をあげた。

「この部屋に君のボーイフレンドが来た時、邪魔かと思ってね」

「先生の馬鹿、わたし、そんな勝手なことしないわ」

「いや、入れてもいい」

「それどういう意味？」

苑子が振り返ると村尾は至極真面目な顔でズボンをはいていた。

「僕は別に君を縛りつけるつもりはない。君はやりたいことをやっていいのだ」

苑子は四角い机の上に椀《わん》を並べた。

「君にお金を渡しているのは、君が可愛いからお小遣いをあげているだけで、縛るためではない」

ここへ移った六月の末、村尾は苑子へ十万円を渡し、七月の末には三万円ほど置いていった。部屋代は一万五千円だが、函館の実家から月々三万円ほど送ってもらっているので不自由はなかった。

「もっとあげてもいいのだが、あまりお金をもつと学生でなくなってしまう」

「私は充分よ」

「お金を渡すからといって変に考えないで欲しい」

「私は先生を少しばかり困らせてやればいいのよ。それ以外は何も考えてないわ」

苑子は村尾の前に来て小さく笑った。

「僕は別に困っていない」

「いまに少しずつ困らせてあげる」

「そうかね」

村尾はテーブルの前に坐った。少し蒼《あお》ざめた顔は完全に醒めていた。

「お姉さんは何も言っていないかね」

「まだぶつぶつ言ってるけれど、出てしまったら仕方がないでしょう」

「来週は来られない」

「どこかへ御旅行?」

村尾は週に一、二度の割合で苑子のアパートへやってくる。病院には入院患者がいるので、来ても二、三時間で帰る。

アパートよりも街で飲んでいる時の方が落着いていた。

苑子にとって村尾は恋人でもなく、情人というのでもなかった。単に「好きな人」とでも言おうか、だが体の関係もあり、一方で父親のように思うこともある。何と言っていいのか、苑子にも分らない。

村尾は苑子に逢うのに無理強いはしなかった。訪れる時、あらかじめ必ず電話を寄越し、「これから行こうと思うが」と言う。苑子が断われば無論来ない。お金を出している、とか、恋人なのに、といった押しつけがましいところがなかった。

「いま友達が来ているわ」

一度苑子が言うと、「じゃ次にする」と言って電話を切った。

物足りないほど呆気《あっけ》なかった。だがそれも村尾の計算なのかもしれなかった。控え目で冷やかなところに苑子はひかれていた。無理押しをしてこないので、かえって苑子は村尾を裏切れない。

「君は夏休み中は函館に帰らないのか」

「帰ってもつまらないわ」

「お母さんが心配しているだろう」

「母はいいの、問題は姉貴よ。この頃少しヒステリー気味なの」

義兄の有津と姉の牧枝の間はこの頃冷めている、と苑子は少し愉しむ気持で考えた。

十四

札幌から海水浴のできる海岸までは、何処《どこ》も車でほぼ小一時間の距離である。なかでも銭函《ぜにばこ》・大浜《おおはま》といった小樽《おたる》よりの海岸には、佐衣子の家のある円山からでは都心を抜ける手間がはぶけるので三十分とかからない。

夏の間、紀彦は海へ三度行った。一度は学校で引率され、一度は佐衣子の弟の正樹に連れられ、一度は佐衣子と二人であった。

北国の夏は七月半ばから八月半ばまでで一カ月に満たない。その間も水に入りたくなるような暑さの日は数えるほどしかない。短い夏に三度の海行きは少ない方ではなかった。

三度の海水浴で、紀彦の顔は赤銅色になり、細く頼りなげな体に逞《たくま》しさが加わった。

東京にいる時は湘南《しょうなん》に割合近い、東横線の自由が丘にいたが、それでも海へ行くのは年に二、三度であった。東京の車の混雑を思えば、札幌の海の方がはるかに行きやすい。東京で水遊びをするとなると、結局学校のプールか、近くのホテルのを利用することになる。北国へ来て紀彦はかえって海に馴染《なじ》んだ。

もっとも東京にいた頃は、夏の大半を紀彦は蓼科の別荘で過した。別荘は白樺湖《しらかばこ》の二キロ手前の緩斜面にあった。樹木や虫には恵まれていたが海には無縁だった。

「ほら、皮が剝《む》ける」

夜、寝間着に着替える時、紀彦は自慢らしく陽《ひ》に灼《や》けて皮の剝けだした背を見せた。皮が剝けるとその下の肌は、稚《わか》い白さだった。

佐衣子の肌は北国育ちらしく白かった。それもただの白というより、いくらか蒼味《あおみ》を帯びていた。夫の克彦は東京育ちの故《せい》か、色は白い方ではない。紀彦の中に佐衣子の血が流れていることは確かだった。だが紀彦の細面に似合わぬ眉の濃さも、目から鼻への大まかな流れも夫とは無縁のものだった。

「僕、平泳ぎができるようになったよ、正樹兄さんに教えて貰《もら》ったのさ。二十五メートルくらいは大丈夫だよ」

「無理をしちゃ駄目よ」

「立てるところだから大丈夫だよ」

喋り続ける紀彦のなかに、佐衣子はもう一人の男の影を見た。年とともに、その影は紀彦の上に確かさを増していく。

「もう一度海へ行きたいな」

「お盆が近づいたら海へはいるものではありません」

「何故《なぜ》?」

「波が高くなるし、水も冷えてきます。お盆は死んだ人を祀《まつ》る日なのです」

「じゃお父さんを?」

うなずいて、佐衣子は戸惑った。夫の克彦の墓は東京にあった。仏壇も位牌《いはい》も、すべてが自由が丘の宗宮の家にある。

「東京へ行くの？」

「…………」

盆が来るまで佐衣子はそのことを考えていなかった。忘れていたわけではないが、はっきりした形では思い出さなかった。迂闊《うかつ》といえば迂闊だった。

「東京のおじいちゃんとおばあちゃんが、お参りしてくれているからいいわ」

佐衣子は紀彦へというより、自分へ言いきかせるように言った。

「来年にでも行きましょう」

「うん」

紀彦にとってはどちらでもよいことだった。こだわっているのは佐衣子自身であった。

「東京は暑いからね」

二年経《た》って紀彦の中から父のイメージはかなり薄れたようである。忘れたわけではないが遠い人になった。日々の生活に関わりのない人になっていた。それを知って佐衣子の中に安堵《あんど》している部分があった。

私だけではない。

その記憶の薄れようを、佐衣子は正当化したかった。死別して二年も経てば記憶は薄れる、それが当り前なのだ、と誰かに言ってもらいたかった。

言って慰められれば安心できる。薄れていくのを償えた気持になる。

紀彦だってそうなのだ。佐衣子はそのことに頼っていた。だから私も薄れていくのだと。

だがそれは佐衣子の勝手なこじつけのようであった。

紀彦は子供とはいえ、夫の克彦とは血の繫《つな》がりのない子だった。籍だけの父子だった。さらに何も知らぬ子供である。

しかし佐衣子は違う。処女を与え、夫婦を契った仲である。肌で感じ、生きてきた仲であった。

紀彦とはまるで違う。それに佐衣子が気付かないわけではなかった。紀彦と同じ立場ではない、と瞬間思う。

だがその思いをすぐ打消す。不都合なことは忘れようと思う。これでいいのだ、と自分で自分に納得させようとする。努力している時がある。意識して打消しているのは、そこにひけめを覚えている証《あかし》でもあった。

「ママは寝ないの」

床にはいりかけて紀彦がきく。

「男の子ですもの、一人で眠れるでしょう」

「眠れるけどさ、ちょっと風があるみたいだろう」

紀彦は障子の方へかすかに目を向けた。風はすでに初秋の爽やかさに戻ったらしく、縁のガラス戸を軽く叩いていた。

「ママが死んだ人の話などするからだよ」

「だって、パパのことでしょう」

「パパだって、死んだ人は死んだ人じゃないか」

そうだ、死んだ人だ、と佐衣子はもう一度自分に言いきかせた。

「もっと小さな家に住みたいな」

「じゃママが横にいてお手紙を書いています」

「そうしてよ」

紀彦は安心したのか、床の中へ滑り込んだ。

「ママが横にいますから、早く眠るのよ」

「うん」

佐衣子の起きている間に寝っこう、とするように紀彦は急いで眼を閉じた。

佐衣子は部屋の光を小さな電球に変え、坐り机のスタンドをつけた。東京の義母へ時候見舞いをかねて除籍の件で書かねばならぬことがあった。立ち上り、サイドボードから便箋を取る。

「出ていっちゃ駄目だよ」

寝ていると思った紀彦が声をかけたが、眼は閉じたままだった。

「大丈夫よ、便箋をとるだけよ」

臆病なところが、佐衣子には可笑《おか》しい。眠る時、紀彦はきちんと上を向いて寝る。陽灼けした顔に長い睫毛《まつげ》が蓋をしたように影を落している。

誰とも知らぬ男の血がこの子の中に流れている。

突然、佐衣子の頭に無気味な思いが甦《よみがえ》った。一度思うと、その思いは小波《さざなみ》のように拡がり、佐衣子の体は白く凍えてくる。金属とゴム手袋の感触を佐衣子は忘れない。

あの時……

佐衣子を犯したものは、無表情で硬質な無機質のもののようであった。喜び悲しむ「人」ではなく、「物」のようであった。

犯されたのは夫の故で……

克彦への思いがそこで眼覚めてくる。平穏で優しさに満ちた生活の中に一点、白けた部分があった。そこが欠けては成り立たぬ、その致命的なところで空白があった。

紀彦を得たが、それは形の上でその欠落を埋めたにすぎなかった。それを思う時、佐衣子の顔はむしろ蒼ざめる。辱《はずか》しめを受けながら佐衣子の顔は能面のような無表情さで止っていた。屈辱でありながら怒り羞《は》じらう対象がなかった。

硬質のガラスの思いだけが佐衣子を貫く。佐衣子の悲しみは、相手が白く冷えた無機質であることにあるようだった。

リラの花のように、と佐衣子はふと思った。

リラの花は盛り上るように咲きながら、その実、淡く冷え冷えとしていた。優しさをふりまきながら一点、寄せつけぬところがあった。

燃えているとも、枯れているともいえぬ中庸なところがあった。作られたよそよそしさがあった。リラはどうみても南の花ではなかった。北国の、どこからか移し植えられた花であった。百年経ても、リラはそのよそよそしさを変えてはいない。

理路整然とした碁盤縞《じま》の札幌の街ように。

一人になって佐衣子の思いはとめどなく流れていく。

十年前、札幌で受けた冷えた感触は、街の思いとともに佐衣子に残っていた。

眠りに入った紀彦を見ながら、佐衣子はもう冷えるのはいやだと思った。


冷えた思いから逃れるように佐衣子は翌日、有津に逢った。

有津からはその日に電話があったのだが、すぐ逢う約束をした。

有津の電話はほとんどが昼であった。昼なら佐衣子が電話をとる。週に一度か、多い時は二度の時もある。逢う約束以外は、これといってとりとめのないことを話す。紀彦のことや草木のことだが、それらは逢うための手段に過ぎない。

「たまには貴女《あなた》からも電話をください」

「はい」

素直に答えながら佐衣子は電話をしたことはなかった。

「僕から電話があるからと思って、貴女はくれないのですか」

八月の初めに二人が逢った時、有津は佐衣子を責めた。

「そんなんじゃありません」

「じゃ、どういうわけです」

「本当は凄《すご》くお声を聞きたいのです。今度こそ、と何度も電話口まで行くのです」

「電話口まで行っても、かけてくれなければ同じですよ」

「でも、怖いのです」

「怖い？」

「お電話をすると、貴方《あなた》はきっと逢おうと仰言《おっしゃ》るからです」

「逢いたいから逢おうという、それがどうして怖いのです」

「それは……」

佐衣子は襟元に手を当てた。どう言えばいいのか佐衣子にも分らなかった。

「僕の言うことは可笑しくはないでしょう。筋が通っている」

正しいとか正しくない、という問題ではない、と佐衣子は思った。

「お声を聞くだけでいいのです」

「分らないな。折角話ができたのだから、話すうちに逢いたくなるのは当り前でしょう」

言葉になると、有津の言っていることは、みな正しいことのように思えた。

「妙な話だ」

「お逢いして、お顔を見るだけなら、いつもお逢いしたいのです」

「じゃ問題はないじゃありませんか」

「いいえ、違います」

「違う？　そうかな」

佐衣子の頭に言葉が溢《あふ》れていた。あれもこれも、すべてを有津に打ちつけてやりたい。だが言えることはその十分の一にも満たない。

「お逢いして、それで済んだことはありません」

「それは、僕が勝手に求めたことで貴女の責任ではない」

「お逢いすると、私はついずるずると貴方の言うままになってしまいます。貴方は私がそうなることをよく御存じなのです」

「そんなことはない」

「いえ、そうです」

珍しく、佐衣子ははっきり言った。

「そんなことは気にする必要はない」

「いいえ気になります」

気色ばんだ佐衣子の顔を、美しい、と有津は思った。

「困った人だ」

「困らせるのは貴方です」

「そうかな」

有津はかすかに笑った。優しさと余裕のある笑いだった。

からかっているのだわ。そう思いながら、佐衣子はその笑いから逃れることは出来ないと思った。

その冷えた思いの翌日の逢瀬《おうせ》も、結果は同じであった。喫茶店で逢い、軽い夕食を終えてホテルへ行く。

知らぬ間に、二人の逢瀬のパターンができ上っていた。言葉で反抗し、避けながら、躰《からだ》の方がそのやり方に馴染んでいた。

いやだ、と思いながら気付いた時、佐衣子は有津の腕の中にいた。満ち足りた思いの後ではすべての抗《さか》らいが色褪《いろあ》せ、むなしいものに見えた。

どうしたことか……

抗らっていた気持がわずかの時間のうちに消えている。その変貌に佐衣子はあきれていた。驚きたまげながらそれに安住している。今の状態を疑う気持は、もう何処にもなかった。

身仕度を整え、出るだけになったところで有津が部屋の受話器をとった。

「ねえ、お車は呼ばないでください」

「じゃあ、外で拾おうか」

佐衣子はうなずいた。有津は帳場へ「出る」とだけ電話で伝えて立ち上った。

ホテルから一緒に出て車に乗る。佐衣子の家の前で止め、そのあと一人で有津は自分の家へ戻る。これでは運転手に情事とその当人を教えているようなものであった。たとえ客とは無関係の運転手とはいえ、顔や場所まで覚えられるのではないか、と佐衣子は怯《おび》えた。

この人は何とも思わないのだろうか。

有津の背を見ながら佐衣子はホテルの廊下を歩いた。

外にはわずかに風があった。一週間の間に風は暖かさから爽やかさに変っていた。

「少し歩きましょうか。川岸の方へ行ってみましょう」

街灯が並んだ小路の先に小さな坂があった。登りきると堤防で、視野が開けた。黒くぬりつぶされた空間に、川面が白く輝いている。三日前の雨で水量は少し増しているようだった。

「いい風だ」

堤の上は風がいくらか強かった。有津はポケットに片手をいれ、ゆっくりと歩いた。

堤の下の家々は静まり返り、車も人影もない。佐衣子は潜むように歩いた。

夜の川はせせらぎだけで止って見えた。彼岸の灯も、夜空に黒い輪郭を見せる山も揺がない。すべてが止っているなかで、行手の橋の上だけが激しく光が交錯していた。

「今度いつ逢えますか」

「分りません」

「来週の初めは」

「ねえ、もうそんなに逢うのは止《や》めましょう」

「どうして」

「あんまり逢っては、貴方に飽きられてしまいます」

「まさか」

「本当です。たまにだから貴方はお逢いしてくれるのです」

「そんなことはありません。僕はそんな浮気な男ではありません」

どこかで盆踊りでもしているのか、太鼓の音が川風に乗ってきた。以前はこの河原で盛大な盆踊りが行われたが、街が大きくなり、都会の形を整えるにしたがって消えてしまった。今の太鼓は川に近い町内会で細々とやっているものに違いなかった。

北国の夏は旧盆で終りだった。

「毎日でも逢いたいと思っているのです。貴女は思わないのですか」

「そんなことは仰言るものではありません」

「いや、本当です」

「貴方はそんなことを仰言って私をどうするおつもりなのです」

「どうって……」

「奥さまやお子さんに、悪いとはお思いにならないのですか」

初秋の風に吹かれた佐衣子のなかに、めらめらと燃え上るものがあった。

「いいか、悪いか、それは僕にも分らない」

川沿いの堤は暗く、人通りがなかった。

「奥さまを苦しめて、いいわけはないでしょう」

「いいわけはない」

鸚鵡返《おうむがえ》しに有津が答えた。

「しかし……だからといって、止めるわけにもいかない」

佐衣子は立ち止り有津を見上げた。有津は真っ直ぐ橋の方を見ていた。

「奥さんは、私達のこと、ご存じないのですか」

「知っているかもしれないし、知らないかもしれない」

「そんな無責任な……」

川の音が佐衣子に甦った。せせらぎが彼女の気持を揺さぶった。

「奥さまを愛していらっしゃるのでしょう」

「…………」

「きっと凄く愛しているのですね」

「いや、違う」

「私なんかよりは、ずっと」

「そうではありません」

「私は、声をかければすぐ出てくる。馬鹿な女だと思っているのですね」

「…………」

「遊ぶには便利な、都合のいい女だと、そう思って心では笑っていらっしゃるのですね」

「止《よ》したまえ」

突然、有津は佐衣子の肩を引き寄せた。佐衣子は半回転し、そのまま有津の胸の中にとび込んだ。佐衣子の胸に悲しみが溢れ、全身に拡がった。

「そうなのです。そうに違いありません」

言いながら佐衣子は泣いていた。小さく啜《すす》りあげ、声を低めながら顔をすり当てた。

有津の胸は硬くて揺ぎがなかった。長い時間だと思ったが、それは数分のことであった。闇の中で佐衣子は有津の匂いをかいでいた。何の匂いか、定かではない。初めからなかったかもしれない。だが、胸の中にいるというだけで佐衣子は匂いを感じていた。

風が街の音を運んできた。感情の波が過ぎると、あとは他愛がなかった。一度爆発したことで、佐衣子の心はつきものが落ちたように静まっていた。自分で演じておきながら、数分前の狂態が嘘のようであった。

駄々をこねて泣いた赤児《あかご》が泣き止むように、そろそろと顔をあげた。有津は黙って川を見ていた。佐衣子は有津の胸を離れ、ハンカチで眼の縁を拭いた。コンパクトを開きたかったが、暗い堤の上では無理だった。

「御免なさい」

「行こうか」

有津は何事もなかったように歩き始めた。

そのまま堤が橋に交叉《こうさ》するところで車を拾った。シートに腰を降ろして佐衣子はようやく落ちついてみると羞ずかしさが一度に舞い戻ってきた。乱れた分だけ、それは大きくなっていた。

「今度、紀彦君も一緒にドライブにでも行きましょうか」

「紀彦と一緒に？」

「随分会っていないから」

佐衣子は有津の横顔を見た。有津の顔は対向車の光で半ば輝き、半ば沈んでいた。

「日曜日でも、如何《どう》です、支笏《しこつ》湖か、洞爺《とうや》でもいい」

「でも……」

「もう、夏のようには混んでいないでしょう。日帰りだから、洞爺は少しきついかもしれないから、支笏湖はいかがです」

「私はどちらでも……」

「じゃ、日曜日午前十時にどこかで逢いましょうか」

有津は相変らず前を見ながら言った。

「車の停め易いところでグランドホテルのロビーはどうかな」

「無理をなさらなくてもいいのです」

「無理をしているんではない、支笏湖ならゆっくり遊んでも夕方までに戻れます」

佐衣子はうなずいた。うなずきながらしばらくは有津の妻のことも、子供のことも考えまい、と自分に言いきかせた。

十五

盛夏が過ぎて、北海道からカニ族が消えた。

カニ族とは二十歳前後の、道外からの観光旅行者を言う。彼等《かれら》は男女を問わずセーターとズボンの軽装に、一様に横に角張ったリュックを背負っている。この恰好《かっこう》が甲羅を背負った蟹に似ているところから、カニ族という名前がついた。

札幌の夏は、夏休みを利用して道外から寄せてくるカニ族で溢《あふ》れる。

有津はこのカニ族を好いてはいない。若い時にできるだけ少ない金で、いろいろな土地を見ておくのは悪いことではないが、この頃のカニ族は、旅をする心構えとか、礼儀では随分と欠けるところがある。他の人はともかく、少なくとも有津にはそう見える。

カニ族はもちろん、植物園にもやってくる。本州にない広い芝生と、巨木に見惚《みと》れてのんびりと休むのはいい。五、六人で集まり唄を歌い、走り廻るのも構わない。

だが薬草園に入り葉をむしったり、温室で花を摘《と》っていくのは困る。悪意ない、遠い北国まで来た思い出のためだと言えばそれまでだが、公共のものであることを考えれば出来ることではない。

一カ月前、有津は植物園でテントを張らせて欲しい、という申し出をカニ族から受けた。植物園は五時以後は閉ざし、数人の管理者が残るだけになる。

樹木に囲まれた園内で、なだらかな芝生の上にテントを張ることはたしかに心地よいことかも知れない。だが、有津は即座に断わった。

植物園は憩いの場所であり、心休まる所であったが、キャンプ場ではなかった。美しく広いが、植物を専攻する者にとっては勉強の場でもあった。一日や二日、キャンプをしたからといって芝生が傷むというわけではなかった。

だが一つを許すことは、全てを許すことになる。小さな枠を外すことが、全体の枠を外すことになる。有津が断わったのは、そうした理由からである。だが断わったのに、有津にはなお釈然としない気持があった。

「地方の学生が東京に行って、新宿御苑《ぎょえん》や、芝公園に行ってテントを張らせてくれ、なんて言うかね」

断わったあと、有津は志賀にいった。

「言いませんね」

「テントを張ることなぞもちろん許せない。だがそれ以上に、そんな馬鹿げたことを抜け抜けと言ってくる神経が僕は許せないような気がする」

「旅の恥はかきすて的なところがあるんでしょう」

「それにしても、彼等は少し北海道では破目を外しすぎるところがある」

「そうかもしれません」

若い志賀なら、彼等の気持をうまく説明してくれるかも知れないと思ったが、彼は素っ気なかった。

「この前、大学の友達に聞いたのだが、連中は大半は飛行機で来るそうじゃないか」

「そうなんです。飛行機で来て、ホテルに着いてカニ族に変るそうです」

「じゃ何も無理してカニ族になる必要はないじゃないか」

「それがやはり、カニ族になった方が面白いのですよ。何といってもあのスタイルは若さと自由の象徴ですからね」

「若さか……」

有津は陽《ひ》のかげった窓を見た。いま自分にカニ族のような若さと自由があれば、どうであろうか。

「あんな無茶ができるのはあの時期だけですからね」

「君はどうかね」

「僕はもう駄目です」

「若ければ無茶をしてもいいという理屈はないと思うが」

有津がカニ族を憎むのは、自分にできぬことを彼等がやるからなのかもしれなかった。

だが彼はそう思うことを怖《おそ》れていた。

「若さなぞ、どうせ一時のものです」

思いがけず志賀は分別臭い顔をした。

「ところでサロベツ原野の土壌分析の結果は揃《そろ》ったかね」

有津は不快な思いを振り捨てるように志賀に尋ねた。

「遅れていたミズゴケ泥炭の結果が昨日出まして、上サロベツでは分解度平均が三・三八なのに下サロベツでは五・一二でかなり高くなっています」

「上サロベツのは泥炭層下部のものが入っているからね」

「私もそうかと思うのですが、今資料を持ってきます」

志賀は向きを変えると大股で部屋を出ていった。


日曜日はよく晴れていた。八月の最後の日曜日で、秋晴れというのには少し早すぎたが、空の晴れ方は間違いなく秋のそれだった。

有津は日曜祝祭日以外はあまり車に乗らない。平日の通勤は時間に縛られたものでもないし、ぶらぶら歩き、思い出した時、車を利用する方が楽しい。他人から見れば勿体《もったい》ない車の使い方でもあった。

「どこへ行くの？」

珍しく早く起きて車を整備している有津に妻の牧枝が尋ねた。

「篠路《しのろ》だ」

篠路は札幌に最も近い泥炭地で、すでに何度か行っていた。

「帰りは夕方になる」

妻は返事をせず、車を拭いている有津の後ろ姿を見ていた。

「パパ、お出かけ？」

二人が外にいるのを知って久美子が出てきた。

「篠路に行くんですって。久美子ちゃん連れていってもらったら」

「うん、行く。パパ行っていいでしょう」

「駄目だ、パパは仕事だ」

「だって志賀さん達も一緒でしょう」

「一緒でも、仕事に子供など連れていけるもんか」

「駄目ですって」

「なんだ、つまんないなあ」

妻と久美子は家の中へ戻った。有津は腹が立っていた。出がけに、わざわざ嫌味を言いに来る。妻は俺が他の女性とドライブに行くことを知っているのだろうか、いや知るわけはない。言ったこともないし、手帳に書きつけたこともない。だが、あれはたしかに嫌がらせだった。

女の勘か……

有津は無気味な思いにとらわれた。

グランドホテルのロビーに有津が着いた時、佐衣子と紀彦はすでに来て待っていた。時間は十時ちょうどだった。

「久し振りだね」

「こんにちは」

二度目の故《せい》か、紀彦は、はっきりした声で挨拶をすると、頭を下げた。

「本当にいいお天気になりました」

佐衣子は長袖のオーバーブラウスに、白いスラックスをはいていた。佐衣子の洋服姿を見るのは初めてだったが、細身の体によく似合っていた。二人だけだったら有津はそのことを言いたかったが、紀彦がいるので止《や》めた。

座席は後ろに佐衣子母子が並んで乗った。そのことも、有津は少し淋しかった。

「今度、藻南公園の方から山越えに、新しい道ができました、そちらから行ってみましょうか」

「どちらでも私は構いません」

「僕も一度行っただけなのですが、舗装はしてないけれどその方が近いのです」

「私も初めてですので、おまかせします」

「いくらゆっくり行っても十一時半までには着きますよ」

「お弁当は作って参りました」

「それはありがとう」

車はホテルを出て、西へ向った。有津はサングラスをかけハンドルを握った。陽は明るいが眩《まぶ》しいというほどではなかった。サングラスをかけて可笑《おか》しいわけではない。だが有津の心に妻以外の女性と乗っているのを気にしている部分があった。それを佐衣子に感づかれることが怖かった。

日曜の午前は都心より、郊外に向う車の方が多かった。カーラジオは聞き慣れた歌を流していた。

「運転を始めて何年になるのですか」

「免許証の上では九年です」

「じゃベテランですね」

「事故はほとんどないんですが、まあ安心して下さい」

「全部委《まか》せてますわ」

佐衣子は笑った。有津はふと、ここで事故が起きたら、と考えた。支笏湖に向う道路で、見知らぬ女性と子供を乗せている。妻が知ったら何と言うか、一日の小さな冒険の度に嘘をつかねばならぬのはどういうわけかと少し腹立たしくなった。

道は舗装こそしてなかったが思ったより平坦であった。山を越え、白樺《しらかば》とカラマツの樹林を抜けると眼下に支笏湖が開けた。札幌を出てちょうど一時間である。透明度日本第三位の湖面の上に初秋の雲が浮いている。

「きれいだわ」

佐衣子と紀彦が身を乗り出して覗《のぞ》き込む。車は湖を見下ろしながら下り、小さな平地に出た。そこから湖畔までは舗装された有料道路であった。

夏が過ぎて湖畔には一時のようなざわめきはなかった。それでも日曜の故で家族連れや二人連れが来ている。しかし賑《にぎ》やか、というほどのものではない。山に囲まれた湖のたたずまいを、壊さぬほどの人出である。

「どこかに部屋をとりましょうか」

「いいえ、こんな陽気ですもの、家の中にいるのは勿体ないわ」

三人は車の外に出た。緑の中に湖があった。寒くもない、暑くもない、心地よい微風が頬を撫《な》でていく。

「素晴らしいわ」

湖に向った佐衣子の体が、風の中にあった。和服では分らぬ線が、洋服では露《あら》われていた。それは有津だけが知っている線でもあった。

「あそこにうすく煙を吐いているのが樽前《たるまえ》という山だよ」

有津が紀彦に説明した。

「あの山が爆発した時、この辺り一帯に火山灰をふりまいてね。君が飛行機で降りた千歳の辺りは、そのために、植物の育たない不毛の土地になったわけだ」

「この湖も火山の爆発でできたんですか」

「そう、カルデラ湖といって、爆発の時の噴出物で地下に穴ができてできたんだね」

「本で読んだことがあります」

話している二人を佐衣子はうしろで見ていた。三人が親子であればどうであろうか。佐衣子はふと思ったが、大胆な思いつきに驚いてすぐ打消した。

「ボートにでも乗りましょうか」

「漕《こ》ぐのは大丈夫ですか」

「任しといて下さい」

有津が漕ぎ、佐衣子と紀彦が向い合って坐った。

「冷たいわ」佐衣子が舟縁《ふなべり》の水に触れた。

「日本でたしか二番目に深い湖ですからね。外の温度にはほとんど影響を受けないのですよ」

陽はほぼ中空にあった。湖も空も山も、すべてが止っていた。動いているのは、有津と佐衣子と紀彦だけだった。

これが一つの家族なら……

有津は紀彦を見た。顔、目、鼻、似ている、と思いながら定かではない。しかし似ていると思う。

「お疲れになったのですか」

「いや」

有津は慌ててオールを動かした。瞬間の思いで手を休めていた。

「唄を歌いたくなるわ」

「歌ってみて下さい」

「いえ、とてもお聞かせするようなものではありません」

陽がかすかに動いていた。一時間で三人は陸に上った。午後一時に近く、着いた頃より湖畔の人出は増えていた。

「お食事にしましょう」

「そこのホテルの食堂に行きましょう」

「でも、食堂で家から作ってきたものをいただいては悪いわ」

「何か簡単なものをとればいいでしょう」

「お飲物ももってきました。お気に召さないかも知れませんが作ってきたものを食べて下さい」

「もちろんいただきますよ」

丘の樹林の間に木のベンチとテーブルがあった。

「あそこへ行きましょう」

紀彦が駆け出し、佐衣子が追った。二人を追いかけようとした時、有津は後ろから肘を引かれているのに気付いた。佐衣子と紀彦はどんどん進んでいく。

二人の後ろ姿を見ながら有津は振り返った。

「こんちは」

眼の前に苑子が立っていた。

「どうしたんだ」

「義兄《にい》さんこそどうしたの」

「ちょっと、この辺りまで」

「見たわよ」

苑子の眼は悪戯《いたずら》っぽく笑っている。

「別に……」

「大丈夫よ」

それだけ言うと、苑子は小走りに右手の樹立《こだ》ちの方へ駆けて行った。有津が眼で追うと、樹林の先に男の背が見えた。やや長身にグレイの背広を着ている。

あれが苑子の好きな男か……

有津は中年だといった苑子の言葉を思い出したが、二人はそのまま樹立ちの中へ消えた。

「お知り合いの方でも？」

有津が追いつくと佐衣子が尋ねた。

「ちょっと」

「御迷惑じゃありませんでしたか」

「いや、そんなことはありません」

有津は立ち話をしていた相手が義妹であることを告げようかと思った。だが、それでは言い訳がましかった。

いっそのこと尋ねてくれればいいと思ったが、佐衣子は尋ねなかった。

丘の上の樹立ちの中の休憩所は、椅子もテーブルも丸太でできていた。その上に佐衣子はビニールの風呂敷をしき、バスケットを開いた。サンドイッチ、おにぎり、茹《ゆ》で卵に果物、と盛り沢山だった。

「先生は洋食はお嫌いと仰《おっしゃ》言ったから」

そう言って佐衣子は銀紙に包んだおにぎりを差し出した。

「この子もパンはあまり好かないのです」

「じゃ僕と一緒ですな」

有津は少年を見たが、紀彦は平気な顔でおにぎりを頬張った。

「戸外でお食事をするのは、随分久し振りだわ」

「遠足に出かけたことがあるでしょう」

「でもそれは中学生の時です」

佐衣子はサンドイッチを持ったまま、笑った。

樹《き》の間から、時たま小さな子供の声が流れてきた。樹立ちの中では他にも昼食を拡げている人がいた。

その人達はほとんどが家族連れのようだった。それらを見ながら、有津は自分もその中の一人に見られていたのだと気付いて戸惑った。

だが、佐衣子の仕種《しぐさ》に照れている気配はなかった。三人一緒にいる今の時間を素直に楽しんでいる、といった様子だった。

おにぎりを二つ食べて、有津は満腹だった。まだサンドイッチも果物も残っている。

「全部召し上って下さい」

「いや、もう食べられません」

「こんなに残ってしまって、お帰りにでもお腹が空いたら仰言って下さい」

言いながら佐衣子はバスケットに残りものをしまった。少年はジュースを半分飲んで母へ戻した。

じっとしていると、樹立ちの中には底冷えがあった。底冷えは伸びはじめたススキの穂とともに、たしかに訪れてくる秋を思わせた。

「少し湖畔を歩いてみましょうか」

「向うまで道はあるのですか」

佐衣子は光の中に霞《かす》む彼岸を指さした。

「川の先で途切れているようです。カルデラ湖なので山が湖に迫っているからです」

三人は歩き始めた。樹立ちの先には午後の湖が縦にいくつにも割れて輝いていた。土は黒く、少し湿っている。百メートルも行くと樹立ちが切れて眼の下に湖が開けた。

「気持がいいわ」

佐衣子は少女のように胸を張り、息を吸った。湖からの風が佐衣子の軽く開いた胸元をなぶった。初秋の風にブラウスの白いフリルが揺れた時、有津はかすかな欲情を覚えた。だがそれはすぐ、明るすぎる秋の光の中で消え失せた。

樹立ちのある丘から湖畔へ三人は坂を下った。坂を下りながら有津は左右へ目を配ったが、苑子の姿も、遠く見た男の背もすでになかった。

湖畔を散策し、再びボートに乗り、舟着場へ戻った時、時刻は三時を少し廻っていた。

「ホテルの庭へ行ってみましょうか」

狭い湖畔に、ホテルと名のつくのは一軒で、その庭は緑の芝生が湖面のきわまでのびていた。赤と青、いろとりどりの日傘の下にテーブルがある。

「ここにしよう」

紀彦が先に湖に近いテーブルに席をとった。

「何にしますか」

「僕はジュース」

「私は」佐衣子は少し考えてから「あたたかいコーヒー」と言った。

陽はまだ高かったが力がなかった。湖と山の中で空を見る時、秋が近づいているのが分った。湖面に沿って走る右手の有料道路は、湖畔を離れていく車が多かった。三時を過ぎて湖は少しずつ陰の部分を増していた。

「静かだわ」

時たま聞えてくる車の警笛が、湖の静けさを一層思わせた。

「私が初めてこの湖へ来たのは中学校の二年生の時です」

佐衣子が思い出したように言った。

「その頃はもっと静かだったでしょう」

「まだ丘の上のホテルや駐車場はありませんでした。でもこのホテルはあったように思います」

「ここは古いのです」

佐衣子は後ろの森を振り返った。

「支笏、洞爺といいますが、僕は支笏湖の方が好きです」

「私もです」

有津が言うと、佐衣子が即座にうなずいた。

「洞爺は明るくて、陽気で、美しいけれど、あれは北国の湖ではない。それにくらべてこの湖は幽幻とでも言うのか、陰鬱で、なにか無気味なところがある」

「じっと見ていると怖くなります」

「実際、怖いのですよ」

「え……」

湖面から有津に佐衣子は視線を移した。

「表は大人しそうにしているが、いったん荒れだすと豹変《ひょうへん》する。一度、颱風《たいふう》の来る前の日に、この湖畔に泊ったことがあります。もう五、六年も前になりますが、あの時の荒れようは忘れられない」

「どんなになるのでしょう」

「この左手につき出ている風不死岳《ふっぷしだけ》の手前にモーラップというキャンプ場があります。そこの営林署の小屋に泊っていたのですが、翌朝、ボートが打上げられました」

「遭難したのですか？」

「夕方、荒れてきているのに湖心の方へ出たらしいのです」

「何故《なぜ》そんなことを……」

「男と女の二人連れだったのを見た人がいるのです。湖畔の人達は心中なのだろうと言ってました」

「死体を御覧になったのですか」

「いいえ、この湖は一度沈むと死体はなかなか上らないのです」

「どうして？」

「湖の底が摺鉢《すりばち》状になっていて、底に沢山の樹が生えているらしいのです。沈んだ死体はその枝にからまって浮き上ってこられないのです。その時の死体もこの湖底に沈んでいるはずです」

「ここにですか」

佐衣子はこわごわと湖を見た。湖面は光の粒を照り返し、止っていた。

「あの時と、今の湖が同じとは思えない」

「………」

「激しすぎる」

振り向いた時、有津の視線は佐衣子に向けられていた。

「なにか」

「いいえ」

湖の夕方はあわただしい。少し眼を離す間に、陽の位置は確実に移動する。それにつれて湖と山はその様相を変える。

佐衣子はふと肌寒さを覚えた。それは陽が傾いたためだが、湖を見すぎた故でもないとは言えない。

「出かけましょうか」

佐衣子の気持を察したように、有津が声をかけた。

「帰りは来た時とは別に、千歳へ出て国道を戻りましょうか」

「私はどちらでも構いません」

「少し路《みち》が遠くなります」

「また運転して疲れませんか」

「泥炭地に行く時は、こんなものではありません」

湖畔の辺りはすでに人影はまばらであった。家族連れは減って、残っているのはほとんどが若い二人連れであった。舟着場の男が湖にでているボートを呼んでいた。湖面には五、六隻のボートが傾いた陽の中で、影絵のように浮いていた。

「今度、また地方へ出ます」

樹立ちの前の駐車場へ向いながら、有津が言った。

「いつからですか」

「九月の半ばです。今度は少し遠いのですが、標津《しべつ》です」

「標津?」

「釧路《くしろ》の北の野付《のつけ》半島に近いところです」

「私の学校時代の親友が、標津の牧場主のところへお嫁に行っているのです。小杉といいます」

「あの辺りは酪農も盛んですからね、じゃずっとその方とは会っていないのですか」

「去年の秋、私がこちらへ来てじきの頃、札幌に見えてお会いしました。今度は来年の雪祭に来るといっていました。気が遠くなるほど広い原野があって、その先に海が開けているそうですね」

「あの辺りは野付風蓮《ふうれん》道立自然公園といって夏は素晴らしい所です。正面には国後島《くなしり》が見え、左には知床《しれとこ》の連山が見える」

「絵葉書を送ってもらって、見たことがあります」

「冬にも一度行ったことがあります。北の果てでさすがに寒いが、雪はあまり降らないので、凍った雪原を車が自由に走れる」

「信じられないわ」

「冬の間、あの近くの尾岱沼《おだいとう》や風蓮湖には何百羽という白鳥がやってきます、これは素晴らしい景色です」

「行ってみたいわ」

「来ませんか」

「でも……」

佐衣子は口籠《くちごも》り、後ろの紀彦を振り返った。

「今度は長いのですか」

「大体半月くらいの予定です。その間に一度……」

歩きながら佐衣子はかすかにうなずいた。それは行くという意味でも行かぬという意味でもなかった。今の佐衣子に、そんなことを約束する自信はなかった。

二人の後を紀彦は少しくたびれた様子で歩いていた。一日、野で過した故もあるが、大人だけの会話が続いたことで、退屈しているためかもしれなかった。

「今度はきっと来て下さい」

車に近づいたところで、有津は不意に顔を近づけた。

「お友達のところへ行くと言えばいいでしょう」

有津はドアへキイをさし込んだ。来た時と同じように、後ろに佐衣子と紀彦が乗った。

車は坂を登り丘の上へ出た。そこからも陽の傾いた湖が、樹の間ごしに眺められたが、左へ曲るとすぐ、湖面は山の影に消えた。道がくねっているのは湖畔のあたりだけで、小さな橋を渡り、五、六分も行くと平坦な道に出た。左右はトドマツと白樺の林が続き、その間にススキが穂を伸ばしていた。

「ここが火山灰地なのですか」

「そうです。アスファルトを行くと分りませんが、林の間の道へ入ると、土が柔らかく、白茶けています。木も草も育ってはいるが、特別大きなものはないでしょう」

有津の言うとおり、樹林ではあるが、鬱蒼《うっそう》と繁茂している、といった感じではない。道はその樹林の間を真っ直ぐ貫いている。

「この林の奥に道があるのですか」

「林道ですが、これから落葉の季節は歩いていると土の柔らかさがよく分ります」

佐衣子は黒みを増した樹林を窺《うかが》った。樹の間に蔦《つた》が下り、その先にまた樹肌がある。何層も重なって林は黒いかたまりになっていた。林だけを見ていると、その先に白い道があるとも思えない。

直線の道を抜けると右手に湖からの川が樹の間ごしに流れていた。水の色はさめたように蒼《あお》い。佐衣子はボートに乗った時、触れた水の冷たさを思い出した。千歳の町を過ぎ、札幌への国道へ出た時、対向車はスモールランプをつけていた。

「紀彦君は寝たのですか」

「火山灰地のお話をうかがった頃から眠ってしまいました」

「疲れたんでしょう」

「暢気《のんき》なものです」

佐衣子は夕映えの中の紀彦の顔を見て笑った。

「今度、本当に標津へ来て下さい」

ハンドルを握ったまま有津が見計らったように言った。

「秋の道東は札幌にはない美しさです。三日くらい、暇はとれませんか、三日あれば阿寒《あかん》の方も廻れる」

「でも……」

「なんです?」

佐衣子は黙った。三日家を空けて、釧路の先まで行って、一体何になるのか、何が実るのか、佐衣子はそのことを尋ねたかった。

「私、一度、東京へも行って来なければなりません」

「籍はまだ抜けないのですか」

「紀彦のことで、向うの親が少し渋っているのです」

「しかし、貴女《あなた》をいつまでも縛りつけておく、というわけにもいかないでしょう」

「それはそうなのですが」

国道に出て車の数は急に増えた。日曜の故もあって行楽帰りの自家用車が多い。家族連れもいるし、二人連れもいる。

苑子はどうしたか。

瞬間、有津は苑子と男のことを思ったが、それは家に戻ってから考えることだと打消した。

佐衣子は赤く焼けた空を見ていた。焼けた空の先に湖があることが不思議だった。遠くへ行ってきたことが分った。

道の左右に家が増え、知らぬ間に車は札幌へ入った。明るい光の並ぶ街並へ出て有津が言った。

「真っ直ぐお宅へ行きますか」

「お願いします」

「今夜出られませんか」

「それは無理です」

行って以来、逢っていなかった。

今日で一週間になるが有津にとっては十日以上逢っていないと同じ気持だった。支笏湖へ行った日には体の関係はなかった。関係のない逢瀬《おうせ》は、有津にとっては逢ったことにはならない。

あの人はなにをしているのか。

密室であることが有津の思いを羽撃《はばた》かせた。眼を閉じて彼はさらにその思いを追いかけた。頭から手を離し、体を少し横にする。移動したついでに本が背中とソファの間に挟まっていた。それを除こうと手を廻した時、ドアがノックされた。

有津は本を手に持ったまま黙っていた。妻は書斎に入って来る時、ノックをしない。久美子の悪戯《いたずら》かもしれなかった。彼は本を読む姿勢をとった。

またドアがノックされた。こつこつと細い指の節で叩いている感じである。子供の音ではなかった。

有津は顔をあげた。その時、ドアが開かれた。

「寝ているの？」

入ってきたのは苑子だった。

「お邪魔だった」

有津が起き上ると、苑子はソファと向い合った椅子に腰を下ろした。白い毛糸のハイネックのセーターがなだらかな肩と丸い乳房の隆起をあらわに見せている。

「いつ来たのだ」

「一時間ほど前よ」

「牧枝は」

「会ったけど、相変らずお説教だから逃げてきたの」

苑子は軽く舌を出し、部屋を見渡した。

「日曜日だというのに、何をしてるの」

「横になって本を読んでいたのだ」

「お義兄《にい》さんも、なかなかやるわね」

苑子の丸い眼が近づいてきた。

「支笏湖では驚いたわね」

苑子は悪戯っぽく笑った。有津は煙草を手にとった。

「きれいな人ね、お義兄さんが夢中になるの無理ないわ」

「おい」

「大丈夫よ、お姉さん洗濯しているから」

苑子はドアの方を見て首をすくめた。有津は気忙《きぜわ》しく煙を吐いた。苑子が再び顔を近づけた。

「でも、お義兄さんに隠し子がいるとは知らなかったわ」

「隠し子？」

「そうよ、そっくりじゃない」

「いや、あの子はあの人の……」

「わたしに嘘を言わなくてもいいわ。お姉さんに告げ口なぞしないから」

「しかし……」

「すごくお似合いよ」

「そんなこと言って君は……」

「わたし、いいとか悪いとか言ってるんじゃないの。そんなこと傍《はた》からいくら言っても意味がないもの。ただ初め見た時、三人一緒のところがとってもいい感じだったのでびっくりしちゃったわ」

「……………」

「あの坊や、小学校四、五年生でしょう。すると、お姉さんと結婚するずっと前じゃない。お義兄さんって相当の悪ね、見直しちゃったわ」

「あれは違う」

「歩く恰好《かっこう》まで似てたわ」

「まさか」

「本当よ。あれお姉さんが見たら驚いて失神するわ」

狼狽《ろうばい》しながら有津の中に血のたぎる思いがあった。実の子かどうかは、他人の眼で見てもらうのが一番だ、といった露崎の言葉が思い出された。

やはりあれは俺の子だったのか。

予期していながら、いざ言われると驚きだった。そうか、と思いながら信じられない部分があった。そうだ、と突然言われて戸惑っている。心の整理がまるで出来ていなかった。だがその狼狽のなかに、やっぱり、という豊かな思いもあった。

「お節介なことかもしれないけれど、これからどうするつもりなんですか」

「…………」

それは有津にも分らない。どうすればいいのか、むしろ有津の方でききたい。

「罪ね」

「それは違う」

「だって産ませたのでしょう」

言葉になると苑子の言う通りだった。あの子が有津の子で有津が産ませたことになるらしい。しかしそこには、言葉とはまるで無縁のものが間に入っている。

白くて、冷え冷えとした……

有津は十年前、白衣の男に手渡された試験管の冷たさを思い出した。ガラスの素肌は、つるつるとして救いがなかった。

自分達との間にはガラスがあった。

紀彦が有津の子であるとすれば、二人の間に、冷たく醒《さ》めた感触があったのも事実であった。それは有津の故《せい》でも、佐衣子の故でも、もちろん紀彦の責任でもない。犯人といえば、なにか白く冷えた科学とでも言えばいいのかもしれなかった。

だが有津はそのことを苑子に説明する気にはなれなかった。どう説明しても分らない。あの時のガラスの感触が消えるわけはなかった。

「でも、わたしはお義兄さんの味方よ。こんなこと、お姉さんには言わないわ」

「…………」

「お義兄さんが一人で考えればいいことだもの」

有津はうなずいた。それはそのとおりだった。

「わたしのいい人、見た？」

「いや……」

有津は湖畔の樹立《こだ》ちの先に見た男の後ろ姿を思った。

「今度、お義兄さんに紹介しようかしら」

「会わん方がいいだろう」

「そうかしら」

「君の理屈でいうと、好き嫌いに他人が入ってきても、どうにもならないということになる」

「そうだわ、他の人になぞ分るわけはないわ」

瞬間、稚《おさな》げな苑子の顔に女の表情が走った。恋に苦しんでいる顔だと有津は思った。

「でもいいわ」

苑子は自分へ言いきかすように呟《つぶや》いた。

「なるようにしかならないわ」

苑子はかすかに笑った。それを見て有津は苑子へ今まで感じたことのない親しみを覚えた。

「同じ穴の貉《むじな》というわけか」

有津も苦笑した。茶の間の方で牧枝の声がきこえた。

「呼んでいるから行くわ」

苑子が目配せした。

「ねえ、今日の話お互いに内緒よ」

有津は素直にうなずいた。

苑子は勢いよく立ち上り、「じゃバイバイ」と手を振って部屋を出ていった。

十七

十日経《た》った。九月の半ばも過ぎて秋は定まった。時々、驚くほど寒い朝が訪れ、その日だけ、家々ではストーブをたいた。

標津の川北《かわきた》原野行を三日後に控えて、有津は準備に追われた。今度はかなり遠隔の地に半月以上の滞在だった。札幌より半月から一カ月近く寒さの早い地域だけに、厚手のセーターやコートも用意しなければならなかった。

「フィールドに出るとなると、貴方《あなた》はいつも生き生きとしてくるわ」

牧枝は本気とも皮肉ともとれる言い方をした。

有津にはたしかにそんなところがあった。原野に出て男達だけで時間や規則に縛られない自由な生活ができる。相手にするのは泥炭ばかりである。泥炭や植物は有津の生活の一部であった。楽しくないわけはなかった。

だがこの初夏から有津の気持は少し変っていた。札幌を離れることは佐衣子と離れることだった。泥炭とわたしとどちらが大事なのか、それは佐衣子が気が揺れた時に、ふと問いかけてきた言葉だった。それとこれとは較《くら》べられるものではなかった。重さと長さと較べろ、といっているようなものだとその時有津は笑って答えた。今の有津は心の中でその二つを較べていた。馬鹿げていると思いながら考えていた。

泥炭か、あの人か……

結局、フィールドに佐衣子が来ればいいのだ、その平凡な結論を、有津はさも大きな発見のように思った。

だが、サロベツの時もそうだったが、今度の川北原野にも、佐衣子は来る気配はなかった。幾度誘っても「行きたいわ」と言うだけで「行く」とは言わなかった。

「何故《なぜ》来てくれないのです」

「一人で旅行をする勇気がないのです」

「そんなことは理由にならない」

子供を置いて、親に嘘をつき、男へ逢いに旅に出る、そんな大胆なことは出来ないという佐衣子の言葉の裏を知りながら、有津は強引だった。佐衣子と別れて一人になってから有津は無茶な要求をしたことに気付く。佐衣子が戸惑うのは無理もないと思う。

この頃、なにか焦っている。無理を言ったあと有津は自分で、自分に困惑していた。

予定どおり、有津は三日後に出発した。佐衣子はその日、家で有津が北へ向っていくことを思い出していた。今度も有津からは三度ほど手紙が来た。三度目のには、一週間前に学生達と旅行したという野付半島の写真が入っていた。一つは放牧の牛の彼方《かなた》に海があり、その先に国後の島が見えた。一つは地盤沈下で海水に浸蝕《しんしょく》され、白い裸木だけが死の墓標のように続くトドワラの風景だった。

「貴女《あなた》とここへ一緒に来られたら、どんなに素晴らしかったか知れません」

手紙の途中にはそう記してあった。だが佐衣子には海に囲まれた白い倒木が無気味だった。有津と二人でも、そんな風景は怖いに違いない。怖いのにその景色は忘れられない。

佐衣子はこの頃、何故か冷え冷えとした風景に怯《おび》え易くなっていた。

「あと一週間だわ」

佐衣子は写真を見ながら残りの日を数えた。

この期間、佐衣子は自分に課している部分があった。有津から何と言ってこようとも、決して行かない。手紙も出さない。一人でじっと耐えてみせる。有津が行った時から、そう心に決めていた。手紙も出さないことで早速有津から文句を言ってきたが、とにかく佐衣子はそのことを守った。

だが有津が帰ってきた日に、佐衣子はすぐ逢いに行った。二十日間、そのあとにはサロベツから帰ってきた時の夜と同じ結果が待ち構えていた。それで二十日間、蝸牛《かたつむり》のように身を堅くして守っていたことは、たちまち崩れてしまった。しかし佐衣子はそれで満足していた。二十日間、ともかく一つの決意を守り通したことで佐衣子は自分を許していた。

必死に耐えたことが誘いになったのか、その夜、佐衣子は自分でも不思議なほど燃えた。

一日降り続いた雨で秋が深まった。庭の東南のイタヤやカエデの一部は落葉し始め、残った紅葉に秋の光が照りかえしていた。

日曜日の朝、佐衣子の父は庭師を呼んで冬囲いを頼んだ。頼んでおきながら自分も庭に出て手伝っている。それにつられて紀彦も顔を出している。

垣になっている櫟《いちい》も、枝をしぼり、添竹を施し、縄でからめていく。下枝の雪折れを防ぐためである。庭師が囲っている間、老父と紀彦は寒さに弱い樹木を南の地室《じむろ》へ運び始めた。ヤツデ、ツバキ、ナンテン、モクセイ、などが庭から姿を消す。半年の冬籠《ごも》りであった。

佐衣子は庭が好きだが草木をいじったことはなかった。高校生の頃、父に一、二度手伝わされたが、途中で逃げ出した。老人くさくて若い女性のすることではないと思った。自分から手を下す気はなかったが、庭で動いている人を見るのは好きだった。

草木に親しんでいる姿が、その人の優しさを思わせた。冬囲いは一日で終らず中途で終った。

夜、冷え込んだので、寝室にもガスストーブをつけた。紀彦が寝つくまでの数時間だけそれで部屋を温める。

佐衣子は暮れていく庭で、莚《むしろ》をかむせられた庭木が、人の姿のように見えたのを思い出した。

白くおおわれた庭木を思っている時、襖《ふすま》をあけて母が入ってきた。

「紀彦は寝たの？」

「いま少し前」

「ちょっと、茶の間へ来ないかい、お父さんもいるし……」

母は言葉を濁して「ガスをきちんと消しておいでよ」と言って出ていった。

廊下へ出ると冷気があった。こんな大きな家をどうするのかと、佐衣子はふと先のことを考えた。

茶の間では珍しくテレビが消され、父が新聞を見ながら茶を飲んでいた。

「今晩は冷えるわ」

「霜が降りるかも知れないそうだよ」

母は振り向き、サイドボードから茶碗をとり出した。

「紀彦にオーバーを買ってやらなければならないわ」

「去年のでは駄目なのかい」

「また伸びちまって、丈はともかく袖口がつまってるのよ」

「一年、一年、合わなくなるんだね」

佐衣子は茶碗を口許《くちもと》へもっていった。唇に触れる湯気が部屋の温かさを思わせた。

「なにか話？」

母はうなずくと丸くなった背をもう一度立てて、サイドボードの抽斗《ひきだし》から薄い紙包みをとり出した。

「東京の方は相変らずなのでしょう」

「やはりもう一度行ってきた方が、いいようだわ」

「いまもお父さんと話したんだけど、こう延びた以上、そのままの方がいいんじゃないだろうかね」

「今のまま？」

「だって籍を抜いたら私達の姓に戻るだろう。そしてまた変ったりしたら紀彦の姓が二度も変ることになるからね」

「二度って」

「戻って、またあんたが再婚したらさ」

「再婚？」

「再婚する気はないの」

「………」

「もう克彦さんが亡くなってまる二年も過ぎたんだから、再婚してもおかしくはないよ」

「だって、まだ……」

「でも、結局するんだったら早い方がいいだろう」

母はお茶を飲んでから言った。

「実はとてもいいと思うお話があるんだけどね。あんたの七つ上でね、女のお子さんが一人いるんだけれど、その子中学二年生でね、向うさまではあんたの方は男の子だからちょうどいいと仰言《おっしゃ》るのだけれど」

佐衣子は他人の話でも聞くようにぼんやりと母の顔を見ていた。母は手元の紙包みを左右に開いた。

「お父さんも御存知の方でね」

そこで老父は初めて新聞から眼を離した。

「御自分で大きな印刷会社を経営なさっているのだけど、やはり二年前に奥さんと死に別れてね。ここにお写真があるけど」

母が白い包みの中からキャビネ判の写真を取り出した。

「見て御覧」

母に促されて佐衣子は写真を手にとった。手にしながら、見るのが怖かった。一度見ると、とりかえしのつかない淵《ふち》に落ち込みそうな不安があった。といって初めから断わるほどの気力もなかった。

「あまり大きい方ではないけれど、がっしりとして丈夫そうだし」

そろそろと佐衣子は眼を落した。写真は中央に男が、その右横に女の子が並んで立っていた。男は小《こ》肥《ぶと》りで丸顔であった。屈託のない笑いであった。どこかで会ったような気もするが、気の故《せい》かもしれなかった。カメラの方を向いて軽く笑っている。子供は帽子をかぶりワンピースを着ている。はにかんだ表情は笑いかけて止《や》めたといった様子である。父親に似ず細く華奢《きゃしゃ》である。公園の一角ででもうつしたのか、後ろに樹立《こだ》ちがあり、芝生に休んでいる人の姿が見える。

「子供さんも女のお子さんだし、紀彦とも、うまくいくでしょう」

答えず佐衣子は写真を見ていた。この男が自分の夫となり、この娘が自分の子となる。それは遠く、実感のない思いであった。

「あなたも子供がいるのだから、あまり贅沢《ぜいたく》は言えませんよ」

佐衣子は有津のことを思った。有津も子供がいた。そのことではどちらでも同じことだと、わけもなく考えた。

「どうですか」

「わたしはまだ……」

「それはそうだけれど、いつまでも一人でいれるわけじゃありませんよ」

それは母に何度も聞かされた言葉であった。

「紀彦も本当は男親が欲しいでしょうし、女だって、やはり頼りになる男性がいるにこしたことはありませんよ」

母の意見に佐衣子も異論はなかった。

しかしそう思うことと、だからするということとは別であった。

頼りないから一緒になる、というつながりのなかには、もう一つ何かがなければならない。

何かが、それは愛だと知りながら、佐衣子はそのことに気付くのが怖かった。それを言い出せばすべては崩れる。

「川野さんと仰言るのです。人間的にもしっかりなさって、間違いのない方らしいし、御自分で会社をなさっているのだから経済的にも不安はありませんよ」

「………」

「貴女さえいいと言えば、向うさまは異論はないのです」

「だってまだお会いもしないのに」

「向うさまは貴女を知ってるのです」

「わたしを？」

「この前、一度家にお見えになったのです。たしか貴女が釧路から来るお友達を迎えに行った時です。貴女はすぐ出かけてしまったので、お座敷へお茶を持って行ってもらっただけだけど」

たしかにそんなことがあった。急の来客でお茶を持って行かされたことがある。どこかで見たことがある、と思ったのは、その時の印象が残っていたようである。

「どうして言ってくださらなかったの」

「その時はちょっとお寄りになっただけだから」

釧路からの友達、というのは標準から帰ってくる有津のことだった。選《よ》りによって有津に逢うために装った姿を見られたことに、佐衣子は怒りを覚えた。偶然とは言え、悪戯《いたずら》が過ぎる。

「わたしは、まだ結婚する気はないわ」

「我儘《わがまま》を言うものではありません。そりゃお母さんだって、貴女に誰方《どなた》か好きな方がいて、その方と一緒になれるのならそれにこしたことはないと思うけど」

「…………」

「いますか？」

「え？」

「誰方か、好きな人がいるの？」

「いいえ」

佐衣子は慌てて首を振った。振りながら母に見透かされているような不安があった。

「別に返事を今、直ぐというわけじゃないけどね」

少しなだめるように母が言うと、それまで黙っていた父が初めて口を開いた。

「私もお母さんもお前に再婚せよ、と強制しているわけではない。お前が望むならこのままずっとこの家にいていい、その方が私も賑《にぎ》やかでありがたい」

佐衣子は父の方を向いて目をあげた。面と向い合って父と話をするのは随分久し振りのことだった。

「しかしわれわれはいつまでも元気なわけでもないし、やがては正樹も嫁をもらわなければならない。お前にも紀彦と二人住む家くらいは残してやるつもりだが、それだけでは不安だろう」

「貴女はお勤めに出たことがないんだから、いざとなって子供を抱えて生活なぞしていけるわけはないわ」

母が父のあとを受けて言った。

「とにかく私はお前と紀彦が幸せになってくれさえすればいい」

「女はやっぱり結婚が一番よ」

「しかしお前が気が進まないなら断わっていいのだ」

「あなた」

母が咎《とが》めるようにいったが、父は構わずに続けた。

「再婚とは言っても、これからのお前の一生のことだから、良く考えて納得がいったらすればいい」

「でも向うさまはすっかり乗り気で……」

「それは佐衣子とは関係ない」

「だって、それじゃ」

「お前は黙っていなさい」

父に叱られて母は黙った。父の優しさが佐衣子には分った。

「慌てることはない」

そう言うと老父は立ち上り、一つ伸びをしてから奥の寝室へ消えた。

植物園の正門を入って真っ先に眼につくのは、正に紅《あか》い帯のように続く花の群れである。芝生は緩い坂の上にあるので花の位置はちょうど眼の高さになり、一層人目をひく。紅は春はチューリップの紅であり、秋はサルビアの紅である。

この紅が途絶える時、植物園は冬から春の休みへ入る。

閉園日の十一月三日が近づくと、秋の日に血のしたたるような紅をふりまいていたサルビアは、すでにその色を失う。紅葉し、木の葉が散って植物園の空は急に広くとらえどころがなくなっていた。その空の下を、有津は事務室へ向った。

閉園が近づくと落葉を片づけ、さまざまな樹木の冬囲いに追われる。それがこれからの植物園の大きな仕事だった。

午前中、有津はその打合せに没頭した。一応、大体の予定ができ上り、会議が終った時は、すでに十二時を過ぎていた。

「先生、お昼はどこに行きますか」

会議が終って部屋へ戻りかけた時、志賀が近づいてきて言った。

「そうだな、グランドホテルの地下にでも行ってみようか」

「じゃ、お伴《とも》します」

有津は夏から秋の間は弁当を持たず植物園の近くのビルの食堂に行くのが慣わしだった。たいていはI会館かHグリルに行くが、少し足を伸ばしてグランドホテルの地下食堂に行くこともある。

「寒くなりましたね」

「中山峠の方は雪が降ったそうだ」

二人はコートの襟を立てポケットに手をつっ込んで歩いた。道庁の前を通る時、銀杏《いちょう》の実が、弱い晩秋の陽《ひ》に輝いていた。

食堂は昼食時で混んでいた。二人は少し待って奥のテーブルに坐った。

「僕は炒飯《チャーハン》にします」

「じゃ、同じにしようか」

待つ間、有津は煙草に火をつけた。

「今年はお別れパーティはいつにしますか」

「冬囲いが終るのが半ばだから、末頃にでもしようか」

お別れパーティとは春から秋の開園期間だけ、切符売りや芝生整理に臨時に雇った職員をいったん解雇して、送別するパーティのことである。解雇された人達は来春また開園とともにやってくる。一時の別れだが、その間、彼等《かれら》は失業保険を受けたり、他の仕事で冬を過す。

「今年は少し盛大に外ででもやりましょうか」

「どこかいい所があるかね」

「二、三心当りがあるのです」

「じゃ探してみてもらおうか」

話しているうちに食事が来て、二人は話を止めた。食べ終って出ると、薄陽はさらに弱まり、空全体が灰色に凍《い》てついていた。

「雪が来そうですね」

「そうだな」

道を行く人々も寒さの故か背を丸め、早足である。空港へ行くバスの並んでいるターミナルのビルの前までできた時、思い出したように志賀が言った。

「この頃、苑子さんに会いますか」

「苑子、いや会わんね」

有津は葉を落した裸木の梢《こずえ》の先を見て言った。

「何かあったのかね」

落葉を踏みながら、有津は歩く速度をゆるめた。

「いえ、別に……」

「家を出てから一度遊びに来たらしいが」

「やはり誰かと一緒にいるのでしょうか」

「さあ、そんなことはないと思うが、君は知らんのかね」

「僕は苑子さんのアパートも知らないのです」

「そうか」

「先生の奥さんにお聞きして宜《よろ》しいでしょうか」

「それは構わんが、苑子が君に教えるな、とでも言っているわけじゃないんだろうな」

「それは分りませんが、苑子さんが僕を避けていることは間違いありません」

「どういうわけかね」

「別に、どうってこともなかったのですが、あの人から自然に」

「それでずっと逢っていないのかね」

「一カ月前に一度逢ったのですが、当分そっとしておいて欲しいと言うだけで」

「でも、いろいろ話したんだろう」

「とりとめもない話ばかりで、着物のこととか、先生のこと」

「俺のこと？」

「ええ、お義兄《にい》さんはこの頃真面目にやってるかしら、なんて」

「馬鹿なことを」

有津は苦笑してみせたが、落ちつかなかった。

「それだけかね」

「あとは学校とか病院のこと」

「病院？」

「ええ、看護婦になりたい、なんて」

「変なことを言い出す」

「女ってのは僕にはよく分りません」

「そのうちにまた落ちつくだろう」

二人は植物園の正門へ通じるアカナラの樹《き》の下に来た。

「君はいまでも苑子を好きかね」

「ええ、好きです」

「そうか」

うなずきながら、有津はここにも外見からは窺《うかが》えぬ、燃えている男がいると思った。

十八

庭の池に氷の張った朝、佐衣子は淫らな夢を見た。夢は筋道が定まらず、思い出せなかったが、醒《さ》めてみると冷え冷えとした思いだけが残った。

有津とはもう半月以上も逢っていなかった。逢わなかったことに特別の理由はなかった。有津から電話が来た時、都合悪くて出かけられなかったり、自分から誘いの電話をかけなかっただけのことである。そうしているうちに二週間が経《た》った。

だが同じ札幌にいて半月も逢わずにいたことは、やはり珍しいことであった。普通ではなかった。

佐衣子がどう言い訳しようと、この半月、貝のように閉じこもっていた気持の中には、再婚しなければならない、という思いが底に流れていたことは否めない。

それにしても、そんな夢を見たのは初めてであった。床の中で、佐衣子は夢の思いに羞《は》じらいながら、なお、その思いにとどまっていた。

数えてみると有津を知って半年以上の月日が経っていた。その前、二年余の空白があった。そして夫とは七年あまりの生活があった。

夫の克彦は優しく無茶を言わない男だった。建築技師で、さまざまなデザインを手がけていたが、そういう男によくある、我儘《わがまま》さも強引さもなかった。外ではともかく、家の中では際立った影を落さぬ男だった。

行動に翳《かげ》りがないように、性においても克彦は淡泊であった。佐衣子は常に優しくいたわられ、愛撫《あいぶ》された。そのかぎりでは佐衣子は満足であった。

だが、それは定《きま》った優しさであり、定った行為でしかなかった。時に常軌を逸す、というところが、克彦にはなかった。

佐衣子はその夫の淡々とした愛撫になれていた。そういうものだと思っていた。そしてそう思うかぎりにおいて満足し、充足していた。その中で佐衣子の性は七年間の惰眠をむさぼっていたようである。

あのままであれば……

この頃、佐衣子はその七年間を安らぎと、口惜《くや》しさの中で思い返すことがある。

あのままであれば惰眠は惰眠の中で生きていけたはずである。惰眠を破ったのは有津であった。有津さえ現れなかったら佐衣子はまだ眠っていられた。半ば眼覚めた形ではあっても、今朝のように自ら求める気持に揺さぶられることはなかった。慎《つつま》しやかに、冷え冷えと生きていくことができた。惰眠のあとの本当の眠りで、そのまま埋没することができた。

半年で何が起きたというのか。

佐衣子にはそれが不思議であった。七年間という年月の積み重ねが、ただの半年で洗い流されていた。長さからいうと合わない計算であった。理屈に反していた。

だが半年はたしかに生きていた。その間にいままで知らなかった世界が、一歩一歩、佐衣子の体の中に拡がってきていた。

一雨ごとに秋が深まるように、一度逢うごとに情感は深まっていく。それは佐衣子の心とは関係のない、陰の部分である。目をつむりたい体の部分である。だが心とは無関係だといって放置しておくわけにはいかない。体は確実に佐衣子の心を苛《さいな》んでいる。苦しみはすべてそこからきていた。

それにしても佐衣子は自分の変化に驚き、あきれていた。こうも簡単に易々と変るものとは思ってもいなかった。不安定な怯《おび》えた行為のなかで、そんな移ろいが育まれていたとは知らなかった。

しかし、そんなことで驚くのは佐衣子の心得違いかもしれない。不安定で、怯えているから、情事は一層、色濃く体と心に浸みてきているとも言えた。

だが佐衣子はそれに気付こうとは思わない。たとえ気付いても、そうとは思いたくはない。逢瀬《おうせ》を怯え、怖《おそ》れている。それが今の佐衣子の唯一つの救いであった。その言い訳が情事の悦《よろこ》びをたかめている、というのでは佐衣子はあまりに辛《つら》すぎる。

あの人が、わたしを造り変えていく。

それを佐衣子は憎しみの気持で考えている。造り変えていくということが、悪くしていくことである以上、それは当然だと考える。悪くしたのは有津であった。その場合、悪くなる素質が自分の中にあった、とは佐衣子は考えない。受身の生活に慣らされた女が、受身でしか、ものごとを考えないのは無理はなかった。

あの人が悪い……

そこで佐衣子の心は定まる。そこへ到達したところで一息つく。だが次の瞬間、佐衣子は男を憎んでいない自分に気付いて愕然《がくぜん》とする。

そんな筈はないと思いながら、あの人は悪くない、という声がある。夢の思いは、いつまでも佐衣子を、忍びやかに憎しみと優しみの間で揺り動かす。

宵口からの氷雨《ひさめ》が夜更けて雪に変った。雪は枯芝の表だけをうずめて朝のうちに止《や》んだ。雪で音を失った庭に、ナナカマドの朱《あか》い実だけが色を増していた。

紀彦は早い雪に驚きながら、それでも元気に学校へ行った。

「やはり入れておいてよかった」

父は木箱の中から、サボテンとオモトの鉢植えを取り出した。部屋はオンドルで夜間も温もりは残っていたが、冷え込みが厳しい夜には鉢植えを木箱に密閉しておく。箱の中には毛布の端切れをいれて温度を保っていた。

「お父さんは、私達より鉢植えの方が大切なのよ」

母が皮肉まじりに言ったが、父は聞えぬ気に、鉢を陽《ひ》の当るベランダに並べた。

「初雪が来るのを見たのは本当に久し振りだわ」

佐衣子はベランダの窓ごしに雪の輝く庭を見た。夏の間は大きく見えたイチイの繁みが急に縮まり、雪をいだいた枯枝の先に道を行く人の頭が見通せた。

「これでも去年より五日も遅いんだって」

「いつももっと早かったかしら」

「今朝のテレビで言ってたよ」

母は年を経て、眼覚めが一層早くなったようである。

十時に、佐衣子は奥の部屋から掃除をし始めた。眩《まぶ》しい光を受けて、雪ははやくも解け始めていた。

きいん、と静まった空気のなかで佐衣子は掃除を終えた。庭に面した縁側の戸を閉じようとした時、踏台に大きな下駄と小さな下駄が、鼻緒だけ出して雪をかぶっていた。冬囲いをした時、父と紀彦がはいたまま、置去りにされていたのだった。

「行儀よく並んでいるわ」

佐衣子は一人で笑いながら雪を払った。緒を持つとかすかな抵抗がある。下駄の底が踏石に凍りついているのだった。

昼過ぎ、小さな買物に外へ出た時、通りの雪は完全に消えていた。雪が残っているのは樹《き》の根元と、家の陰だけだった。

今夜はもう雪はこないわ。

裸木の先の空を見ながら、佐衣子は夜の有津と逢う約束を思い出していたが、日の暮れとともに佐衣子の予測は怪しくなってきた。

日中、柔らかい日差しをふりまいていた陽は午後を過ぎるにつれ、次第に薄雲におおわれ輪郭を鈍らせた。三時を過ぎると陽は山の方角に傾いたまま、黄ばんだ硬い光に変っていた。

「また雪になるのかしら」

「冷えてきたからね。降るかもしれないよ」

母と話しながら、佐衣子は逢瀬の着物を考えた。

落日は五時少し過ぎだった。その瞬間を待っていたように暮れなずんだ空から雪が落ちてきた。雪を見ながら佐衣子は着物を着た。

「お出かけ？」

襦袢《じゅばん》を合わせている時、部屋へ母が現れた。

「ええ、昨日言ったでしょう、お友達と会うって」

「そう……」

母は鏡に向っている佐衣子をちらと見たが、思い直したように、

「寒くなるから早目に帰った方がいいよ」とだけ言って出ていった。

なにか話すことがあったのだろうか、鏡を見ながら佐衣子は母の顔を思い返した。もの言いたげで言わなかった。

母は私が男に逢いに行っているのを知っているのだろうか。見慣れた母の顔が、その瞬間、見知らぬ他人の顔に変った。

雪をえて佐衣子の顔は美しさを増した。うす紫の道行きコートを着て、佐衣子の顔は蒼味《あおみ》を増していた。それは情事に向う女の緊張であった。緊張のなかで情事への期待が渦巻いていた。

佐衣子と行き交い、振り返る者はいても、そのなかの体の燃え様まで見抜く人はいなかった。

「久し振りにまりもへ行ってみましょう」

喫茶店で待っていた有津は佐衣子が現れるとすぐ伝票を持って立ち上った。

「雪が降り出したので、来ないのではないかと心配しました」

「そんなことで、どうして」

「別に理由はないが、たしかにこれは可笑《おか》しい」

有津は一人で言って、一人でうなずいた。

寒さの故《せい》かまりもは混んでいた。温かい料理に酒をくむのは、やはり冬のものだった。

「二階のお部屋がすぐ空きます」

「すぐって」

「いま一組お帰りなのです」

言っているうちに男達が三人、階段を降りてきた。なかの一人が靴をはきかけて有津に眼を止めた。

「おい、有津じゃないか」

「あ……」

「あれ以来、さっぱり現れないじゃないか」

「伺おうと思いながら、つい」

「そうか、まあいい、じゃまた」

うなずきながら男は有津の後ろにいる佐衣子へ視線を流した。部屋へ上ると、小女《こおんな》が慌ててテーブルのものを盆に移し、上を拭いていた。

「なににします」

佐衣子は辺りを見廻しながら、ここへ初めてきた日のことを思い出した。

「やはり温かいものがいいでしょう。ふぐ鍋にでもしましょうか」

「ええ……」

「それとお酒」

小女へ言う有津の声をききながら、やはりあれは有津の強引さに負けたのだ、と佐衣子はもう一度自分へ言いきかせた。

「御迷惑ではなかったのですか」

佐衣子は有津に話しかけた男の顔を思った。後ろで顔をそらしていたから定かではなかったが、どこかで見たような気もした。

「いや、あの人はなんでもないのです。学生時代の僕の運動部の先輩で医者ですから」

「お医者さん？」

「そうです」

言ってから有津は慌てて口を濁した。あの男によって有津は佐衣子と結ばれた。十年になる、十年前の露崎は今よりはずっと痩せていて口髭《くちひげ》もなかった。露崎は佐衣子を覚えていたのか、佐衣子は露崎を覚えているのか。

「御存知ですか」

「いいえ」

「じゃいい。僕も別にどうってことはありません」

有津は背広のポケットから煙草を取り出した。

店の主人が現れたのは、ふぐ鍋が煮えたち、二人がつつき始めた時だった。

「いらっしゃい」

親爺《おやじ》は佐衣子に軽く頭を下げてから、有津の方に向き直った。

「先月の暮に野付に行ってきましたよ」

「どうだった」

「今年は少なくってね、それでもこれだけ」

親爺は右手の指を三本出した。

「僕は半月ほど行ってたんだけれど」

二人は佐衣子を置去りにして鴨射《う》ちの話を始めた。佐衣子は取り皿にふぐをとりながら話を聞いていた。話の内容より、男二人が他愛ない話に熱しているのを見ている方が面白かった。

「今度は日高に行こうと思ってね」

言いかけて親爺は急に気付いたように、

「話しこんじまって、じゃまた、ごゆっくり」と最後は佐衣子に言った。

礼を返しながら佐衣子は主人が、自分と有津の関係を知っていることを思い出していた。鳥を射ち殺す話も残酷だが、関係を知っている男の前へ女を連れてくる男の気持も知れない、と佐衣子は思った。

店を出ると雪はまだ降り続いていた。タイヤや靴跡で、降った雪はすぐ黒くぬりつぶされるが、屋根や路地は白くつもり始めていた。

有津は当然のようにタクシーを止め、ホテルへ向った。いつもは黒一色に見える川原は、水の流れの部分を除いて、雪で白く浮び上っていた。橋から見た彼岸の景色は見慣れたものなのに、雪をえて別の世界のように変っていた。家も堤も、すべてが物静かで平たく見えた。

ここから私のなかのもう一人の私が眼覚めてくる。

意識するとしないとにかかわらず、佐衣子の気持はこの橋で切り換る。回を重ねるうちにその切り換えは容易になってきた。切り換える、と気付かぬうちに切り換っていることがある。

だが、今日は違った。心にいつもと違う重荷があった。

雪の故か……

それならそれでいいと佐衣子は眼を閉じた。

ホテルに入ってから抱かれるまでが、佐衣子には辛い時間であった。「また来た」という悔いと、「早く抱かれたい」という思いがぶつかり合っていた。逃げる気は毛頭ないのに逃げようという気持が残っていた。その時間は長すぎてもいけないし、といって短かすぎても困る。自然であればいい、と思いながら、つくられた場所で自然であれるわけはなかった。

情事だけに来た。そう思うことを怖れながら、くり返していることは情事だけだった。実体はそうであるのにそうでないように思いこむ。

情事のあとの虚《むな》しさは、その実体の化けの皮が剝《は》がれたのを知らされるためなのかもしれなかった。

その夜の佐衣子もそれと同じだった。醒めてしまえば、体の満ちた感覚だけが残っていた。満ちた思いが強ければ強いほど、やりきれなさがあとに残った。

これだけではいやだ。男性はどうなのであろうか、このことだけで満足しているのだろうか、床でゆるゆると煙草をふかしている有津の気持が佐衣子には分らなかった。

「今度はいつ？」

有津はまた同じことを言った。この前の情事のあとも、その前も、ずっと前も、すべて同じだった。すべて同じで、逢った結果もまた同じだった。

「来週早々にでも逢えないだろうか？」

「出られません」

「何か理由を考えてくれないかなあ」

有津の言葉を聞きながら、佐衣子は写真の男を思い出していた。男は佐衣子と家庭を求めていた。私さえ、いいと言えば明日からでもすぐ家庭をつくれる。

佐衣子はその思いが、突然、ふって湧いたように浮び上ってきたのだと思っていた。有津との逢瀬とは無関係なものだと考えていた。だがその思いは今日有津に逢うために家を出た時から、佐衣子の心に潜んでいたものであった。それが表に出るのは時間の問題であった。いつ出ようかと、隙を窺《うかが》っていた。隙はいま、情事を終えたことで大きく口を開けた。創口《きずぐち》からほとばしる膿《うみ》のように、情事のあとの虚しさが出口を拡げていた。

「来週、月曜か火曜はどう？」

「わたし……」

その時、有津は初めて床の中から振り返った。佐衣子は髪を直す手を止めて鏡の前に坐っていた。

「もう、お逢いできないかもしれません」

「逢えない？」

有津は起き上った。

「そんな馬鹿な。何故《なぜ》だい」

「ちょっと……」

「誰かに何か言われたのですか。僕を嫌いになったとでも言うのですか」

佐衣子は眼を窓へ向けた。問い詰められるのは苦しかった。やりきれなかった。だがその実、佐衣子の心の中で楽しんでいる部分があった。有津を選ぶか、写真の男を選ぶか、それは佐衣子の自由であった。二人の男が佐衣子を巡って動いていた。両方へ気を配りながら二人の男を苦しめ喜ばせることができる。そして一方が駄目なら他方へ逃げればいい。

有津は怖い港だけれど、いざとなれば写真の男の港へ逃げればいい。ゲームは佐衣子を中心に動き始めていた。その楽しさを手軽に捨てる気持にはなれない。

「どういうことです？」

「いろいろと家の方で……」

「誰かが邪魔をするというのですか。誰がどんな邪魔をすると……」

有津が怒り慌てれば慌てるほどプレーの楽しみは増す。もっともっと有津をふりまわしたい。この人が好きで、離したくない。だから苦しめてやりたい。

「とにかく、こんなことをくり返していても同じことですから」

「違う、一回一回、くり返す度に僕達の愛は深まってきている。そうだろう」

「なんとなく虚しいのです」

それは佐衣子の本心でもあった。

「虚しい？　馬鹿なことを言っちゃいけない。僕は君を愛しているし、君は僕を愛している。離れていてもお互いに愛し合っている。そう信じることが何故虚しいのです。こんな確かなことはない」

「確かでしょうか」

「確かです、この世に愛し合うことくらい確かなことはない。それさえあればすべてを超えて生きていける」

「お逢いする度にこんな所へきて」

「いいじゃないか。こういう所を卑しいとか、変な所というようにあなたは考えるからそう思う。しかしこういう所にしか本当の愛はない。きまりきった家庭の、安定した生活のなかなぞに本当の愛があるわけはない」

「そうでしょうか」

「きまっています。男と女の愛は安定した途端にたちまち腐ってしまう。これでいい、と安住の点に到着した途端に色が褪《あ》せてしまう。不安定で、ままならぬからこそ燃える」

「だから、わたしをこういう所へお連れになるのですか」

「いや、それは違います。今は止《や》むをえないから、仕方がないから……」

「いつまでもこんな所で逢うのは嫌です」

言ってから佐衣子は自分の言ったことに驚いた。大胆な言葉であった。こうした所へ来ることを攻撃していながら、その実、言っていることは結婚して欲しい、ということであった。好きだから有津には言えない。その言えなかったはずの言葉と同じことを堂々と言っていた。

「じゃ……」

有津は口籠《くちごも》った。苦しげな眼差《まなざ》しであった。これ以上、有津を責めるべきではないと思った。逢瀬が待ち遠しく、楽しい。それだけでいい。そう思っていながら佐衣子は今度も別のことを言った。

「あなたは奥さまを一番愛しているのよ」

「違う、君の方を何倍も愛している」

「だって好きだから結婚なさったのでしょう。そしてお子さんを産んで、今も現実に一緒に住んでいらっしゃる」

「それはそういうこともあった。なかったとは言わない。でも今は違う。今は貴女《あなた》の方がずっと好きだ、誰よりも……」

「奥さんの次に私を好きだということは認めるわ」

「佐衣子さん」

有津が獣のような眼を佐衣子に向けていた。傷ついている眼だと佐衣子は思った。なんということを言ったのか、なんという子供じみたことを、これでは駄々っ子と変らない。傷ついている有津の表情を楽しみながら一方で佐衣子は調子に乗っている自分に腹が立った。

「世の中には沢山の家庭がある。街にも山にも団地にも、でも本当に愛し合って住んでいる男女などはそういない」

有津は少し落ちついた調子で言った。

「他の人はどう思うか知れないが、僕はそう思う」

「…………」

「こういう種類のホテルがこれだけあって、やっていけるのですからね」

有津は窓を見た。窓はカーテンと磨《すり》ガラスで二重に隠されていた。

「それは男の方が浮気心で利用なさるから」

「それもある。しかし全部が全部そうではない、真剣なのだってある」

有津の言うことは多分正しいと佐衣子は思った。こういう所へ来たからと言って単なる浮気でない男もいる。そして有津もその一人に違いない。それは初めから知っていたことである。そうと思っていたから際《つ》き合ってきたのだ。それに対して今更、とやかく言うのは可笑しい。

どうしたわけか、佐衣子の口から自然に言葉が出た。

「わたし……」

「結婚をすすめられているのですね」

先に有津が言った。

有津は服をつけてから窓を見た。雪は降っているのか、いないのか、厚いカーテンにおおわれた窓からはうかがいようもなかった。だが何故か、有津には雪が止んでいるように思えた。雪止みのあとの冷え込みが背からしのび込んできているように思えた。

有津は煙草に火をつけ、二度ほど灰皿に灰を叩いた。そこで、ようやく考えがまとまったように顔をあげた。

「それで、あなたはその結婚を望んでいるのですか」

佐衣子は眼を伏せたまま首を左右に振った。望んでいない、ということを知ってもらえればいい。言葉に出すとなにか間違いそうな不安があった。

「じゃ何故。周りの人がすすめるのですね」

「………」

「自分から望んでもいないのに、あなたは周りの人のいいなりになるのですか」

やはり佐衣子は答えなかった。答えないというのは、言われていることを認めていることでもあった。無言の認め方に有津はさらに焦立《いらだ》った。

「貴女は子供じゃないのですよ。十七や十八の娘とも違うでしょう。そんな大事なことを何故自分の考えで決めないのですか」

黙り続けている佐衣子の横顔に、有津は女のしたたかさを見た。

「貴女はその人を愛しているのですか、僕よりその人の方を好きなのですね」

あきれ果てたように佐衣子は有津の少し硬張《こわば》った顔を見ていた。有津の方を愛しているにきまっている。だからこそ苦しいのだ。そんな分りきっていることをこの人は何故きくのだろうか、有津がまるで子供に思えた。子供も駄々っ子である。

「どちらなのです」

答えるまでもないことであったが、答えれば男は落着くのかもしれなかった。

「その人を愛してなぞはいません」

「じゃ、何故？」

「でも、いつまでもこうしているわけにもいきません」

「しかし好きでもない人のところへ、いまさら行くこともないでしょう」

「一人では不安なのです」

言ってから佐衣子は、自分の言っていることが母と同じなのに気が付いた。

「不安？」

佐衣子はうなずいた。

「その人はどういう人なのです。結婚は初めてなのですか、子供さんはいないのですか、どこかに勤めているのですか」

佐衣子は再び眼を伏せた。そんなことはいくら責められても言いたくなかった。言うべきことでもなかった。

情事を終えた同じ部屋で問い詰める有津の無神経さが腹立たしかった。できることなら耳をふさぎたかった。

だがそれは尋ねている有津も同じことであった。尋ねているのは、ことの行きがかり上で、できることなら聞きただしたくはなかった。

「それであなたは何と返事をしたのです」

「まだ……」

「まだなのですね」

返事どころか、まだ会ってさえいない。いや結婚ということさえ考えていない。それがいつのまにか明日にでも決めるような切羽つまった話になってきている。こんなことになったのは、有津の性急な問い詰めの故である。

だがそれだけでもない。ここまで話を進ませたのは佐衣子のもの思わせぶりな言い方にもある。しかし、もう一歩つき進めて考えれば、その底には佐衣子の心の揺らぎがなかったとは言いきれない。

有津はテーブルに肘をつき、頬に手を当てていた。

有津を苦しめ、悩ませることが佐衣子の本意ではなかった。しかし自分のために考え込んでいる男の姿を見ることは悪い気持ではない。むしろ残忍な悦びさえある。

「わたし達、いつまでこうしていても仕方がないと思うのです。これ以上、貴方《あなた》に御迷惑をかけるのは、心苦しいのです」

言葉のやさしさとは裏はらに、佐衣子の言うことは、確実に有津を追い込んでいく。

「僕は迷惑だ、なぞとは思ってもいません」

「でも私達のやっていることはいけないことです。誰にきいたって悪いことです。悪いにきまっています」

「僕達は愛し合っている。愛し合っている者同士が逢っていけないわけはない」

「でも、他の方を傷つけるのはいけないことです。他人を不幸にしていいわけはありません」

「いいとは思っていない。しかしだからといって止められることではない」

「いいえ、止めた方が……」

「今止めたら、僕はどうなるか分らない。ぼんやりとして、仕事も手につかなくなる」

有津はテーブルの上の手を握った。土を握る大きな手だった。

「わたし、怖いのです」

佐衣子は怯えたように両手を頰に当てた。

「なにが……」

怖い、の中身はさまざまであった。有津の影にはいつも有津の妻と子供がいた。この二人を苦しめ怒らせることが怖い。彼の妻と面と向い合ったら自分は何も言えそうもなかった。黙って眼を伏せてしまうだけだ。といって今、有津と別れたらどうであろうか、有津はぼんやりとし、仕事が手につかなくなるという。だが自分はそんなもので済まないかも知れない。ぼんやりするどころか淋しさに狂ってしまうかもしれない。

佐衣子は自分の中のもう一人の自分に自信がなかった。もう一人の自分が動き出すと何を仕出かすか分らない。怖さはそこにもあった。

「僕は貴女と一緒になりたいと思っている」

「そんなことを仰言《おつしや》っていいのですか」

「平気です。本当にそう思っています」

「貴方はわたしを軽く見ているのです。たかをくっているのです。そうでなければ、今のようなことは言えるわけがありません」

「それは違う」

「そうに決っています。本心でないからそんなことを仰言れるのです。貴方はそうは言っても、わたしが本気で紀彦を連れて貴方の家へ押しかけて来る、とは夢にも思っていないのです。そんなことは出来っこないと思っていらっしゃる。だから平気で言える」

「そんなことはありません。僕は本気です」

「じゃ」

言いかけて佐衣子は口を噤《つぐ》んだ。それから先の言葉は決っていた。それなら結婚して欲しいとか、奥さんと別れて欲しいとは、口に出して言うべき言葉ではなかった。女が男に言うべき言葉ではなかった。男が、愛しているとか好きだというだけで、だからどうしようと具体的に言ってこないのは、男に戸惑っている部分があるからだった。

そこまでは問い詰めない。ぎりぎりの手前のところで二人の関係は成り立っていた。それを言えば二人の関係は言葉の響きで白け、男は重荷だけを思い、女は惨めになるばかりだった。

言うのは冷えたまま別れていいと決心がついた時である。いま愛の終焉《しゅうえん》を焦るほど、佐衣子は有津との愛に未練を捨てきってはいない。

「ねえ、こんな話はもう止しましょう」

「しかし結婚されては……」

「いいの、それは嘘よ」

寸前で言葉をこらえた佐衣子の優しさが有津には分った。そこから先は有津自身が考えねばならないことであった。

「行こうか」

有津の声は少し嗄《しわが》れて低かった。佐衣子は立ち上り、道行きのホックを留めた。

「御免なさい」

「なに？」

「変なことを言い出して」

「いや、貴女が謝ることはない」

絨毯《じゅうたん》を敷きつめた廊下を曲り、階段を降りきったところがホテルの出口だった。出口の一角は大きな熱帯魚の水槽で蒼ざめていた。

「ありがとうございました」

自動扉の横で女中が頭を下げた。

出てみると、入る時降っていた雪はやんでいた。夜のなかで雪の世界が開けていた。二人は寝静まった小路を大きな通りへ向った。十一時を過ぎていたが通りはまだ夜の盛りだった。

チェーンの音がしてタクシーが停まった。降ってもすぐ解ける雪だとみて、車はスノータイヤをつけず、チェーンだけで走っていた。

「円山へ」

運転手へ一言言ったきり、有津はなにも言わなかった。佐衣子はショールで顔の半ばをおおったまま前を見ていた。車はすぐ左へ曲り、橋へかかった。夜の雪の川を見ながら、佐衣子は、先程有津を問いつめずにこらえた優しさが、哀《かな》しみに変ってきているのを知った。

十九

有津が佐衣子を送り、宮の森の家に着いたのは十一時半を少し過ぎていた。タクシーを降りると、夜の山が雪を得て近づいていた。通りから玄関までの短い道は、十センチほど積った雪を分けた足跡があった。

有津は雪のポーチに立ち、戸を押したが戸は開かなかった。二度押して鍵がかかっているのを知ってから、チャイムを鳴らした。

夜遅くなると住宅地の一軒家は物騒だというので、牧枝はよく鍵をかけていた。チャイムは三度押しても、中から人の出てくる気配はなかった。さらに一度押してから有津は上衣のポケットからドアの鍵をとり出した。

遅く帰った時、有津はチャイムを押さず、自分の持っている鍵で開けて入る。牧枝が起きているのは十二時くらいまでで、それより遅い時は先に寝ている。有津が十二時を過ぎて帰る時はせいぜい月に一度くらいで、それも大学の仲間と飲むような時で、佐衣子と逢った時は十一時を過ぎることはなかった。

それは有津のやり方というより、佐衣子の帰宅時間に合わせたためである。

玄関口には小さな明りがつき、妻のパンプスと久美子のブーツが並んでいた。有津は静まり返った廊下を見通してから右手の茶の間へ入った。八畳の茶の間は明りが点《つ》けられたままで、右手のテーブルに食事が置かれていた。

有津は背広を脱ぎ、ネクタイを緩めた。

十一時を少し過ぎて帰って来た時でも、この頃、牧枝は先に寝ていることがあった。遅く帰った時、有津はほとんど食事をしないが、あつい茶を欲しい時がある。彼はポットを探し自分で飲むが、そういう時も牧枝は気づいてか、気づかずにか起きてはこなかった。

情事を終えて帰ってくるのを牧枝が知っているのなら、それは一つの抵抗とも受け取れるが、彼女は口では非難らしいことは一言も言わなかった。実際、牧枝が有津と佐衣子との関係を知っているという確かな証《あかし》はなにもなかった。遅く帰った時、早々と寝て起き出さないというだけで、知っていると断定するわけにはいかない。

有津は寝室を覗《のぞ》かず、ネクタイを緩めると新聞を読もうとしてテーブルの前に坐りかけた。彼がテーブルの上に書置きがあるのを知ったのはその時であった。書置きは牧枝の字で、便箋に記されていた。

今日、苑子が睡眠薬を服《の》みました。私はこれから久美子と病院へ行きます。病院は行啓《ぎょうけい》通りの掛井医院です。

有津は二度読んだ。二度読んでから彼は慌てて電話口へ向った。電話帳を探すが、急いでいる故《せい》か、簡単に見付からない。一〇四を廻してようやく知ったが、病院の方はなかなか出なかった。

「馬鹿な奴だ」

受話器を持ちながら有津は無性に腹が立っていた。長い呼出音のあと看護婦らしい女の声が出た。

「今夜、睡眠薬を服んだ患者が入ったと思いますが」

「中西さんですね」

「容態は如何《いかが》でしょうか」

「胃洗浄を終って、いま眠っています」

「助かりますか」

「詳しくは分りませんが、大丈夫なのじゃないでしょうか」

「付添にいっている有津というのがいると思いますが、呼んでいただけませんか」

「ちょっとお待ち下さい」

電話は外来にでもあるのか、看護婦が去ると何も聞えてこない。

何故《なぜ》そんなことをしたのか。待ちながら有津は舌打ちをし、同じことを呟《つぶや》いていた。長い待ち時間があって妻の声が出た。

「どうなんだ」

「お医者さんは大丈夫だろうといっているわ」

「まだはっきりしないのか」

「大丈夫だと言うのだから、大丈夫なのでしょう」

妻の声も怒っているようである。

「何を服んだのだ」

「プロバリンですって。百錠らしいわ」

「一体、なんでそんなものを服んだのだ」

「貴方《あなた》は御存知ないのですか」

「俺が？　俺がどうして知るんだ」

「苑子とたまに会ったりしていたようですから」

「俺がわかるわけはないだろう。書置きでもなかったのか」

「ありましたよ」

「何て書いてあったのだ」

「もう苦しむのはいや、って」

「それだけか」

「ええ……」

苦しむのはいや、と有津は口の中で呟いた。苑子の陽気な声と若やいだ肢体が思われた。花が開いたばかりの二十《はたち》の女がそんなに苦しんでいたとは知らなかった。

「よろしいですか、切りますよ」

「切るって……」

「久美子も連れてきているし、まだ意識がなくて体を動かすので、目を離しておけないんです」

「他に誰かいないのか」

「同じアパートの方がいらしてくれたけれど、先程帰っていきました」

「俺は行かなくてもいいのか」

「どちらでも」

「なんだ、どっちなんだ」

「お疲れでなかったら、いらして下さい」

電話はそれで切れた。有津は茶の間へ戻りもう一度、妻の書置きを手に取った。行こうか行くまいか。今行ったところで苑子は眠り続けているだけである。医者が大丈夫だ、という以上、助かるのであろう。行ったところでどうなるわけでもない。不機嫌な妻と顔を合わすのも気が重かった。

今夜は家にいよう……

有津はガスストーブをつけるとワイシャツを脱ぎ、着物に着替えた。新聞を手にしたが見出しを一通り見ただけで読む気にはなれなかった。

妻と子のいない家は寒々として味気なかった。

それにしても何故そんなことをしたのか。有津は支笏湖畔で樹立《こだ》ちの間に垣間見た男の背を思った。あの男は苑子が薬を服んだことを知っているのであろうか。妻の話の様子では男はまだ知らないようであった。

その男はいまどこで休んでいるのか。妻の横でか、あるいは全く別の女の横でか、見知らぬ男のことを考えながら、有津はふと、それが自分であるような錯覚を覚えた。

テレビをつけると一日の最後の番組のおしらせをやっていた。しばらく見ていたが、見ていたというだけで頭にはほとんど残らなかった。

寝ようか、有津は立ち上り奥の八畳間へ通じる襖《ふすま》を明けた。

瞬間冷えた空気が頬をかすめた。冷気の中に暗く静まった部屋を見て、寝ようと思った有津の気持は殺《そ》がれた。彼はトイレに行き、それから再び茶の間へ戻った。テレビからは画像が消え、白い画面だけが流れていた。

苑子は大丈夫だろうか……

有津はスイッチを切ってから仰向けになり、頭の下に両の手を重ねて再び苑子のことを考えた。

容態に急変があれば電話はくるはずであった。こないところをみると心配はなさそうである。だが電話が来ないというだけで平然としているのは冷たすぎるようにも思えた。

妻は貴方の好きなように、と言った。行くのなら電話で聞いた時にすぐ「行く」と言うべきであった。だが妻の言い方には何か冷え冷えとしたところがあった。妹の不始末はともかく、それになぞらえて有津を責めているようなところもあった。

たしかに彼は苑子が家を出たことを甘く見ていた。苑子だって子供ではない、という過信があった。結果的には妻の危惧の方が当っていたようである。しかし妻の言葉は、有津の苑子への甘さをなじっているだけのようでもなかった。言外に、他人《ひと》ごとではないでしょう、といっているようでもあった。それは有津の思い過しかもしれなかったが、佐衣子との遅くなった逢瀬《おうせ》のあとだけに、うしろめたい気持はぬぐえなかった。

時計はすでに十二時を十分ほど過ぎていた。有津は姉に見詰められたまま眠っている苑子の寝姿を思った。どんな姿で薬を服んだのか、ネグリジェでも着たままであったのか、病院に運び込まれて寝間着にでも替えさせられたのか、元気な時、ブラウスの襟口から見えた白い胸元や、ミニスカートの下のはち切れるような脚が思い出された。その肢体が薬の力で眠り続けているのが不思議だった。我儘《わがまま》だと怒り、わからずやと避けていた仲でも、こんなことになれば血のつながった姉妹の方がいいに決っている。今更、俺がのこのこ出かけていったところでどうなるわけでもない。思い直すと有津は立ち上り、暗く冷たい部屋を開け、床を敷き始めた。


翌朝、有津は七時に起きるとすぐ病院へ電話をかけた。牧枝はすぐ電話口へ出た。

「どうなのだ」

「今朝方醒《さ》めたわ」

「じゃ心配はないのだな」

「一度に薬を大量に服みすぎたので、腎臓や肝臓をいためることがあるらしいんだけど、今日これから検査するらしいわ。それが異常なければ二、三日で退院できるということだけど」

「それはよかった」

「貴方、お食事は」

「コーヒーだけ飲んでいく」

「わたしこれから一度帰って、久美子を幼稚園へやってから、もう一度病院へ戻るわ」

「じゃ、待っている」

三十分して牧枝は久美子を連れて戻ってきた。急を聞いてかけつけ、一夜看病して帰ってきた妻を、有津は眩《まぶ》しいものを見るように見詰めた。

「昨夜は久美子は寝たのか」

「ちょうど二人部屋の一方のベッドが空いていたの。そこで寝たわ」

牧枝は湯を沸かしながら答えた。久美子は顔を洗い、トーストを一枚と卵焼きを食べると幼稚園へ出かけた。久美子が出ていき、二人きりになったのを待ちかねたように有津が尋ねた。

「原因はやはり男か」

「妻子のある中年の人らしいわ」

「どうして分ったのだ」

「初めに発見したのがその人らしいわ。その人が苑子の部屋に来て眠っているのを知って、すぐ隣の部屋の人に連絡して、一緒に病院に運んだらしいわ」

「で、その男は」

「病院に行って院長先生に話したあと、自分は忙しくてすぐ帰らねばならないが、この先生をよく知っているから安心して療養していってくれ、治療費も負担する、と言って帰っていったそうよ」

「どこの人なのだ」

「苑子のところへ時々見えるので、隣の方は見覚えがあるそうだけど、年齢や名前は知らないらしいわ」

「院長は知っているのだろう」

「お聞きしたのですけれど、先生は醒めてから苑子から直接聞いて欲しい、と仰言《おっしゃ》るのよ」

「で、苑ちゃんは」

「言いたくないって」

「男を庇《かば》っているのか」

「分らないわ。でも眼覚めるとすぐ、先生は？　って言ったわ」

「先生……」

「どこか、高校か大学の先生かしら」

「まさか」

有津は息を呑《の》んだ。自分も先生と呼ばれる身分であるだけに他人事ではなかった。気を鎮めるように有津は一口、茶を飲んだ。

「苑ちゃんは、男が病院へ運び込んでそのまま帰ったことを知っているのか」

「まだ、そのことは言ってないわ。自殺しそこなったばかりの女性に、そんなことを言ったり、尋ねたりできるわけがないでしょう」

「しかし、その男の人はうまく、苑ちゃんが薬を服んだ時に来合せたものだな」

「みんな勝手なことばかりしてどうなっているのか、分ったもんじゃないわ」

牧枝は焦立《いらだ》たしさと疲れの故で、眼の縁を赤くして、ヒステリックに言った。

「いま、そんなことを言っても仕方がない」

「仕方がない仕方がないといって、一体この有様は何よ。他の人に何て言えばいいの……」

「……」

「結局、最後の始末はみんな私のところへ廻ってくるんだから」

「少し休め」

「休んでなんかいれるわけはないでしょう。事件になると男は逃げちまうし、家出をけしかけた貴方は知らぬ顔を決めこんで」

「そんなわけじゃない」

「卑怯《ひきょう》よ、あなたは」

「牧枝……」

有津は立ち上った。牧枝はそのままぷいと、次の間へ立った。

「行ってくる」

有津は書斎へ行き、鞄《かばん》を持ってから部屋へ戻った。

「少し時間があるから、途中で苑ちゃんの病院へ寄ってみる」

声をかけたが牧枝は下着を替えながら何も答えなかった。


苑子の病院は山鼻電車線の行啓通りを過ぎた少し先にあった。黄色いモルタル造りのこぢんまりとした建物で、入口に、内科・小児科・放射線科と書いた白い看板が立っていた。

朝の早い故か待合室には誰もいなかった。入口のベルを二度ほど押して、ようやく看護婦が現れた。

「中西苑子に面会したいのですが」

看護婦は有津の上から下までを見届けてから言った。

「誰方《どなた》ですか」

「患者の義兄《あに》ですが、昨夜ついていた姉の夫です」

看護婦は確かめるようにもう一度有津を見てから「お待ち下さい」と言って奥へ消えた。

たかが一人の患者に会うのに、随分用心深いと思ったが、それだけ院長が気を配っているようでもあった。有津は待ちながら、二つのソファが背を向け合ったまま並んでいる待合室を見ていた。

昨夜、苑子は男にここを運ばれて病室へ行ったのだ。

有津が夜の生々しさを想像している時、奥から医師と看護婦が現れた。

「貴方がお義兄《にい》さんですか」

「そうです」

医師は有津を見ながら招き入れた。有津は靴を脱ぎ、スリッパをはいてから頭を下げた。

「昨夜は夜分お騒がせしまして申し訳ありませんでした」

「いえいえ、私の方は病院ですからそんなことは構わないのですが、ただ事情が事情でして、普通の病気じゃありませんから、面会される方をよくお聞きするようにしているので」

「御世話をかけます」

「この階段を上って右手の一番奥の部屋です」

院長は階段の上を指さした。

「話をしてもよろしいのですね」

「体の方は大丈夫なのですが、ただちょっと薬の故で精神的に多少敏感になっていますから、あまりストレートなことは……」

「百錠全部服んだのですか」

「胃洗浄で五十錠くらい出ましたから、正味は五十錠くらいなものでしょう」

「そんなに服んで助かるものなのですか」

「ブロバリンは百錠服んだとしても死ぬようなことはありませんからね、ですから、この薬でよくやるんですよ」

「よくやる？」

「え……いや、これは自殺常習者のことでして、量の割には効き目が弱いので、狂言自殺みたいのに使われることがあるということでして、もちろん貴方の義妹《いもうと》さんのことじゃありません」

「…………」

「睡眠薬としてはあまり強くないから、薬局でも比較的簡単に手に入る、というわけでして」

院長の言っていることは分ったが、有津はなにか軽くあしらわれた気持だった。

たしかにブロバリンは医学的には効力が弱く、それだけでは簡単に死ぬようなことはないのかもしれなかった。しかし苑子がそんなことを知っていたとは思えないし、ましてや自殺常習者でもない。たとえ弱い薬だといっても百錠服んだ時の気持に嘘があるとは思えなかった。

「それじゃ……」

有津は院長に会釈すると階段を昇った。苑子の部屋は左右に病室の並んだ廊下のつき当りにあった。

有津が入った時、苑子はドアに背を向けて窓を見ていた。

「どうかね」

有津が声をかけると、苑子はすぐ振り返った。

「お義兄さん……」

「少し時間があったので寄ってみた」

「すみません」

低く呟くと、苑子は有津を見上げた。眼は大きく見開かれているが、いつものようなくるくる動く活《かっ》潑《ぱつ》さはなく、気だるげであった。

「無事でよかった」

苑子の顔は普段より白く、少しむくんで見えた。

「牧枝がもうじき来ると思う」

「………」

漂うような視線を宙に向けたまま、苑子は黙っていた。フリルのついたピンクのネグリジェの襟元から白く透きとおるような胸元が覗かれた。

「久美子は元気で幼稚園に行ったよ」

苑子はかすかにうなずいただけで、ものは言わなかった。こんな場合なにを言えばいいのか、有津は言葉の続きに窮した。

「なにか食べたいものはないかね」

「…………」

「果物は？」

「いいわ」

苑子は小さく首を振ってから、ふと思い出したように有津の方に向き直った。

「義兄さん、私がここへ運ばれてくるまでのこと、誰かに聞いた？」

「誰かにって、牧枝がちょっと言ってたけれど」

「誰が初めに見付けたの」

「…………」

「ねえ、教えて」

どうしたものかと、有津は窓を見た。朝の光で隣家の屋根の雪はとけ始めていた。

「ねえ、お願いよ」

「よくは知らんが、中年の男の人だ、と言っていた」

「先生……」

「え？」

苑子はすぐ首を左右に振ると、それでいい、と言うように一人でうなずいた。

「それで、その人は私をどうしたの？」

「アパートの隣の人と一緒にこの病院へ運んで、院長先生に頼んでから帰っていったらしい」

「そう……」

苑子は遠くを見るような眼差《まなざ》しで、ゆっくりとうなずき、それからかすかに笑った。

「家の方に連絡するように言っていったのも、その男の人らしい」

「そうなの」

苑子の小さな口元に、かすかな笑いが浮んだ。

「どうしたのだ」

「あの人、きっと慌てたのね」

「それはそうだろう、来てみたら薬を服んで倒れていたのだもん」

「あたしね、あの人があたしのアパートに来るの知ってたのよ」

「その男の人が？」

「そう、九時か十時に来てって前に頼んでおいたの」

「……………」

「そうしたら本当に来てくれたのね」

苑子は笑いをおさえかねるように口をとがらせた。

「驚いたろうな、きっと」

苑子は楽しげである。その陽気な顔を見て、有津はわけが分らなくなった。

「おい、君はなんてことをしたんだい」

「なんてことって、薬を服んでやったのよ、そうしたら驚くでしょう」

「じゃ遊び半分に服んだのか」

「違うわ、真剣よ」

「だって今、驚かせるためだと言ったじゃないか」

「そうよ、そのとおりよ、あの人が驚いたり困ったりするのなら、死んでもいいと思ったのよ」

「………」

苑子は睨《にら》みつけるように有津を見詰めた。見据えられて有津は返す言葉がなかった。

「私だって真剣よ。こんなこと、遊び半分に出来るわけはないわ」

布団にうずくまっている白い苑子の顔が、有津の中で、一瞬、夜叉《やしゃ》の顔に変った。

「いいわ、これで仕返しをしてやれたわ」

「………」

「もう、あの人のことは忘れられる」

そう言うと苑子は、つきものでも落ちたようにさばさばした表情で有津を見た。

「わたし、こうでもしなければ気が狂うところだったのよ。でもこんな気持、お姉さんに分るわけはないわ」

聞いている有津の体の中を冷たい風が吹き抜けていった。

「お義兄さんだから正直に言ったのよ」

苑子が言った時、ドアがノックされた。有津が内からあけると看護婦だった。

「これにお小水をとっておいて下さい」

看護婦がガラスのコップを部屋の片隅においで出ていった。

「じゃ、行くよ」

有津は立ち上った。

「どうもありがとう」

苑子は以前の静かな顔に戻り、枕の中でうなずいた。有津は鞄を持ちドアへ向った。ドアの前に立ちノブに手を掛けた時、後ろから苑子が言った。

「あの方に、薬を服ませるようなことはしないでね」

二十

　雪の日があったとは思えないほどの晴れた日が訪れた。だが晴れているといっても、空は青というより冷えた蒼《あお》に近かった。蒼い空にはいつ雪が来るとも知れぬ無気味さがあった。

　庭のガラス戸ごしに晴れすぎている空を見ながら佐衣子は帯を締めた。若草色の紬《つむぎ》の着物に合せて、同じ地色の博多帯をつけた。この半年、鏡に向って着替える時の多くは、有津に逢うためであった。だが今日は紀彦に冬のセーターとスキーコートを買うためであった。有津に逢うために着物を着るのでないことが、佐衣子の心を虚《むな》しくさせた。

「ママ、まだなの」

「すぐです」

　紀彦はすでにオーバーを着て待っていた。着物の上に二重紗《ふたえしゃ》の七分コートを着けて、佐衣子は外へ出た。

　十二月に入ったばかりなのに、土曜の午後の街には、師走の慌しさが漂っていた。

　狸小路《たぬきこうじ》に面したビルの洋品店で、佐衣子は紀彦のセーターとコートを買い、ついでに下着を二着ほど買った。毎日一緒にいると紀彦の大きくなるのは分らなかったが、衣類を買う時に、今更のように気付く。この二、三年の紀彦の伸びようは母である佐衣子にとっても無気味なほどだった。

衣類を買い、紀彦の希望で本屋に寄れば買物は終りだった。狸小路に佐衣子が行きつけの呉服屋があった。十年前、佐衣子が娘の時からあった店で、結婚する時の衣裳《いしょう》もその店で揃《そろ》えた。間口は狭いが奥行が深く、そこの女主人とも佐衣子は顔見知りだった。

街に出てくると買うあてがなくても、寄るのが佐衣子の習わしであったが、紀彦は呉服屋が嫌いだった。佐衣子は仕方なく表から奥を見通しただけで通り過ぎた。周りの店がみんなビルになるなかで、狭い間口のまま残っているところが、呉服屋らしく頑《かたく》なで、好ましかった。

「ねえ、ママ、お腹が空いたよ」

表通りに出たところで紀彦が言った。

「なにがいいの」

「簡単なものでいいけどさ」

立ち止っていると後ろから押されるほどの人波であった。二人は狸小路から一本南へ下った通りにあるレストランに入った。

そこは一度有津と入ったところでもあった。駅前通りのビルの地下に大きな支店があったが、こちらの方はそれより小さく、古い建物だが落ちつきがあった。佐衣子は店の端のボックスに紀彦と向い合って坐った。

「僕はグラタン」

メニューも見ずに紀彦が言った。老父がよく連れていって食べさせるので、紀彦は洋食に慣れていた。

佐衣子も合せて同じものを頼んだが、半ばほどで手をおいた。紀彦は一つをきれいに平らげ、それからコーラを飲んだ。

「もういいのでしょう」

紀彦はようやく落着いたように辺りを見廻した。昼食時をすぎていて店の中は閑散としていた。低い音楽が流れ、柱の先にウエイトレスの背が見えた。そこから眼を戻した時、佐衣子はふと向い合っている紀彦のなかに男の影を見た。

それは誰というわけでもない、しかとは分らぬが、子供ではない一人の男の姿であった。急に、佐衣子は尋ねてみたい衝動にかられた。

「あのね、あなたに、ちょっと聞いてみたいのだけど」

「なんだい」

「ママ、結婚したらどう思う？」

「けっこん？」

「そう、他の男の方と結婚するのよ。もちろん紀彦ちゃんも一緒に一つのお家に住むのよ」

「…………」

「新しいパパと、ママとあなたと……」

紀彦は遠くからの声を聞くように小首を傾けた。眼は佐衣子に向けているが、突飛な母の質問の意味を探りかねているようである。

「これはたとえばの話よ。たとえば新しいパパがきたらどうかしらって。紀彦ちゃんがパパがいなくて淋しいんじゃないかしらと思って、聞いてみただけよ」

分ったのか、紀彦は一つ大きな息をした。

「別にいま、どうってことじゃないのよ。ただちょっと聞いておくだけなの」

自分から言っておきながら佐衣子は、言い出した理由が分らなかった。

「嫌なら嫌でいいのよ」

「ママは結婚したいの?」

「ううん、ママは別にしたくはないわ。今のままでいいんだけど」

紀彦の大きな瞳が佐衣子を見ていた。

「ママがしたいんなら、僕は構わないよ」

「馬鹿ねえ、ママは紀彦ちゃんの気持を聞いているのよ。あなたの思うとおりでいいのよ」

「でも……」紀彦はちらと窓の方へ眼をやってから言った。

「どうせするんなら、植物園の先生みたいのがいいな、ママはどう?」

佐衣子は慌てて眼をそらした。だが紀彦の眼は止ったまま佐衣子を見ていた。

「僕、あの先生がパパなら簡単だと思うよ」

「簡単?」

「うん、簡単にパパって呼べるよ」

突然、佐衣子の眼に有津が現れた。眼と鼻と口と、ものを言い、笑う、そのすべてが佐衣子を窺《うかが》っていた。

まさか、この子が……

瞬間の思いを振り払うように佐衣子は眼を閉じ、眼を開いた。眼の前に一人の少年がいる。少年は少し不審げに、少し困った表情で佐衣子を見ている。

「紀彦ちゃん」

「なあに、ママ」

その声で佐衣子は、ようやく現実に戻され、紀彦を見直した。

「どうしたの？」

佐衣子は一人で首を振り、一人でうなずいた。

「出ましょうか」

紀彦はオーバーのボタンをとめ、本を小脇に立ち上った。

「ママ、僕ね、もう少し長いスキーが欲しいんだけどなあ」

紀彦はなにごともなかったように、佐衣子に、新たな欲求を出した。


雪が来て、消えた。雪の日は冬を思わせたが、晴れた日は秋を思わせた。雪の日と晴れた日の間は春の初めを思わせる。一日だけとりあげると、いずれとも定まらない。だが、定まらないままに一週間という長い目でみると、冬はたしかに深まっていた。

半月ぶりに佐衣子が有津と逢ったのも、そうした定まらぬ一日であった。

「十二月には、いつも雪が積ってたのではないでしょうか」

佐衣子は雪の小止みした空を見上げて言った。

「十二月の半ばくらいまではこんなものです。根雪は半ばすぎでしょう」

「じゃ、あと一週間ですね」

「たまに雪のないクリスマスもありますから、なんともいえません」

「早く雪が積って欲しいわ」

「何故《なぜ》です？　雪は遅い方がいいでしょう」

「いいえ、しっかりと冬なら冬らしくなって欲しいのです」

「どこを見ても雪ですよ」

「ええ、どちらかに定まればいいのです」

札幌の揺らぐ季節は嫌だと佐衣子は思った。

話しながら、いつのまにか二人は車に乗り、ホテルへ向っていた。ホテルにはスチームの温かさが満ちていた。

「風呂に入りましょう」

「先にお入りになって下さい」

「いいでしょう、この前も一緒に入った」

「いいえ……」

有津と一緒に風呂へ入ったのも一つの心の揺らぎでしかなかった。ふとした心のぶれに過ぎない。それを有津は確かな事実として、更に積み重ねようとする。積み重ねるうちに、それは一つの習いとなり平凡なこととなる。すべての淫らで羞《は》ずかしいことが平凡なことになった時、男と女はどうなるのか。

その先を思うと佐衣子は怖かった。

「さあ」

有津は左手で佐衣子の背を抱き、唇をおおったまま、右手で帯紐《ひも》を解いていく。一本の紐が抜ける度に立っている佐衣子の前が開けていく。それは通い慣れた道をゆくように確かで揺ぎない。

着物を肩から滑らせ、すべての紐を解き放ち、長襦袢《ながじゅばん》一枚になったところで有津の手は止る。もう一枚脱がせば薄い肌襦袢の下に硬質な白い肌が露出する。右の手を軽く動かすだけでいい。その約束された未来への喜びを嚙《か》みしめるように、そこで有津の愛撫《あいぶ》は優しく、ゆるやかになる。その優しさは泥炭に触れる時の優しさと変らない。

「入ろう」

「いや……」

佐衣子は首を振る。振りながら佐衣子の唇が有津の顎を撫《な》ぜる。左手を背に当て、右手を膝の下に、抱きあげれば佐衣子の細身の体は簡単に浴室に運び込まれる。拒否したところで無意味なことと知りながら拒否をくり返す。強引にやる気になればやれると知りながら男の方も、その拒否につき合いながら自然に崩れるのを待っている。

二人の行為は慣れ合いであった。慣れ合いであるから二人は安心して続けている。ふとした心のぶれから許したことであっても、一つの過去が、確かな事実となって、慣れ合いにまでなってきていることを、佐衣子は知らなかった。

光を浴びた湯の中で佐衣子の体は急速に和んでいく。眼を閉じ、息を潜めても、佐衣子の裸体は消えはしない。湯の面に接する乳房から上は淡い湯気の中に浮び、湯の中の下半身は揺らぎながら、有津の眼には露《あら》わである。

すべてを忘れることが今の佐衣子の唯一の救いであった。紀彦のことも、父母のことも、死んだ夫のことも、結婚を求めている男のことも、眼を閉じさえすれば万事は遠くへ追いやられる。驚くほど簡単に上手に忘れ去れる。この巧妙な技術を、いつのまにか佐衣子の頭と体は身につけていた。

一日一日、秋が深まり、冬が定まるように、佐衣子の体は深まってきている。一日だけみると戻っているような時もある。しかし少し長い眼でみれば、それは間違いなく進んでいた。

今もまた、一つの深まりがあった。

「随分逢わなかった」

行為のあと、有津は佐衣子の耳元で囁《ささや》いた。

「半月ちょっとよ」

答えてから、佐衣子は初めて、可笑《おか》しいと思った。こんな会話は逢った時に交わすべき会話であった。逢ってお茶を飲み、初めに話すべきことであった。情事のあとにするのは可笑しい。こんな会話を交わす余裕がないほど情事を求めあっていたのか、あるいは話から行為へと、常の手段を必要としないほど、二人の体は慣れ合っていたのか、その親しみの中に佐衣子は黒い影を見た。

「気になっていたのだが」

「なにがでしょう？」

「貴女《あなた》のこと」

裸のまま佐衣子の脚は有津の脚に触れていた。

「この前の結婚の話」

「そんなのは、もう止《よ》しましょう」

「断わったのですか」

有津は脚の内側に力を入れた。佐衣子の頭より体に聞いていた。

「じゃ、もう終ったことなのですね」

有津の胸の中で佐衣子はうなずいた。

「よかった」

終るどころか、佐衣子がはっきり断わらぬままに話は一層具体化していた。

乗り気な母は年が明けるとともに、正式に見合までさせようとしている。渋々ながら母に煽《あお》られながら、その実、佐衣子は会うくらい会ってもいいような気になっていた。少なくとも有津に逢うまではそのつもりであった。それが短い時間で豹変《ひょうへん》している。その間に起きたことと言えば抱かれたことだけである。その心変りに佐衣子は驚き、あきれている。だがあきれていても佐衣子は心苦しくは思っていない。

簡単に変ったことは、また簡単に変るかもしれない。

変ろうが、揺らごうが、佐衣子はいつも自分に正直であった。昼、家にいる時は、別の男と結婚し、家庭を持ってもいいように思い、有津の胸の中にいる時にはそんな気持はきれいに忘れている。だが昼の佐衣子も、夜の佐衣子も本当である。どちらも嘘はついていない。

いまはこの人の方がいい。たしかに嘘をついていないという理屈では佐衣子の言うことは正しかった。だがその嘘をつかない元になる体自体が、絶えず変るとしたらどうであろうか。

佐衣子が嘘をつく気がなくても、体が変れば嘘になることを彼女は忘れていた。

「早く逢いたかったのだけれど、ちょっとごたごたがあって」

「お仕事ですか」

「いや」有津は佐衣子の腰から脚を離した。

「奥さまと？」

有津の腕の中で佐衣子が顔をあげた。

「違う。実は義妹《いもうと》が睡眠薬を服《の》んで……」

「自殺ですか」

「そうらしいのだが、どうもはっきりしない」

「でも死のうとなさったのでしょう」

「そうだと思うのだが、助かったあと、妙にさばさばして、死のうとした奴みたいじゃないんです」

「それは自殺を決心した瞬間に、すべての情熱を出しきってしまったからですよ」

「そんなものだろうか」

「わたしのお友達にもそういう人がいました」

「まあ、助かったから良かったが」

「原因は恋愛？」

「ええ……」

「相手の方は？」

「よくは分らないが……同じ学生らしいのです」

有津は嘘をついた。

「学生同士なら御一緒になれたでしょうに」

佐衣子の乳房に手を触れながら有津は眼を閉じた。

「若い者の気持は分りません」

乳房の上の手に力を加えられて佐衣子は軽く身を捻《ねじ》った。

「今度はいつ逢えるだろう」

「分りません」

「クリスマスは？」

「多分、無理です」

「じゃ、次の日は」

「年内はもう止しましょう」

「いやだ」

有津が佐衣子を抱き寄せた。

「年が明けるまで十日以上もある」

「一月になったら東京へ行ってきます」

「なんです？」

「籍を抜きに」

「抜くだけなら、わざわざ行かなくてもいいでしょう」

「手続きだけはそうですけれど、向うのお母さんにも円満に納得していただきたいのです」

「いつ頃です」

「半ばすぎにでも」

「末頃なら僕も行けるかもしれません、文部省の来年度予算の打合せがあるのです。一緒に行きませんか。貴女と旅行したことはまだ一度もない、いいでしょう」

「じゃ、それまでお逢いしないことにしましょう」

「何故」

「あとで大きな楽しみが待っているのですから」

いま、佐衣子はたしかにそう思っていた。


有津が佐衣子と逢った翌日から雪は降りはじめ、寒気が居坐った。雪はそのまま溶けることなく、むしろ降り積り、クリスマスを迎えた。新雪を除けて、植物園の門から事務所まで、細くついた道を歩きながら、有津は冬が定まったのを知った。

石油ストーブをどんどん燃やしても天井の高い部屋の温まりは悪かった。明治の遺物だと思いながら、その古さが気にいっているのだから有津はあまり文句も言えない。その有津が川北泥炭地の植物景についての論文を書いている時、志賀が入ってきた。

「暮の勤務は例年どおり二十九日までということですか」

「そうだな」

有津は机の脇のカレンダーを見た。二十八日が月曜で二十九日は火曜だった。

「大学はともかく、こっちは一応国家公務員なみということだからね」

大学の植物園といっても、国立なのだから公務員であることに変りはなかった。

「まあ適当にやろう。君は正月は」

「旭川の実家に帰ろうと思っていますが、先生は？」

「大晦日《おおみそか》から二日くらいまでは毎年皆で小樽の兄のところへ行って年をこすことにしているのだ」

有津はストーブの前に来て手を温めた。

「三日以後は家にいらっしゃいますか」

「そのつもりだが」

「伺ってよろしいですか」

「もちろん構わんが」

有津は志賀の顔に動く影を見た。

「来てくれるのはいいが、苑子はいないんでね」

「函館の実家へ帰るのですか」

「うん、いや、もう行っているのだ。一月一杯は帰って来ないと思う」

「何かあったのですか」

「別にないが、ちょっと、風邪をひいてこじらせてしまったので、温かい所でのんびり休ませることにした」

事件のあと、アパートをそのままに、苑子が函館に帰っていることは事実だったが、風邪をひいたというのは有津のつくり話だった。志賀はしばらく窓の方を見ていたが、やがて思い出したように言った。

「函館まで行ってもいいでしょうか」

「君が。この休みにかね」

「ええ」

志賀は眼を伏せた。志賀の伏せた眼はストーブの火を見ていた。

「行くのは構わないが……、君はまだ苑子を愛してくれているのかね」

「ええ」

「いっとき離れていたようだが」

「お互いに離れた方がいいような気がしたのですが」

「変ったのかね」

「実はいろいろ考えたのですが、苑子さんさえよかったら結婚したいと思っています」

今度は照れずに、志賀は真っ直ぐ前を向いて言った。有津は顎に手を当てて窓を見た。窓の外の松の枝には夜来の新雪が積っていた。

「君がそう言ってくれるのは有難いが、苑子の気持も聞いてみなければならない」

「それは当然です。だから今度……」

「僕からよく聞いておこう」

「しかし……」

「まあ慌てることはない。苑子はいまちょっと体の調子が悪い。もう少し時間をくれないか」

何も知らない志賀が、有津には少し哀れであった。


暮が迫ったが、佐衣子からは何の電話もなかった。こちらからかけぬかぎり、むこうからかけてくることはない。それを知りながら、有津は電話を待っていた。どちらが勝つか、待ち較《くら》べをしてみようとも思ったが、負けることは目に見えていた。

待つ力というものがあるとしたら、それは男は女に敵《かな》わない。待ちながらも、女は揺蕩《たゆと》うような性感を感じているのではないか、有津はあらぬことまで考えた。

仕事納めの二十九日の午後、有津は書類を整理したあと、待ちきれずに佐衣子に電話をかけた。

「今夜か明日、逢いたい」

「こんなにおし迫って?」

「商売をしているわけじゃないでしょう」

「今年はよしましょう」

電話の故《せい》か、佐衣子の声はとり澄ましてきこえた。

「でも、もう十日以上も逢っていない」

それでも貴女は耐えられるのかと有津は言いたかった。逢った時の佐衣子の乱れようを思うと不思議だった。

「逢いたくはないのですか」

「もちろんお逢いしたいのです。でも夜は本当に出づらいのです」

「じゃ明日の午後は」

「お昼は駄目なのです」

「そんなことを言っていたら、いつも逢えない」

「年が明けたら」

「来年？」

「来年と言っても、すぐじゃありませんか」

「じゃ、正月の三日か四日」

「お電話下さい」

「きっとですよ」

言いながら、有津は今日はいつもより焦っていると思った。

二十一

小降りの雪が止《や》んで、新しい年が明けた。

二日の午後、有津は妻と久美子を連れて小樽の兄と母の許《もと》から札幌の家へ戻った。三日間、家を空けただけで、通りから玄関までの道は新しい雪で閉ざされていた。

有津は雪掻きで道をあけ、小枝の雪を払った。正月らしい雪晴れで、スキーを担《かつ》いで山へ向う人達が家の前を通り過ぎて行った。

三日の昼すぎ、大学の友達と植物園の事務員が三人訪れたが、志賀は現れなかった。苑子がいないと知って、実家に帰ったままなのかも知れなかった。現金な奴だと思いながら、それでいいのだと思いなおした。

四日の午後、有津はいったん植物園へ出た。休み中に来た手紙に目を通し、初出勤の職員と雑談してから、暮れ方に街へ出た。年が明けて初めて、佐衣子に逢うのだった。

正月らしく、佐衣子は大柄な花鳥の柄の一越《ひとこし》に寿楽帯を締めていた。ホテルへ向いながら、有津は〝姫始め〟という言葉を思い出していた。正月、姫飯《ひめいい》を初めて食べる日、とか、女が、洗濯・張物などを初めてする日、という表の意味とは別に、新年に男女が初めて交合すること、という裏の意味もあった。

その言葉の美しさと淫らさに、有津は酔っていた。

佐衣子は有津が今、そんなことを考えているとも知らず、タクシーの中で真っ直ぐ前を見ていた。新しい年になったというだけで、常より燃えるのは不思議なことだった。だが、そこにはまた一つ新しいものを加えた、という確かさがあった。しかし、その確かさは同じことをくり返すということで成り立っている部分もあった。

「また来てしまったわ」

情事の名残りの、薄く色づいた頰に手を当てながら佐衣子が呟《つぶや》いた。

「駄目だわ」

「駄目？」

佐衣子の台詞《せりふ》が有津には気重かった。

「同じことだわ」

乱れた髪の中で佐衣子は地獄を見た。地獄はきらびやかで果てしなかった。這《は》い上ろうとしながら叩き落されてしまう。落ちていく姿は蟻地獄にいる蟻に似ていると思った。

強力に私を引き上げてくれる力はないのだろうか。

佐衣子は顔をあげ、起き上った。身仕度を整え、ホテルを出る、その過程も変るところはなかった。

「東京へは、やはり今月の半ばすぎに行くのですか」

電話で車を頼んでから有津が言った。

「そうしようと思っています」

答えながら、佐衣子はコートを羽織った。

「少し延ばすわけにはいかないだろうか、今日、向うから連絡があって、開発庁との打合せも兼ねるので、二月の半ばにして欲しいといってきたのです」

「半ばですか」

東京へ行く用件は姑《しゅうとめ》に会い、了解を得て残ったものを整理してくるだけだった。今月でなければならない、という理由は別になかった。

「二月でもかまいませんが」

「じゃ、そうしよう。半ばなら雪祭も終って切符も簡単にとれる」

「でも、お仕事の邪魔じゃないのですか」

「そんなことはないが、紀彦君は」

「学校があるし、お義母《かあ》さんに会うとまた厄介なことになるので、おいてゆこうと思っています」

「今のところ、十八か十九日に発《た》とうと思うのですがいいですね」

うなずきながら、佐衣子はそれまでにははっきりと決めておかねばならないと、自分に言いきかせていた。


一月の間、雪はあまり降らなかった。札幌の大きな通りはよく除雪され、真冬なのに凍《い》てついた舗路が露出していた。主婦達には過し易い冬だったが、スキーヤーには多少不満な冬だった。

標津の小杉亮子《りょうこ》から便りがあったのはこの月の末だった。内容は雪祭に出札してお会いするのを楽しみにしていたが、夫が釧路に所用があって出かけるので駄目になった。札幌に行けぬのは残念だが、こちらの冬も湖に白鳥が来て美しい。子供と自分だけだから是非こないか、という意味のものだった。

佐衣子は標津原野に有津が行ったことを思い出した。有津が歩いた原野も、白鳥の来る湖も見たかった。誰もいない冬の原野に立てば、決心がつくかもしれない。佐衣子は地図を見て雪の原野を想像した。

二月の第一週の週末に行われる雪祭には、雪が足りないというので、わざわざ自衛隊がトラックで、近郊の山野から会場へ雪を運び込んだ。

だが皮肉なことに祭の前日になって大雪があった。道外から来た人達は、巨大な雪像と、その大雪に二度驚いた。

雪祭が終り、二月も半ばを過ぎると、さしも強固だった北国の冬も、少しずつ、しかし着実に崩れてきているのが分った。

雪の量そのものは真冬より、この頃の方がむしろ多いが、雪はどこか湿気を帯び、時に驚くほどの日差しがあった。天候が不順な日が多いが、それも西高東低の頑とした冬型の気圧配置が崩れかかっている兆だと思えば、憎めないところがあった。

二十二

寒気が弛《ゆる》み、暖気が訪れた二月の半ばすぎ、有津と佐衣子は道庁に近いグランドホテルのロビーで落ち合った。そこから日航の営業所はすぐだったが、人目にたつのを有津は避けたかった。

千歳発は十一時十分だった。九時四十分に二人は落ち合い、そのままタクシーを拾った。有津はグレイのコートを着、佐衣子は若草色の天鵞絨《びろうど》のコートを着て、白いスーツケースを持っていた。

札幌の街を抜け、島松《しままつ》を過ぎるにつれ、道端の雪は減ってきた。空港に着いたのは十時五十分だった。二人が搭乗受付のカウンターへ向った時、マイクがなった。

「十一時十分発、東京行五〇四便は少々遅れまして、いまのところ皆様への御案内は十一時十分を予定しております」

アナウンスを聞いて有津は羽田での一瞬を思い出した。あの時、佐衣子は紺地の結城《ゆうき》に紬《つむぎ》の手描きの帯を締めていた。右手の旅行鞄《かばん》は白であった。羽田空港は夜に入ったばかりだった。

夜の光の中で有津は宗宮佐衣子という名を聞いた。初めは嘘だと思い、二度目は驚き、三度目は口で呟《つぶや》いた。あの偶然がなければ二人は逢うことはなかった。

いや、偶然はそれだけでない。彼がアルバイトをしたことも、露崎を知ったことも、考えてみるとすべて偶然であった。そう追いつめていくと生きているということは、すべて偶然の積み重ねのようであった。偶然が当り前のことである。すると佐衣子と逢ったことも、逢うべくして逢ったと考えてもいいのかもしれない。

有津は横にいる佐衣子をふり返った。同じことを考えていたのか、佐衣子も笑顔を返した。一年近い月日が二人をこんな間柄にしていた。

機内に入り、座席に坐っても、有津はそのとき思いもしなかったいまの状態に戸惑っていた。

座席は満席になり、通路側に有津が坐り、その内側に佐衣子が坐った。あの時も同じだった。飛行機は軽い震動を響かせながら滑走路に向っていた。空港ビルのガラスが輝いてみえた。スチュワーデスが再度、座席ベルトを確かめるように言った。

飛行機は主滑走路に出たところでいったん止り、力を撓《たわ》めるように前方を睨《にら》んだ。それから加速し、小さな衝撃とともに浮き上った。すべてが一年前と変らず、同じくり返しであった。

水平飛行に移ったところでスチュワーデスがお絞りを配った。有津は二つとって一つを佐衣子に渡した。窓側の人は六十を越した男性だった。有津が手を拭き、横を見ると佐衣子が笑っていた。

「どうしたの」

「ううん」

佐衣子は小娘のように首を振ってからいった。

「あの時、貴方《あなた》は私にスープをとって下さろうとしたわ」

「そのことか」

有津はことさらに詰らなそうな顔をした。

「札幌まで行くのですかって仰言《おっしゃ》って」

「他に話すことがなかった」

「お名刺を下さったわ」

「止《や》めよう」

誘いかけた時のぎこちなさが、有津に甦《よみがえ》った。

彼はお絞りを返し前を見た。スチュワーデスが週刊誌を持って歩いていた。佐衣子の香りが有津の耳元に近づいた。

「わたし、本当はあの翌日に帰るつもりだったのです。それが紀彦が熱を出したという電話があったので、急に帰ることになったのです」

「おかげで僕達は逢えた」

「あの時同じ名前の人を知っている、と貴方は仰言ったわ」

振り向いた有津を、佐衣子の眼が見詰めていた。

「あれは本当ですか」

「うん……」

「その方、いま、どこにいらっしゃるのですか」

「何故《なぜ》？」

「気になるのです」

「出まかせです」

有津はポケットから煙草を取り出した。

「ひどい方」

佐衣子は呟くと、有津をもう一度軽く睨んだ。


寒さはあったが、東京は明るかった。空港の一角で掘り起されている土の黒さが、雪に慣れた有津の眼には鮮やかだった。


「それじゃ明日六時にホテルに」

「分りました」

空港から佐衣子は嫁ぎ先の自由が丘へ向い、有津はホテルのある赤坂へ向った。

その日、有津はホテルに着くと書類を持ってすぐ文部省へ行った。

新年度予算の大綱はすでに出来上っていたが、植物園事務所の新館建築の要請と、入園料の改正に関して説明する必要があった。現行の植物園の入園料は大人三十円で、他の植物園から較《くら》べるとたしかに安かった。安過ぎるために多くの人が入り、植物を傷める、ということもあった。

だがそれだけ多くの人が気軽に楽しめるのだから安いにこしたことはない。十円、二十円値上げして市民から吸い上げたところで、その金はどうせ大蔵省に入ってしまう。入園料を上げた分だけ植物園に還元されるのでなければ無意味だと有津は考えていた。このことは文部省の役人もすぐ理解した。彼等《かれら》にしてみても自分の腹の痛まぬことだから、説明さえきけばどうということもなかった。

夜、有津は大学時代の友達に会った。その男の行きつけのバーを飲み歩いて、ホテルへ戻ったのは十二時だった。部屋へ戻りながら有津は佐衣子のことを思ったが、それも短い時間ですぐ眠りに落ちた。

翌朝、彼は十時から泊っている所に近い都市会館へ泥炭地開発計画の打合せ会に出席するために行った。打合せ会は昼食をはさんで夕方四時に終った。そのあと、釧路の開発建設部から来た友人に誘われたが、彼は断わってまっすぐホテルへ戻った。

部屋は昨夜とは替ってダブルになっていた。そこでしばらく横になり、煙草を喫《す》ってから六時にロビーへ降りていった。

ロビーは縦に長く、左手の奥に喫茶部があった。彼がそこでコーヒーを飲みかけた時、佐衣子が現れた。

「ここだよ」

有津は立ち上り、手招きした。

「車が混んで。こんなひどいとは思わなかったわ」

佐衣子はコートを脱いだ。

「まず上のバーに行って乾盃《かんぱい》しよう」

「乾盃?」

「そう、僕達の新婚旅行だ」

有津は青年のように威勢よく立ち上った。

ホテルの十七階にはスカイラウンジがあった。有津と佐衣子はそのラウンジの窓際の席に向い合って坐った。

「きれいだわ」

二人の眼下には大東京の夜景があった。ラウンジは少しずつ移動しながら、一周するのにちょうど一時間かかる。

「御注文は?」

夜景から目を戻すと、横にボーイが立っていた。

「まず、飲みましょう、ジントニック」

「わたし……」

「大丈夫、ジントニックを二つ」

有津は佐衣子に言わせず、ボーイに命じた。

「今夜はいくら酔っても、かまいませんよ。朝まで、僕達二人きりです」

薄暗いローソクの光の中で有津が顔を近づけた。佐衣子は再び窓へ眼を戻し、下を見た。足下に無数の光が散らばっていた。その一つ一つの光の下に幾人もの人が棲《す》んでいる。この限りなく大きな東京の真ん中で、有津と二人でいることが、佐衣子には不思議なことに思えた。

ボーイがトニックと水を置き、料理の注文をきいて退《さが》った。

「さあ、乾盃しよう」

有津がグラスを目の高さに持ちあげた。佐衣子はちょっとグラスに目をやってからそれにならった。

有津の手が伸び、二つのグラスが触れ合った。カチンという音が二人だけの一隅で響いた。有津が飲み込むのを見てから、佐衣子は軽く口に含んだ。ぴりっとした感じはあったが、ジンの匂いはトニックに消され甘酸っぱかった。

「やはり旅はいい」

有津は一人でうなずき、窓を見た。窓を見る有津の横顔には解き放たれた安心感が滲《にじ》んでいた。

「もうお仕事は終ったのですか」

「全部完了です。これからは貴女《あなた》と二人だけの時間です」

明日もう一泊して、明後日の午後、二人は一緒に帰る予定だった。

「貴女の方は済みましたか」

「ええ、なんとか」

「じゃ籍を抜くことに、納得してくれたわけですね」

「反対したところでどうにもならないからです」

姻族関係終了の手続きをとり、あとは氏の変更を家裁に申し出て、復氏届けをする。それで万事済むことだった。

「すると今度は宗宮でなく、実家の尾高という名に戻るわけですね」

「手続きが終れば、そうなります」

「そうなると言って、すぐやるんじゃないんですか」

「もちろんやります」

籍を抜くために来たのに、いつでも抜けるとなると佐衣子のなかに、かえって戸惑う部分があった。

それは十年に及ぶ宗宮姓への愛着なのか、単なる感傷なのか、佐衣子には分らなかった。

「折角、向うが納得してくれたのなら、早くやった方がいいでしょう」

うなずきながら、佐衣子はいま姓を変えたら、再婚する時、再び姓が変る繁雑さが生れると言った母の言葉を思い出していた。

「籍が変れば貴女はもう人妻ではなくなるわけですね」

「えっ……」

言われてみると、それは当り前のことだが、佐衣子にはなにかひどく目新しいことのように思えた。

「いや、ただそうなるというだけのことです」

有津はうきうきとしていた。

「人妻でなくなれば、僕と際《つ》き合うことに不貞という感じをもつ必要はなくなる」

「なにを仰言るのです」

「だってそうでしょう」

グラスを口許《くちもと》に持ったまま、有津は屈託なく笑った。

二人が食事を終え、部屋へ戻ったのは十時少し前だった。部屋の温度は二十三度で、適温であったが、すすめられるままにジントニックを二杯飲んだ故《せい》か、佐衣子には暑く感じられた。

「バスに入りませんか」

「どうぞ、先にお入りになって下さい。あたくしは少し冷やします」

佐衣子は窓際に行き、カーテンの間から下を見た。部屋は裏庭に面しているらしく、眼下には水銀灯にうつし出された樹立《こだ》ちが見えるだけで、街の夜景は黒い空白の先に拡がっていた。

「それじゃ僕もあとにする」

有津は服を脱ぎ、浴衣に着替え始めた。

「酔ったのですか」

「こんなに飲んだのは初めてです」

立っていると体が浮いているような心細さがあった。眼下の水銀灯も気の故か左右に揺れていた。

「あれくらい大丈夫ですよ」

浴衣姿の有津が横に来て立った。

「大丈夫じゃありません」

「さあ」

有津の大きな手が佐衣子にさし出された。太い眉の下の眼が笑っていた。

「おいで」

そう言った瞬間、佐衣子の体は有津の腕に抱かれていた。

「待って、待って下さい」

抱えられながら佐衣子は脚をばたつかせ、手を振った。だが有津は構わず佐衣子をベッドへ運んだ。

「さあ脱がせてあげる」

突然、酔った佐衣子の全身に勇気が湧いた。

今なら言える。手脚をばたつかせ、声をあげながら、佐衣子は心を決めた。

「待って下さい」

「いや、もう離さない」

有津の右手が帯にかかった。裾は乱れ、髪は崩れかけていた。

「本当に、ちょっと待って下さい」

意外に真剣な声に、有津は少し力を緩めた。その隙に佐衣子はベッドの上に起き上り裾を直した。

「ちょっと、お話があるのです」

佐衣子は襟を寄せて、荒い息をつきながら、有津を見上げた。

「電気を消して下さい」

「話をするのに消すことはないでしょう」

「いえ、絶対に消して下さい」

強い言葉の調子に、有津は仕方なく、スタンド台の下のスイッチを押した。ルームランプが消え、部屋の中はベッドランプの弱い光だけになった。

「話ってなんです？」

有津が佐衣子の横に来て坐った。ベッドの前の床に二人の影が重なって落ちた。佐衣子は自分の頭が熱い鉛を呑《の》み込んだように燃えているのを知った。

「言ってごらん」

「わたし……」

襟元に両手を重ねたまま、佐衣子は言い始めた。

「体がおかしいのです」

「おかしい？」

「ええ」

低いエアコンの音だけが、部屋に満ちた。

「子供が……」

「妊娠したの？」

佐衣子は両手を膝にのせたままうなずいた。

「本当に……」

薄暗い照明の中で有津が真剣に見詰めているのが分った。

「病院に行ってみたの？」

佐衣子は首を一度だけ、左右に振った。

「でも確かなんだね」

「ええ……」

「いつからなの」

「もう一カ月近くになります」

どういうわけか佐衣子はそのことをはっきりと言えた。一度言ってしまったら、羞《は》じらいはあとかたもなく消えていた。

有津は腕を組み、うつむいていた。一度脚を組み直し、頬に手を当てた。それから思い直したように言った。

「そうか」

佐衣子は窓を見ていた。窓はいまほど覗《のぞ》いていた分だけカーテンが開かれ、そこから赤く灼《や》けた都会の空が見通せた。

「そのことはあとでゆっくり考えよう」

有津は立ち上り、ポットから水をグラスに注いで飲んだ。それから妊娠を告げられて怯《ひる》んだ気持を振り払うように、いつもよりは荒々しい仕種《しぐさ》で佐衣子を求めた。


翌朝、有津はいったん五時に眼覚めた。ここ数年、朝の眼覚めは早くなっていたが、それにしても五時は早かった。横を見ると佐衣子が顔を有津の方に向けて眠っていた。小さくて平たく、息も聞えぬ静かな眠りだった。有津はそろそろと左手で佐衣子の体に触れてみた。裸の上に浴衣を着けていた。

昨夜、行為の時に佐衣子は全裸だった。終えてすぐ有津は寝入った。すると佐衣子は有津が寝ている間に起き出し、浴衣を着たに違いなかった。有津が手を触れたことで、佐衣子はかすかに動き始めた。

彼は慌てて手を引き、その位置のまま窓を見た。二月の外はまだ暗く、陽《ひ》の出には時間がありそうだった。佐衣子が妊娠したということは、有津にとってはまさに寝耳に水であった。関係をもった最初は別として、それからは行為の前に「今日は？」と尋ねるのが習わしだった。それに対して佐衣子は「駄目よ」とか「いいわ」と答えるだけだった。答えの大半は「駄目よ」という方だったが、有津は必ずしもその通りにはしていなかった。必要以上に用心深いのか、拒否の言葉の方が言い易いのか、佐衣子が

「いいわ」ということはほとんどなかった。

逢瀬《おうせ》を重ね、馴れるうちに、有津は大体、佐衣子の体の波を知った。有津が尋ねない時、佐衣子から言い出すことはなかった。勘だけでやって間違いないと彼はたかをくくっていた。事実、そのやり方でこれまで失敗することはなかった。だが今度は明らかに失敗であった。

一カ月近くないとなると、姫始めの時の頃にでも妊娠したのであろうか。

有津は年が明けて初めて逢った日のことを思い出した。あの夜、彼はたしかに避ける手段を講じなかった。それに佐衣子も格別、何も言わなかった。

互いに妊娠を避けようとしながら、その実、心のどこかでは妊娠を願う気持があったのかもしれない。佐衣子はともかく、有津にそうした気持があったことは否めない。それが今、現実になった。

このままいくと十月頃には生れる。

有津は佐衣子と自分の間に生れる子供のことを思った。

紀彦君とは違う。本当に、愛し合って接したはてにできる子供……

そこまで考えた時、佐衣子が軽く瞬きをして眼を開いた。

「起きていたんですか？」

「少し前にね」

「じゃ起して下さればよかったのに」

佐衣子は毛布を顔の上まで引き上げた。

「まだ早い、寝よう」

有津は佐衣子の背に手を廻すと、細く頼りない温もりを、自分の胸の中へ引き寄せた。

ルームサービスの朝食を終えたあと、十一時に、二人は向島《むこうじま》の百花園《ひゃっかえん》へ向った。

百花園は江戸の文化・文政年間に日本橋の遊人、北野屋平兵衛《きたのやへいべい》が開いた庭園だが、梅の木が多いことから、別名「梅屋敷」とも呼ばれてきた。今は下町の民家が密集した一角に、昔からみると随分小さくなって残っているが、それでも梅にかぎらず、さまざまな樹木に加え、春、秋の七草や花を植え込み、年中花が絶えないのが自慢だった。

ここへ二人が行ってみる気になったのは、有津が誘ったからだった。

有津は五年前、学会で上京した時、友人の植物学者にここへ連れられて来て、見て廻った。その時は夏の初めで、サクラ草が咲き、早蟬が鳴いていた。有津は池と築山《つきやま》に見合った樹《き》や草花のたたずまいも気に入ったが、同時に芭蕉《ばしょう》をはじめ、蜀山人《しょくさんじん》や詩仏《しぶつ》らの句碑や書額が、多く残されているのが珍しかった。

土曜日の午後で、東京はどこへ行っても人と車で混み合っているし、山の手の方は佐衣子の嫁ぎ先に近く、何かの偶然で知った人に会わないとも限らない。そんなことから百花園へ行くことになった。

実際、佐衣子は東京に十年近くいても、世田谷界隈《かいわい》ばかりで下町は浅草から先へは行ったことがなかった。隅田川《すみだがわ》べりから向島へ下る、その一帯は彼女にとっては初めてのコースであった。

百花園に着いたのは十二時を少し過ぎていたが、園内には子守りの老婆と、近所の若い男女連れが五、六組いるだけで閑散としていた。

「下町にこんなところがあるとは知りませんでした」

佐衣子は木や花の名札を見ながらゆっくりと園内を廻った。百花園とは言え、二月の半ばではさすがに花は少なく、生垣のなかの椿の色が目立つくらいであった。

「梅もまだ早いのでしょう」

「東京は三月です」

東京の草花の暦は佐衣子もいくらか知っていた。

「この句ならあたしもどこかで読んだ憶《おぼ》えがあります」

佐衣子は句碑の前で「春もややけしきととのふ月と梅」という芭蕉の句を読んだ。若草色のコートにつつんだ佐衣子の姿が、句碑によく似合った。

築山を越え、池をまわり、句碑の多い一角を過ぎた先で、二人は木のベンチに腰を下ろした。眼の前に数本の樹木が並んでいたが、どれも葉はなく、枝だけが明るいが寒さの残った空に張り出していた。

子供をお守りしていると思われる老婆が、風船を片手に二人の前を通り過ぎた。

「山の手から見ると、なにかのんびりしてますわ」

佐衣子はよちよち歩きの子供の後ろ姿を見ながら言った。

「東京にいても、わたしの知っていた所はほんの一部です」

有津はうなずいたが、それとはまるで別のことを言った。

「昨夜の話だが、貴女は産みたいのですか」

「…………」

百花園に来てもそのことを考えづめだったので、有津自身には唐突な感じはなかった。佐衣子は整理をするように少し間をおき、それから自分に言いきかせるように言った。

「貴方に御迷惑をおかけする気はありません」

「しかし貴女の本意は」

「ですから、いま申し上げたとおり……」

「はっきり言って下さい」

「もし、わたしが産みたいと言ったら貴方はどうなさるつもりですか」

前を見ていた佐衣子が振り向いた。

「産んでよろしいのですか」

「それは……」

有津は口籠《くちごも》った。欲しいと言いたかったが、そんなことを言えば、本当に産みそうな真剣さが佐衣子の顔に漲《みなぎ》っていた。

「わたし正直に申し上げます」

佐衣子は青桐の肌を見ながら言った。有津は腕を組み、言葉を待った。

「紀彦はわたしの夫の本当の子供ではないのです」

そこで佐衣子は苦しげに眉を寄せた。浅春の午後の光の中で佐衣子の顔は透けるように白かった。

「あの子は札幌にいた頃、人工授精でもうけた子です」

有津はうなずいた。やっぱりと思いながら、予測どおりに進んでいく事態が怖《おそ》ろしかった。

「紀彦はそのことを知りません」

「すると、紀彦君のお父さんは」

「人工授精ですから、もちろん分りません。でももしかすると」

「もしかすると？」

有津が言い返した。佐衣子はやはり青桐を見ていた。

「貴方ではないかと」

「僕だと……何故です」

「理由なぞはありません。ただそうであればいいと……」

佐衣子が青桐から眼を離し、有津を見据えた。

冬空につき出た樹々の裸枝をとおして、下町の騒音が甦ってきた。それは周囲のさまざまな音を収束して低い地鳴りのように響いていた。

「実は……」

「なんでしょう」

問い返されて有津は言葉を呑んだ。それはできれば言いたくないことであった。言いかけたのは佐衣子に見据えられたからである。その瞬間の呪縛から逃れられれば、あとは迷うことはなかった。

「いや別に、つまらんことです」

有津はコートから煙草をとり出し、火をつけた。佐衣子の視線は再び青桐の幹へ戻った。枝には葉がなく、その先に冷えた冬の空が拡がっていた。

煙を吐きながら、有津は十一年前のことを言いかけて、止《や》めたことに安らぎを覚えていた。十一年前のことはたしかな事実であった。有津が与え、佐衣子が受けた。その事実はもはや疑いようがない。

だから有津はそのことをいま正直に言おうとした。だがそれはいま言ったところでどうなることでもなかった。その時有津は金欲しさと遊び半分にやったまでのことであった。それを告げることは佐衣子を傷つけ、自分も惨めになるだけである。

有津はさらに考える。それだけではない。たとえ告げたところで、佐衣子の子供が有津の子だという確証はどこにもない。それは年月とともに次第に明確になっていくものだとしても、絶対的な証《あかし》は永遠にない。自分がそうだと信じ、佐衣子が何気なくそんな気がするという、互いにそう思っているのであればそれでいい。

有津は、自分が露崎先輩に尋ねて聞き出したことや、それを知っていて今まで知らぬふりを装ってきたことを恥じていた。一つを告げれば、そのすべてを告げねばならない。そしてなによりも怖いことは、二人の間に医学とか科学といった、冷たい感触が入り込むことである。

二人の愛はすでに定まっていた。これからあとのことは医学や科学のきずなではなく、二人だけのつながりでありたかった。愛には科学とは違う、定かならぬものがあるはずだと思いたい。

「わたしって、子供みたいなことを考えるわ」

「子供?」

「ええ、貴方が十一年も前に、そんなことをなさるわけはないのに」

有津はまた白い樹肌を見た。

「そうあって欲しいと思うと、本当にそう思いこんでしまうのです」

「……………」

「子供みたいに他愛ないのです」

佐衣子は眼を戻すと、小さく笑った。

椿と青桐の間を若い二人連れが行き、三人の女学生が通り過ぎた。人の姿がなくなると再び町の騒音が甦った。有津はかすかな肌寒さを覚えた。

「行きましょうか」

すべてを言いきった故か、佐衣子の表情は明るかった。

築山を曲った先に縁台を出した家があり、その入口に〈春の七草あります〉と書いた木札が下っていた。老爺《ろうや》が一人鉢に土を盛っていた。

「春の七草を知っていますか」

「せり、なずな、ごぎょう、はこべら……」

「それから」

「すずな、すずしろ、ね」

「一つ抜けている」

「あれ、そうかな?」

佐衣子はもう一度初めからくり返し、指を折った。

「はぎね」

「それは秋だろう。はこべらの次、ほとけのざ、が抜けている」

「意地悪」

佐衣子はポケットに入れたままの有津の右手を抓《つね》った。

百花園を出て西北へ二百メートル行くとすぐ白鬚《しらひげ》神社に出る。そこから隅田川の堤へ出ると、元の白鬚の渡しだった。堤には街中にはなかった微風があった。

「寒い？」

佐衣子は有津に寄り添い、少女のように首を振った。

「少し歩こう」

二人は堤沿いに南へ下った。隅田川は目につくほどの流れはなく、黒い水面が堤の淵《ふち》で揺れていた。平たい運搬船が下流から上ってくる。それをはさんで彼岸には、冬日で翳《かげ》った浅草の家々が望まれた。

「桜餅を食べていこう」

「こんなところにあるのですか」

「この先の、長命寺《ちょうめいじ》というお寺の横にあるはずだ」

「変なものを御存じだわ」

「そのかわり、銀座や新宿はまるで分らない」

「本当かしら」

佐衣子が軽く睨んだ。どこをどのように歩いても東京の街は人目を気にする必要がない。それが二人を陽気に、大胆にしていた。

長命寺の一角は樹木の多さですぐ分った。寺の周りは夏なら鬱蒼《うっそう》とした茂みだが、冬の樹は枝だけが手を拡げたように空へ向っていた。二人は堤を降り、堤通りをよぎって長命寺の裏手へ出た。

「長命寺桜餅と言問《こととい》団子がこの辺りの昔からの名物だ。昔は一年に三十樽も売れたというが、今はこの辺りの人しか来ないらしい」

「でも北海道から来ている人もいます」

「まあそうだ」

有津は靴を脱ぎ、縁を上る佐衣子の手をひいた。

外見は鉄筋コンクリートだが、中は昔ながらの緋毛氈《ひもうせん》をかけた縁台が並んでいた。土曜の午後だと言うのに客は二人の他にはなかった。老婆が注文をきき奥へ消えた。

「あまり静かで怖いみたい」

冬の間、縁台は家の中にあった。二人はその上に向い合って坐った。

「こういう所へ来ると、貴女はまた変って見える」

「変るって、どういうようにでしょうか」

「うまく言えない」

樹間から洩《も》れてくる冬日を受けて、佐衣子の坐っている緋毛氈は赤く燃えていた。それを受けて佐衣子の頬も赤く燃えていた。いま来て坐ったばかりなのに、佐衣子は部屋に馴染《なじ》んでいた。襟を正し、慎《つつま》しやかに待っている。静かさのなかに息づいているものがあった。その慎しさのなかに、有津は佐衣子の夜の乱れを見ていた。

「お待ちどおさまでした」

有津がその妄想に耽《ふけ》っていると、老婆が入ってきて杉の白木の桝型《ますがた》の箱に入れた桜餅を、二人の前に並べた。それだけで桜餅の香りが辺りに満ちた。

「いただきます」

佐衣子は茶を一口含んでから、桜餅を手にとった。有津には五年ぶりの香りだった。桜餅は二つずつ出されたが、二人ともきれいに平らげた。

店を出て堤通りで二人は車を拾った。冬陽はすでに隅田川の向う岸へ傾いていた。

「おいしかったわ」

車は吾妻《あずま》橋を渡り浅草へ向っていた。

「いったんホテルへ戻ろう」

「一度にお餅を二つも食べたのは初めてよ」

「僕は甘いものは苦手なのだが」

「本当は一つでよかったのだけれど、一つは赤ちゃんが食べたのよ」

佐衣子がふと口を近づけて囁《ささや》いた。有津は暮れてくる行手の街を見ながら、それに、かすかにうなずいた。

ホテルへ戻ったのは五時少し前だった。日足が延びて、やや遅くなった落日が、果てしなく連なるビルの上の暗紫色の雲にかかっていた。

「疲れたでしょう」

佐衣子はかすかに笑って、有津の脱いだ背広を受け取り、ハンガーにかけた。

「少し休んで夜は銀座へ出よう」

限られた二人だけの時間を一瞬たりとも無為に過したくはない。そんな焦りが有津にあった。

ベッドに横になっている間も、二人は接吻《せっぷん》し、互いに触れ合った。軽く接吻し、一緒に休む、それだけのつもりが、それでとまらなくさせていた。触れられながら声を忍び、佐衣子は自分から帯を解いた。仕掛けただけの有津がむしろ誘われた。

朱を増した斜光も、燃えた二人には無縁だった。

有津が眼覚めた時、日はすでに暮れ、レースのカーテンを通して宵の月が見えた。

枕元の時計を見ると七時半だった。裸でも室の暖かさは寒さを感じさせなかった。彼はそろそろと佐衣子の下から、手を引いた。手には軽い痺《しび》れがあった。引き終った時、佐衣子が眼覚めた。

「あら……」

「僕も今、眼が覚めたところだ」

佐衣子は全裸に気付き、慌てて毛布を引き寄せた。起き上ると窓の下は光の波だった。都会の夜はすでに動きはじめていた。

「食事をして銀座へ行こう」

「そのまま、振り返らないで窓を見ていて下さい」

佐衣子がシーツをひき寄せたまま真剣な表情で頼んだ。

土曜の銀座は若い人達が多かった。それぞれが楽しげに装いをこらしている。マキシやミディの女性は目立つが、数はかぎられていた。大半はミニにロングブーツだった。寒さも峠をこした二月の半ばでこんな程度では、ロングが衰退するのは目に見えている。

有楽町に近いHビルのレストランで夕食を終えてから、二人は新橋の方へ向った。そこも人の渦は変らなかった。無数の人がいるということは、それだけ一人一人は無関係だということだった。

二人は軽く指と指を握った。誰も知らない、遠くの街へ来た、その思いがさらに二人を楽しませ、大胆にさせていた。

「なにかプレゼントしたいのだが、なにがいいだろう」

「なにもいりません」

「もちろんあまり高いものは買えない。正直に言うが、二、三万くらいまでのものなら大丈夫だ」

「本当になにも欲しくはないのです」

「前から考えていたのだ。言って下さい」

「お気持だけで嬉《うれ》しいのです」

「そんなありきたりのことを言うもんじゃない」

「だって本当なのです。こうして一緒にいれるだけでいいのです。これもありきたりでしょうか」

「とにかく折角言いだしたのだから」

「私はよろしいのです。どなたか別の方にでもお買いになったら」

「僕は真剣に言っているのだ、さあ、決めなさい」

「決めました」

「なんです」

「貴方です」

そう言うと佐衣子はくるりと向きを変え、指を離して歩きはじめた。

角に大きな化粧品会社の広告がある。銀座七丁目だった。その角を右へ曲ると並木通りに出る。普段は酔客とホステスで賑《にぎ》わうバー街が土曜の故で、かえって閑散としていた。並木通りを突き抜けた右角にホテルがあった。小さいがそこに有津は一度泊ったことがある。その地下のバーに彼は佐衣子を誘った。

「欲のない人だ」

有津はウイスキーを注文してから思い出したように言った。

「折角、一緒に東京へ来たのだから、なにか記念にと思ったのに」

「何もいただかなくとも、忘れたりはいたしません」

「じゃそのうち僕が勝手に考えよう」

「わたし、本当はいただくのが怖いのです」

「怖い？」

「いただいたりすると、それで終りになるかもしれません」

「まさか」

二人はホテルのバーを出て新橋の手前で車を拾った。赤坂見附《みつけ》を過ぎ左へ曲ると、辺りは急に暗くなった。左は赤坂離宮の長い塀が続く。有津はその先の深い茂みを見たまま、二人だけの時間が刻々と少なくなってきているのを知った。

翌朝は春を思わせる暖かい日だった。二人は十時に眼覚め、ホテルのレストランで軽い朝食をとった。

「もう春だ」

「この陽気では百花園の梅も綻《ほころ》びはじめるかもしれませんね」

佐衣子はコーヒーを飲みながら窓の下を見た。ホテルに出入りする客の中には、コートを脱いで手にもっている人もいた。

十一時に部屋へ戻り、荷物をまとめると二人はホテルを出た。飛行機の時間は三時半だった。途中、有津は銀座のデパートへ寄り、婦人装身具のところへ佐衣子を誘った。

「昨夜のことだけどハンドバッグはどうですか」

「本当によろしいのです」

「貴女が言わないのなら僕が勝手に決めます」

有津は少し怒ったように言うと、和服用のバッグの所で止った。

「これはどうです」

有津の指さしたケースの下には、佐賀錦のバッグがあった。

「そんな立派なもの……」

「とにかくよろしいですね」

一度念を押すと有津はさっさと、女店員にそれを頼んだ。

「ありがとうございました」

包みを受け取って佐衣子は他人行儀に頭を下げた。

「これでようやく気が落ちついた」

有津は明るく笑うと売場を離れた。

空港に着くと三時十分前だった。二人は真っ直ぐカウンターへ行き、搭乗受付をした。受付を終えロビーへ戻ると正面の案内板に〈札幌地方・雪〉という表示があった。

「雪で少し遅れるらしい」

「東京はこんなに晴れているのに、考えられないわ」

佐衣子は旅行ケースを持ったまま、ガラスの外の春陽を眺めた。やや傾いた陽は、待っているタクシーと、空港前の広場を明るく照らし出していた。

あれから、もう一年になる……

有津はいまさらのように一年という年月の大きさを知った。

飛行機は五時に千歳へ着いた。夜の近づいた千歳は東京で聞いたとおり雪であった。荷物を受け取ると二人はすぐタクシーに乗った。札幌へ近づくにつれ、雪は一層増えてくる。四日ぶりの札幌であるのに、長い旅のあとのような珍しさがあった。二人は互いに窓を見たまま、ほとんど口をきかなかった。

札幌の中心街は雪の中で、一層輝きを増していた。

「真っ直ぐ帰りますか」

「ええ」

東京とはうって変って佐衣子は少し硬い表情で答えた。南一条通りを西へ向い、裏参道を公園の一丁手前で降りる。それはくり返された二人の別れ方であった。

「それじゃ」

「ありがとうございました」

「あのことはいずれ、二人でゆっくり考えたい」

佐衣子は一度、有津を見詰めたが、すぐ思い直したように身を屈《かが》めてドアから出た。

「さようなら」

外でもう一度頭を下げると、佐衣子は旅行ケースを持ち、歩きはじめた。

「宮の森」

行手の闇の中に続く雪の壁を見ながら、有津は、言いようのない疲れが、全身に拡がっていくのを覚えた。

二十三

三月の初めには珍しい大雪が訪れた。北風が吹き、通りから玄関への道は吹きだまりで閉ざされた。佐衣子の弟と紀彦が出て雪を除《の》けたが、三月の雪はどこか威力がなかった。雪は真冬のような粉雪ではなく、湿気を帯び、風はざらついた雪面を撫《な》ぜるだけで、地を這《は》うような吹雪にはならない。雪に降られながら、人々はそれが一日二日のわずかな抵抗でしかないことを知っている。負けるための抵抗であった。

雪が来るのを待っていたように佐衣子は午後、家を出た。九条の西線を越えた少し先で車を降り、そこからぶらぶらと東へ向って歩いた。

冬の舞い戻った平日の午後はほとんど人通りがなかった。狭い小路をすぎて一つ先に少し大きな通りがあった。その角に〈K産婦人科〉という看板が見えた。佐衣子はそこで立ち止り、辺りを見廻した。大粒の春の雪が、佐衣子の細身の体を雪の壁に閉じ込めていた。耳まで深々と帽子をかぶった男が行き交い、赤いカーディガンの女が小走りに二軒先の果物屋へとび込んだ。遠くに人影はあるが、雪で定かではない。車が一台通りすぎた。それを見届けて佐衣子は病院の表戸を押した。

その病院を選んだのに特別の理由はなかった。有津とホテルから戻る時、その前を通ったことがあった。その記憶が残っていたから来たにすぎない。家から離れていて、人通りの少ないところの病院であれば、どこでもよかった。

待合室には若い女性が一人いたが、名を呼ばれ受付から薬を受け取ると、すぐ出ていった。佐衣子は名前を告げ、来た理由をつげた。

医師は長身で眼鏡をかけ、物腰の穏やかな人だった。佐衣子は下穿《したば》きを脱ぎ、台へ上った。眼を閉じ有津のことだけを考えた。

診察を終え、帯を締め、椅子に坐ると医師が言った。

「そろそろ三カ月の初めです」

佐衣子はうなずいた。初めから分っていたことを確かめたにすぎなかった。

「このまま行きますと予定日は十月の初め頃になります」

「十月……」と佐衣子は口の中で呟《つぶや》いた。

「産みますね」

「少し考えさせて下さい」

医師は無表情にうなずいた。

会計を終ると佐衣子は逃げるように病院を出た。辺りに人影はやはりなかった。牡丹雪《ぼたんゆき》のなかで、佐衣子は有津の妊娠を告げた時の少し苦しげな表情を思った。

障子の外で雪が動いていた。三月の半ばを過ぎて、陽《ひ》は春のものだった。冬の間、庭を埋めていた雪は、その嵩《かさ》を減じ、軒端《のきば》の残雪もわずかずつ、移動しているようであった。

その音はこれといって言い表すことはできない。だがたしかに音はあった。家の柱や梁《はり》がゆるみ、乾いた雪の表層が落ち窪《くぼ》んでいく、それらのさまざまが動く気配を伝えてくるのかもしれない。

春陽の射す部屋の中で、佐衣子は雪が動いているのを知った。雪が動くのは春の兆であった。じりじりと季節が動いていた。動くのを感じながら、佐衣子は毛糸を編んでいた。赤い玉である。春に向うなかで、毛糸を編むのは場違いであった。

佐衣子に、これといった目的があるわけではなかった。そのまま編んでいけば佐衣子のショールにも、セーターにもなった。途中でやめればケープにもなるし、靴下にもなる。気が向かなければ解いてもよかった。しいて佐衣子の目的を探せば、赤い毛糸を編むことであった。毛糸を編む間だけ、佐衣子は夢を見ていた。

美しい、可愛い、あの人に似た子供が生れる。

夢を見ながら佐衣子は糸をたぐった。その時だけ、優しさと満ち足りた和やかさが、佐衣子をおおっていた。

たしかに……

動くと感じたのは、春陽を受けた雪だけではなかった。佐衣子が自分の中で感じたものが、雪の動きとして感じたのかもしれなかった。春が近づくことは、胎児が大きくなることであった。その期待が佐衣子に動くと思わせ、雪の移ろいを知らせた。身籠《みごも》って、佐衣子はすべてに鋭敏になっていた。

二段に一度、模様編みを入れる。それを十数回くり返した時、襖《ふすま》が開いた。それで佐衣子は一人だけの夢から覚めた。

「寒かあないのかい」

母は軽く背を丸め、袖を合せていた。

「陽が当って、とても気持がいいわ」

「何を編んでいるんだい」

「何にしようかしら」

佐衣子は手を休め、編み終った部分を引き伸ばした。

「あんたのかい」

「分んないわ」

「何を編むか、分らないで編む人がいるのかね」

「セーターにでもするわ」

夢の思いを母に見透かされることを、佐衣子は怖《おそ》れた。

「本当にいい天気だこと」

母は雪見障子を開け、光の溢《あふ》れる縁を見た。日照で庭の雪は白さを失い、樹々《きぎ》が樹肌を見せていた。

「お昼は何にするの?」

佐衣子は編みものを置き、立ち上った。

「おそばにしようかと思ってね」

「じゃ買ってきましょうか」

「いいよ、あるから」

母は庭から目を離し佐衣子を振り返った。

「この前のことだけど、来週でいいんだろうね」

「来週？」

「そうさ、向うさまはそのつもりでいらっしゃるのだからね」

「少し待って、と言ったはずだわ」

「東京へ行ってきたらお会いすると言っていたでしょう。それからもう半月以上も経《た》っているんだよ」

雪が力を失い、かわって松の枝ぶりが勢いをもり返していた。

「とにかく来週の日曜日、そう決めましたからね」

「わたしまだ、そんな気には」

「だから正式でなく、ただお会いするだけでいいと言っているでしょう。その日は紀彦ちゃんも一緒に会ってもらいますよ」

「…………」

「お母さんはなにも貴女《あなた》にしゃにむにすすめているわけじゃないんだよ。一月には、あなたはお会いしてもいいようなことを言ってたでしょう。だからすすめたのよ。あれは嘘だったの？」

嘘ではなかった。あの時はそう思った。有津などとは別れて他の男と結ばれた方が、いくら楽かしれないと思った。だが今はまた少し変ってきた。もう少しこのままでいたい。子供は堕《おろ》すのか、産むのか、定まらぬ気持で見合をするのはつらい。それは相手に対する冒瀆《ぼうとく》でもあるし、自分に対する裏切りでもある。

もう一度、有津に逢ってたしかめるまで。あの時も今も、佐衣子の心に嘘はない。嘘になるのは佐衣子の心が絶えず揺れている、それだけのことである。

「貴女のためになると思ってやっているのですからね、日曜日ですよ」

珍しく強い口調で言うと、母は部屋を出ていった。


夜のなかで雪が解けていた。南風が雪面をけずりとっていく。佐衣子は有津の一メートル後を歩いていた。川は雪解け水で増水し、広かった川原の様相を一変していた。堤の道の行手に、ところどころ白く浮び上って見える部分がある。夜目には白い塊としか見えないが、近づくと、残雪だと分る。

「なんとしても欲しい」

闇のなかの白い斑《まだら》を見ながら、有津が言った。その言葉は、佐衣子が東京から帰っての逢瀬《おうせ》の度に何度となく聞かされた言葉であった。

「子供には、僕の愛情のすべてが注がれている」

「…………」

「前のとは違う」

「前の？」

「いや……」

有津は立ち止り、すぐ思い出したように言い直した。

「遊び半分ではなかった」

佐衣子はうなずいた。

「二人が、お互いに愛し合った結果できたのだ」

そのことに、いまさら佐衣子は疑いをもっていない。

「これほど愛し合っているのに……」

もう一度、有津はうめくように言った。

「あたしは、貴方《あなた》に無理強いをしているのではありません、駄目なら駄目とはっきり仰言《おっしゃ》って下さればいいのです。わたしは貴方の仰言るとおりに致します」

言いながら佐衣子は自分がひどく健気《けなげ》で、素直になっているのを知った。

「本当に愛していたのだ」

「それはよく分っています」

「できることなら、失いたくない」

「要するに、産んではいけないということですね」

佐衣子が有津を見上げた。有津は視線を避けるように川を見た。

「無理なことは分っています」

佐衣子にしたところで有津の子を身籠って、父や母を説得する自信はなかった。それなのに有津だけを責め、一方的に決断を迫るのは佐衣子の身勝手とも言えた。

「産んだ以上は、やはり最後まで責任を持たねばならない。まず、僕が妻子と別れることだ」

「そんな……」

「そうでなければ、世間体をはばかって、貴女を苦しめるだけになる」

それでも産めと言ったら産んでもいい、佐衣子の心に再び諦めかけた望みが頭を擡《もた》げた。

「わたしのことはいいのです」

「そんなわけにはいかない」

「悔いたりはしません」

「待ってくれ」

突然、ふり返ると有津は佐衣子の両の肘をとらえた。

「僕の言うことを聞いて欲しい」

「………」

「今度、今度だけは……」

有津の眼が夜の中で輝いていた。

「諦めて欲しい」

佐衣子の全身から急に力が抜けた。こうなることは知っていながら、その瞬間がくるまでわずかな望みをもっていた。その望みがこれまでの佐衣子を支えてきていた。

「この次できたらきっと……」

佐衣子は川を見ていた。増水した夜の川が音を立てて流れていく。川のなかには春の雪が混っている。その中に揉《も》まれ、流れていく体を佐衣子は想像した。

「分って欲しい」

有津が手を離し、歩きはじめた。一メートル遅れて佐衣子が歩いた。定《きま》ってみると、それは平凡な結果であった。初めから分っていたところへ、遠廻りして戻ってきたにすぎない。

「もうそろそろ四カ月になるのでしょう」

「………」

「堕すなら早い方がいい」

佐衣子は黙っていた。黙っていることが、佐衣子に残された抵抗でもあった。

「大学の先輩で産婦人科をやっているのがいる。まりもで貴女は一度会っている」

道の端に雪塊があり、佐衣子はよけて少し右に寄った。残雪の横にだけ、冬が残っていた。

「病院は藻南公園の近くにあるが、腕はたしかだ。貴女さえよければ僕が頼んでくる」

「いやです」

佐衣子はきっぱりと言った。

「この前行った病院に行くのですか」

「まだ、どこにも決めてはいません」

「じゃ、そこへ行こう」

「いいのです」

「しかし……」

「自分で探します」

有津は佐衣子の顔を盗み見た。夜の南風のなかで佐衣子の髪が小刻みに揺れていた。

「病院へはいつ？」

「分らないわ」

「今なら一日だけで、入院しなくて済むと思うけど、四カ月を過ぎると一日か二日、入院しなければならないと聞いたが、お母さんにはなにも言っていないのだね」

佐衣子は真っ直ぐ前を見ていた。渦巻く川の先に橋があった。そこには明るい光の列が犇《ひし》めいている。

「病院と手術する日時が決ったら教えて欲しい」

「…………」

「いいね」

佐衣子は首を横に振った。

「手術する間、病院で待っている。だから……」

「知らないわ」

突然、佐衣子の瞼《まぶた》のなかで橋の灯が大きくなり、幾重もの玉になり、ぼうと宙に浮いた。佐衣子は有津の胸に額をすりつけ、小刻みに身をよじった。どこから出るのか、涙が溢れ、それがさらに悲しみを煽《あお》った。

有津は泣きじゃくる佐衣子のコートの背に左手を当て空を見ていた。南風の吹く空は雲が流れ、月に近い雲の層が海の岩場のように見えた。

もうコートを脱いでも寒さを感じない季節になっていた。風は南の海の湿気と温かさを持っていた。

北国の春はすぐそこまで来ていた。この風で街の雪のほとんどは消え去るに違いなかった。郊外の雪も急速に消える。

有津は山沿いの家に住む妻と子を思った。この頃、少し冷やかだったが妻にこれという欠点はなかった。欠点があるのはむしろ有津のほうだった。彼が勝手に佐衣子を好きになり、忘れられなくなった。妻が冷たくなったのは、その結果に過ぎなかった。妻の魅力が佐衣子の魅力に勝てなかったと言えばそれまでだが、それはあながち妻だけの責任でもない。妻の魅力をひき出せなかったという意味では夫の責任かもしれない。

傍《はた》から見れば、古いものに飽き、新しいものに魅《ひ》かれた、というだけのことかも知れなかった。妻に不貞があったわけでも、子供の教育に不手際があったわけでもない。格別優れてはいないが人並の妻であった。冷静に考えれば別れるだけの理由はなかった。

俺のエゴのために、そこまでは何度も考えた。だがそれを押し通すほどの矜持《きょうじ》と傲慢《ごうまん》さを有津は持っていない。それをこえるほどの「我」はなかった。

有津は佐衣子との日々を考えた。妻と別れ、子と別れる。人々に釈明し、納得させ、佐衣子と新しい家をつくる。その過程は思うだけで遠く、長い。そこには佐衣子と二人だけの日々の喜びとは別の繁雑さがあった。

これまでのすべてを捨てて新たにそこまでやり直す。

その気力と自信が俺にはあるのか……

妻を得て子をつくり、家を持つ、それは若いから出来たことかもしれなかった。

誰よりも愛してはいるのだが……

燃えながら燃えつきず、冷えた思いのまま家へ戻ろうとする一人の男の姿に、有津は腹を立てながら納得していた。

二十四

一日、また雪が来て四月になった。

気紛れの雪はすぐ消えて、街は再びペーブメントの感触が甦《よみがえ》った。気の早い人達はオーバーを脱ぎ、スプリングに着替えた。雪のない日が五日続いて春は定まった。

佐衣子が標津原野へ行ってみようと思いたったのは、この春が定まりかけた四月の初めであった。それは特別の理由もなく、春めいた風のなかで浮んだ思いつきに過ぎなかった。だが一度思い立つと、それはもはや捨てがたい重みとなって佐衣子の心にのしかかってきた。

突然、釧路の果てまで出かけるという娘の申し出に、母親はあきれ、戸惑った。

「別に理由はありません。二、三日、何も考えず旅をしてみたいのです」

「帰ってきたら、結婚のことは承諾してくれるのだね」

「多分……」と言いかけて、佐衣子は言葉に出さずうなずいた。

札幌から釧路までは飛行機で四十分だった。そこから汽車に乗り替えて、標津まで二時間かかる。線路の両側には、平坦な野面《のづら》が続き、その先に低い丘が見える。

半年の冬の厳しさを告げるように、野はどこまでも褐色の草根と、灌木《かんぼく》が続き、ところどころ置き忘れたように残雪があった。野は湿地らしく小さな沼地はやがて大きな沼となり、春陽の中に蒼《あお》い水をたたえている。この辺りでは春はまだ浅かった。

標津には小杉夫妻が車で出迎えに来てくれた。

「突然でびっくりしたわ、まさか来てくれるとは思わなかった。一体どうしたの？」

「別に理由なんかないわ」

友達に会ってすべて話そうと思いながら、いざ会うと、佐衣子は長々と自分の話をすることがむしろ煩瑣《はんさ》に思われた。

「一日休ませてもらって明日帰るわ」

「折角来たのだもの、もっとゆっくりなさいよ」

「駄目なの、紀彦も置いてきたし」

「紀彦ちゃん大きくなったでしょうね」

「子供だけは大きくなるわ」

「家の主人は、貴女《あなた》みたいな美人を一人でおいておくのは惜しい、といつも言っているのよ」

小杉の家はこの界隈《かいわい》でも有数の酪農家らしく、煉瓦《れんが》造りのどっしりした構えで、中にはペチカが備えられていた。

「とにかく明日はどこへ行きましょうか。日曜なら主人が案内するのだけれど、あいにく明日は役場で会議があるのよ」

「いいわ、私は一人で適当に」

「車と運転手を一人つけるわ。野付半島の先のトドワラまで行ってみるといいわ」

「一つだけ行ってみたい所があるの」

「どこ？」

「川北原野」

「川北……あそこは泥炭地よ」

「そう、そこでいいのよ」

「そこなら車で三十分もかからないわ。どうしてまたそんなところへ行く気になったの」

「気まぐれよ」

それ以外に説明する言葉はないのだと、佐衣子は自分で自分に言いきかせた。

翌日も晴れた春の一日だった。佐衣子は十時に、牧童の運転で川北原野へ向った。海へ面した標津の町を内陸へ一本の舗装路が走っている。ここも草木はまだ芽をふかず、荒れた野面だけが続く。

「泥炭地に行くだけでいいのですか」

運転手が不思議そうに尋ねた。

「ええ見るだけでいいのです。でも勝手に入れますか」

「入るも入らないも、普通の野っ原ですからね」

「大学の先生方が来て調べたりなさるんじゃありません」

「秋の頃に作業員が来てたようだけど、あれが大学の先生だったのですか」

道の左右はエゾ松の林になり、ところどころに白樺《しらかば》が見える。それを過ぎると、再び灌木が続く。道は真っ直ぐ褐色の野面を貫いていく。ヒーターは心地よく、車の中だけにいると北国の浅い春の肌寒さも忘れてしまう。

「ここから入ってみましょう」

運転手がブレーキをかけ、車を道の端へ寄せた。

道と平行して走ってきた灌木林はそこで途切れ、道から野へ軽い下りの坂道がついていた。車の止った国道の横には、二メートル幅の木板に〈開発庁草地改良事業川北泥炭地〉と記されている。

「土が濡れていますから、気をつけて下さい」

運転手は草履の佐衣子を振り返った。土の道は国道から五十メートルほど続く。野の中程に二筋、トラクターでも入ったのか、わだちの跡があり、その右手に三列に真っ直ぐ延びた溝がある。

「あれが去年から作りはじめた排水溝です」

佐衣子は溝を追った。溝は野の中程で盛り上った土を前にして途切れていた。

「寒くはありませんか」

声をかけられて、佐衣子はコートの襟を寄せた。野面を行く微風にはまだ立っていると震えるほどの寒さがあった。

「あの白く雪の見えるのが阿寒の山です」

果てしなく続く野のきわみに山があり、その先に雪をいだいた阿寒連峰が望まれた。

「向うに雲がなければ、知床の山も見えるはずです」

野の上に続く雲が知床の山をかくしているのだった。

「広いばかり広くて、なんにもないところです」

佐衣子はうなずき前へ進んだ。

あの人はここで私のことを考えた。佐衣子は野原の中で風に吹かれていた。思いきり風に吹かれればすべての迷いは消えさるに違いない。佐衣子は風を呼んでいた。風を呼び、風に任せながら、風を怖《おそ》れていた。風が来るのに野は動いている気配はなかった。

この土が……

風の中で、佐衣子は蹲《かが》み込み、土に手を触れた。土は冷え冷えとして堅かった。表は乾いているが、土の中はまだ凍っているのだった。

土を戻しながら佐衣子は有津と二人でいる錯覚にとらわれた。野の中で時間が止っていた。

「そろそろ帰りましょうか」

道の端で煙草を喫《す》っていた運転手が声をかけた。

佐衣子がうなずいたのを知って、男は先に車へ戻りかけた。

それを見届けて、佐衣子はバッグから毛糸をとり出した。それは拡げると五十センチ四方にも及ばないが、先端には小さなポンポンがついていた。妊娠を知って編みはじめ、諦めて解いたケープの残りだった。

佐衣子は辺りを見廻し、誰も見ていないのを確かめてから、それをひび割れた土の間へおし込んだ。

もう二度とくることはない。佐衣子は立ち上り、もう一度野を見た。見はるかす彼方《かなた》まで灰色の野面の中に一点だけ赤く輝く色があった。すべてが死んだ野の中で、その色だけが風に揺れて生きていた。

「さようなら」

一言いうと、佐衣子は意を決したように向きを変え、風の中を車へ戻りはじめた。

二十五

朝、佐衣子は黒い鳥に追われている夢を見て眼が覚めた。七時だった。

小鳥の声がし、障子に枝が映り揺れていた。昨夜の吐き気は治まっていたが気倦《けだる》さは残っていた。瞼《まぶた》の裏に外の光を感じながら、佐衣子は自分のお腹に触れた。気の故《せい》でなく、たしかに下腹は張り、大きくなっていた。乳首も色づき、先に軽い疼《うず》きがあった。

母が起き出した気配を知ってから、佐衣子はのろのろと床を離れた。枕元には昨夜寝る時揃《そろ》えた下着が置いてあった。裾よけをつけ、肌襦袢《はだじゅばん》を着る。薄い水色の長襦袢を着てだてじめを締める時、佐衣子は心もち緩く締めた。黒っぽい大島に白地のつづれ帯をしめ、着物と同じ色の帯留をする。

九時に白い一越《ひとこし》の羽織を着ると、佐衣子は友達のところへ行く、といって家を出た。

病院の前はその日も閑散としていた。道にはすでに雪はなく、病院と隣の低いビルとの間の狭い空間にだけ、かすかな残雪があった。

佐衣子は辺りを見廻し、それから改めて時計を見た。九時十分であった。ついさっき、車の中で見た時から二分しか経《た》っていない。佐衣子はもう一度考えるように道の先へ目を向けたが、すぐ病院と斜め向いの雑貨店の前の赤電話に向った。ダイヤルを廻す間、店の者らしい男が空箱を持って外へ出た。

「もしもし」

「北大植物園です」

その声を聞いて、佐衣子は受話器を口元へ近づけた。

「有津先生をお願いしたいのですが」

「ちょっとお待ち下さい」

受話器の女性の声はそこで少し途切れた。夜来の露に濡れた舗道から、朝の光を受けて湯気が立ち上っていた。

「有津先生、まだお見えになっていませんが。御用件お伝えしておきますが、どちらさまでしょうか」

「いえ、よろしいのです。ありがとうございました」

逃げるように佐衣子は電話を切った。

やはりまだ来ていない。かける前から来ていないと思っていた。有津が出てくるのは普通の日でも九時半すぎだった。冬の閉園期間はそれよりさらに遅い。そうと知りながら佐衣子は電話をかけたのだ。

「随分のんびりしてるわ」

思い出したように突然かけた自分の気ままさを忘れて、佐衣子は少し腹を立てていた。

佐衣子が有津へ電話をかけようと思ったのは三日前からであった。その日に子供を堕《おろ》す日時が最終的に決ったのだった。

〈手術は九時半から〉

佐衣子は無理に朝の早い時間を頼んだ。早くやって病室で夕方まで休んでいれば、夜には素知らぬ顔で家へ戻れると佐衣子は考えた。すべて佐衣子と医師の二人だけの合意の上だった。

告げるのは明日でもいい。そう思いながら佐衣子は有津へ報《しら》せるのを一日延ばしに延ばしてきた。告げた方がいいと思いながら、一方で告げない方がいいとも思った。

昨夜は一晩中、手術のことを考え、有津のことを思った。思いながら今夜こそ告げようと思った。しかし結局、かけぬまま夜が明け、朝になってしまった。朝、自宅で電話をかける勇気はなかった。

佐衣子が病院へ着いた時、待合室の時計は九時十五分を示していた。待合室に人影はなく、受付の女性はまだ白衣を着けていなかった。

「尾高ですが、今日手術をしていただく予定で……」

佐衣子は実家の名を言った。

「ちょっとお待ち下さい」

丸顔の眼に優しさのある女が奥に消えた。静まり返った待合室に、冬の間、つけてあったガスストーブが隅に除《の》けられていた。それを見て、佐衣子は山に近い家で妻と朝のコーヒーを飲んでいる有津の姿を想像した。診察室のドアが開き、再び看護婦が現れた。

「いま準備しておりますから」

看護婦は前に来た時、医師の横で血圧計を持っていた女だった。前の時は普通の白衣だったが、今日はその上に予防着を着ていた。

「お食事はとりませんでしたね」

「はい」

「ああそう。もしなんでしたら先におトイレに行ってきておいて下さい」

目鼻立ちの整った看護婦はごく普通の顔で言った。

開かれたままのドアから診察室の一部が覗《のぞ》かれた。白いカーテンの端が撓《たわ》み、その先のタイル張りの壁の前で煮沸器が湯気をあげていた。佐衣子はそこで煮えたぎっている器具が、自分の体に挿入されるのかと身が硬張《こわば》った。

「連絡先はここに書いてある住所でよろしいのですね」

看護婦の眼がカルテを追っていた。

「え？」

佐衣子は看護婦の尋ねた真意をはかりかねた。

「別に連絡するというわけではないのですが、一応たしかめておきたいのです」

「私の家です」

「お一人でお住まいの方ですとなにかの時、困りますから」

佐衣子に忘れていた不安が甦《よみがえ》った。

「麻酔はなんでしょうか」

「静脈麻酔です。眠っているうちに終りますから、心配はいりません」

「どれくらい」

「一時間もしたら醒《さ》めます」

なだめるように言うと看護婦はドアを閉めた。佐衣子はガスストーブの前に立ったまま入口の方を見た。ガラスの一枚ドアを通して入口の踏台には春の陽光が照り映えていた。外には陽《ひ》の温かさがあったが、陽のさえぎられた待合室にはうすら寒さが残っていた。佐衣子は煮沸器の湯気を思い、看護婦の言ったことを思った。

万一、わたしが死んだら……

目鼻立ちの整った看護婦は受話器をとり、母へ告げるに違いない。父と母と紀彦が駆けつけてくる。だが有津は知らない。家々のすべての人に看とられても、有津に知られないまま死に絶えていくのは淋しい。

佐衣子は受付の横へ行き、ピンクの受話器を取った。待合室の壁に嵌《は》め込まれた時計は九時半を示していた。

「もしもし」

植物園は先程と同じ女の声が出た。

「有津先生、お見えになったでしょうか」

「ちょっとお待ち下さい」

前と同じ女性の声を聞きながら佐衣子は電話をかけたことを悔いていた。

「もしもし」

返ってきたのは有津の声であった。

「佐衣子です」

佐衣子はとびつくように答えた。

「なんだ、どうしたんです」

「いま、病院にいます」

「病院？」

「これから……」

「君、どこの病院だい、そこは」

「南九条の……」

佐衣子は病院の名を告げた。

「待て、いまいく」

「いいのです、ただ連絡しただけですから」

「すぐいく。そこにいるんだぞ」

叫ぶと、電話は有津の方から切れた。佐衣子の全身から急に力が抜けた。

「尾高さん」

先程の看護婦が診察室のドアを開けて、呼んだ。

「どうぞ」

佐衣子は立ち上り、表の方を一度見てから診察室へ向った。

有津がタクシーで病院へ着いたのは十時だった。一度西線の電車通りまで行きすぎ、そこで聞いて引き返した。

待合室には婦人が一人待っていたが、有津は構わず上り込むと、受付の女性に尋ねた。

「宗宮という患者はきていませんか」

「宗宮さん？」

受付係はカルテ棚を見た。

「いない？　じゃ尾高佐衣子」

「あ、尾高さんなら少し前、手術室に入りました」

有津は待合室の先の廊下を見た。診察室と白い壁に囲まれた廊下の先に、赤い小さなランプが一つ点っていた。

「もう始まっているのですか」

「ええ、いま始まったばかりです」

「どれくらいかかりますか」

「失礼ですが、どなたでしょうか」

「いや、ちょっと知っている者です」

有津は初めて、自分が受付の女性や、待合室の婦人達に見られているのに気付いた。

「いま電話をいただいたものですから」

「三十分くらいで終りますから、そこでお待ち下さい」

受付の女性はそう言うと、薬包紙を折り始めた。有津はコートのポケットに両手を入れたまま、待合室の椅子に坐った。

いつか堕す時が来るとは知っていた。それがさし迫った時であることも知っていた。考えた末だが、そうなることを望み、そうしてくれるように佐衣子へ頼んだ。すべて承知のうえのことだった。

分っていたことなのに、今になって、何故《なぜ》こんなに慌てるのか。有津は自分で自分の心をはかりかねた。突然、いまと言われたから慌てたのかも知れない。そうなるとは知りながら寝耳に水だったから狼《ろう》狽《ばい》したのであろうか。そうとも思ったが、それだけでもなさそうだった。

堕す前に逢っておきたかった。有津の狼狽は、それができなかった悔いにも一因があるようだった。寸前に逢ったからといって堕すという事実に変りのあろうはずはなかった。しかしそれでも逢っておけば事情が違っていたように思えた。手術へ向う時、佐衣子を見送ってやれば、納得し安心できる部分があった。

女が一人で病院へきて待合室から手術場へ入った。そこで着物を脱ぎ堅い台の上に固定された。その過程を女一人の決断でやったということが、凄惨《せいさん》で、鮮やかであった。そこには愛する男さえ寄せつけぬ毅然《きぜん》さがあった。貴方《あなた》には頼らないという画したものがあった。その冷えた部分が有津には怖かった。

「佐野さん」

受付の女性が小窓から顔を出して名を呼んだ。待っていた婦人が立ち上り、薬袋を受け取った。金を払い足台に立つ。スリッパをパンプスにはきかえて玄関を出て行く。

瞬間、一枚ガラスのドアが揺れ、光が波打った。ガラスの先には陽を受けた午前のアスファルトがあった。有津は眼を定め、そこにちろちろと動くものを見た。それは光の波のようでもあり、陽炎《かげろう》のようでもあった。

「白い……」と有津は思った。

それはとりとめもなく、これといった繋《つな》がりもなしに突然、彼の脳裏に現れてきたものだった。何の脈絡もなかったが、彼はたしかにそれを見た。ガラスに揺らぐ光を見、陽炎を見ていて、一方で白い色を見たというのは、考えてみると可笑《おか》しなことだった。理屈では合わなかった。だが、彼は間違いなく、その色を見た。

白は冷え冷えとしてとらえどころがなかった。光の色のようにすべてが合わされて、消えていた。

有津は佐衣子の体から抉《えぐ》られ、剝《は》がされていく肉塊を思った。手一本、足一本、背、腹と引き離され、壊されていく。生きていて血をもった肉体であるのに、有津は何故かそれを白いと思った。赤の鮮烈さよりも、白の虚《むな》しさしか覚えなかった。愛を重ね、誓い合ってきた行為の果てがそれであった。

一年間なにをしてきたのか……

それは底冷えのする待合室で、女の肉体から引き離される胎児を想像するただそのための努力のようでもあった。かっと眼を開き、明るい一点を見ていながら、有津は愛のすべての行為が、白昼の光のように、重なり合い、相殺し合い、やがてその果てに白だけの虚しさに消えていくのを知った。

佐衣子が麻酔から眼覚めたのは、手術が始まってから一時間経った十一時だった。闇の底から浮び上るように、佐衣子はゆっくりと、大儀そうに甦った。混沌《こんとん》としたものが定まり、輪郭をもち、色をもってきた時、佐衣子はそれが自分を覗き込んでいる有津の顔であることを知った。

「気付いたかい」

有津は白い掛布の下で佐衣子の細い手を握った。

「手術は終ったよ」

佐衣子は懐かしいものを見るように有津の顔を見た。かぎりなく見詰め触れ合った顔なのに、それは驚くほど新鮮でもの珍しかった。

「麻酔が完全に切れるにはまだ一時間かかります。しばらくそっとしておいてあげて下さい」

看護婦が掛布の端を軽くおさえながら言った。

「今日中に帰れますか」

「帰れますが、昼過ぎまで休んでいった方がいいと思います。もう四カ月に入っていて、かなり大きかったのですよ」

看護婦はあとの方を、少し非難するような調子で言った。

佐衣子は再び眼を閉じ眠りに入っていた。緑色のシェイドで陽を遮《さえぎ》った病室の中で、佐衣子の顔は透けたように蒼《あお》ざめていた。

「このあとは別に心配なことは？」

「大丈夫ですが、二週間くらいは無理はなさらないように」

「子供は……」

言いかけて有津は口籠《くちごも》った。聞いたところでどうにもならぬことは分っていた。だが聞いてみたいという気持もおさえかねた。

「男でしたか、女でしたか」

「いいえ」

看護婦はかすかに首を振った。

「はっきりは分りませんでした」

有津は看護婦を見てうなずいた。うなずきながら、分っても分らなくても看護婦は告げないのだろうと思った。

「では外来におりますから、なにかあったら連絡して下さい」

「ちょっと、電話をしてきたいのです」

「じゃその間、私がついていますから先に行ってきて下さい」

有津は軽く頭を下げると部屋を出て、階段を下りた。

待合室は来た時とは変って、四人の患者が待っていた。どれもが女性なので有津は少し戸惑った。眼を外《そ》らすようにして前を通り抜け、ダイヤルを廻す。

植物園はすぐ出た。交換を兼ねている事務員が出てから、志賀が出た。

「変りないか」

「ええ、別に。ところで、川北泥炭は燐酸《りんさん》吸収係数と置換容量と中和石灰量と、それだけ出せばいいんでしたね」

「それとペーハー」

「それは出しました。置換容量は有機物当と乾土当と両方ですね」

「そうだ」

「サロベツのは全部揃《そろ》っているのですが、川北のはミズゴケとスゲの試料が一部崩れていまして、ちょっと難しいんですが、一応やるだけやってみましょうか」

「そうしてみてくれ」

有津の答えはおざなりだった。

「何時頃、お帰りになりますか」

「あと一時間くらいだ」

有津は時計を見た。

「少し前に奥さんから電話がありまして」

「家から？」

「ええ、ちょっとお出かけだと言ったら、帰ったらすぐお電話をくれるようにと」

「それで君は何と言ったのだ」

「お帰りになったら伝えますと、今、どこにいらっしゃるのですか」

「ちょっと、病院だ」

「どうかしたんですか」

「知っている人が手術をしたのでね」

「そりゃ大変ですね、じゃ、お宅の方に連絡してみて下さい」

電話はそれで切れた。有津は一息つくと、続けてダイヤルを廻した。三度ほど呼出音が続いて妻の牧枝が出た。

「なにか用か」

有津はことさらに無愛想に尋ねた。

「あなた、どこにいらしてたの」

「ちょっと外だ、用事はなんだ」

「今日、貴方が出てからすぐ苑子が来たのよ」

「函館からか？」

「ええ、お母さんと」

そんな話かと、有津は胸を撫《な》でおろした。

「苑子、やっぱり大学だけは出るといって、今後のことについて貴方ともよく相談したいらしいわ」

「そうか」

「だから今日、早く帰ってきて欲しいのです。お母さん明日帰るから、貴方を待ってるのよ」

「困ったな」

有津は盗み見るように辺りを見廻した。

「志賀さんとの話を具体的に進めたいし、貴方がいないと困るわ」

「しかし、そんなこと突然言っても」

「でもさっき志賀さんに聞いたら、あなたは今夜別に用事はないはずだって言ってたわ」

有津は軽く舌打ちした。

「夕御飯待っていますからね」

そういうと牧枝は先に電話を切った。

佐衣子が再び眼覚めた時、枕元に有津はいなかった。シェイドの間から洩《も》れる明るさは、まだ陽の高さを思わせた。佐衣子は枕元を見廻し、枕頭台に時計があるのを知った。手を伸ばし、それを見ると正午だった。

意識は恢復《かいふく》していたが、体は鉛をのみ込んだように重かった。体の芯に軽く鈍い痛みがあった。痛みを確かめるように佐衣子は首を傾けた。

白いカーテンにシェイドの段々がうつっている。二人部屋らしく、隣にもベッドがあったが、人はいなかった。

あの人は……

有津が来てくれたことが、佐衣子の記憶の中に残っていたが、いつ、どこで、どんなかたちで逢ったか、そこまでは定かではない。ただ、横にいた、という思いだけが茫漠とある。

佐衣子は改めて周りを見廻した。壁も、衝立《ついたて》も、カーテンも、すべてが白かった。白い中で佐衣子は一人でいた。

帰ったのだろうか。横にいたはずだという記憶があるだけに、一人だという実感はさらに強かった。

佐衣子は再びシェイドへ眼を移した。緑色の薄い一片を数えていく、上から下へ、十二まで数えた時、ドアが開いた。麻酔をする時、注射をしながら、一つ二つと数えてくれた看護婦だった。

「今度は本当に醒めたようですね」

佐衣子は懐かしいものを見るように看護婦を見た。

「痛みますか」

「少し……」

佐衣子は自分の体に尋ねてから答えた。

「麻酔が切れたからです。でも夕方までお休みになれば大丈夫です」

「あのう、赤ちゃんは……」

「そんなことはもう忘れるのです」

看護婦はシェイドの引き綱を引いた。瞬間四月の光が部屋に溢《あふ》れた。

「とてもいい天気ですよ。お腹は空きませんか」

「いいえ」

「お水はポットに入れてありますから、自由に飲んで下さい」

光を見ながら、佐衣子は無理に命を止められた子供のことを思った。

「御主人は三十分前にお帰りになりました。眼が醒めたら勤め先の方へお電話を下さいとのことです」

「御主人……」と佐衣子は口の中で呟《つぶや》いた。

そう呼んでいながら、看護婦の顔には疑っている表情が読みとれた。

「お電話は階段を降りなければなりませんから、お帰りの時でいいでしょう。それから何か用事があったらこのブザーを押して下さい」

看護婦は枕元に下っているコードの先のボタンを示した。

「陽除けを下ろしておきましょう」

「そのままにしておいて下さい」

看護婦はうなずくと部屋を出た。ドアが閉じられて部屋からは再び音が消えた。静けさのなかで陽が明るい。

なにも残らなかった……

佐衣子はシェイドの先の空を見ていた。空は抜けたように青かった。鈍く抉られた思いだけが体に澱《おり》のように残っていた。明るすぎる空を見ながら、佐衣子には悔いも悲しみもなかった。有津も自分も、誰も憎んではいなかった。あっけらかんとした空白の中で、ただ一つ、佐衣子はすべてが終ったのを知った。

うつらうつらとしながら佐衣子は眠った。眠っている部分では白く柔らかい胎児を夢見て、起きている部分では光を見ていた。

佐衣子が再びはっきり眼覚めたのは二時だった。看護婦が車を呼んでくれた。そろそろと廊下を小股で歩く。顔は蒼ざめていたが、痛みはさしてなかった。受付に赤電話があったが、佐衣子はそのままに病院の出口へ向った。

「明後日に診察にいらして下さい」

佐衣子はうなずくと車に乗り、片側へ身を寄せた。近づいていく山肌にだけ、残雪があった。

二十六

再び五月が訪れた。

植物園正面の花壇に赤のチューリップが咲き、園内の樹木ではニレとコブシが花開いた。北海道の五月には本州のような季節のきめ細かさはないが、一度に訪れる春の喜びは、はるかに強い。まだ肌寒い日もあるのに、人々はコートを脱ぎ、求めて外へ出る。背を伸ばし、大股で歩く、道を行く人々の姿にも活気が溢《あふ》れていた。

だが有津の気持は季節の陽気とは遠かった。四月から五月、有津は幾度となく佐衣子の家へ電話をかけた。午前中ならきまって佐衣子が出たのに、長い呼出音のあと、母らしい人の声が出た。一度名を聞かれてから、有津は佐衣子以外の声が出た時は、受話器を黙っておいた。たまたま佐衣子が出ても、その受け答えには以前のはずんだ気配はなかった。

「少しの時間でも出られないのですか」

「はい」

「体の具合でも悪いのですか」

「いいえ」

佐衣子の受け答えは短かすぎた。言葉の表だけ聞いていると素っ気なかったが、その裏には圧《お》さえている情感が聞きとれた。

「どうしたのです、もう逢ってはくれないのですか、心変りでもしたのですか。もう逢うのは嫌だと言うのですね」

有津は念をおした。念をおすことで、自分へ納得させようとしていた。

「違います」

「いや、そうだ、そうとしかとれません」

「許して下さい」

最後に佐衣子は哀願するように言った。

亢《たか》ぶっていただけに、切れたあとの静けさは深かった。有津は受話器を置き、外を見た。瞬間、道を行く人々に聞きとられたような不安があったが、人々は何の関心もなさそうに通り過ぎていく。

有津はボックスを出て歩きはじめた。春というより、初夏に近い風が頬を撫《な》ぜていく。ニセアカシヤの街路樹はすでに新緑の装いを整えていた。四角く、整然と区切られた十字路がどこまでも続く。整った美しさのなかに冷えた感触があった。それは人工的に造られた町並の故《せい》かもしれなかった。交叉点《こうさてん》で止り信号の青で歩き始める。

それをくり返しながら有津は、一つの愛がゆっくりと、しかし確かな足取りで消えていくのを知った。

五月の末、有津は最後の電話をした。これで逢えなければ諦めざるを得ない。しかしそれは有津が心で決めただけのことで、実際そのように守っていけるかどうか自信はなかった。事実、この前も、その前も、電話をする度にこれで最後だと心に決めていた。だが数日もするとまた気が変って受話器をもった。相手が離れていく、という焦りが有津の気持をさらにかき立てていた。

「本当にこれが最後です。僕と別れても、離れていってもいい、とにかく一度逢って貴女《あなた》の本心を聞かせて欲しいのです」

有津の望みは、すでにそこまで引き退《さが》っていた。

「今逢わなければもう逢えません。来週からまた川北原野へ行きます」

「かわきた」

突然、佐衣子の脳裏に色褪《いろあ》せた野面が甦《よみがえ》った。

「いつまでですか」

「半月です。帰るのは六月の半ばすぎになります」

六月の半ば、その日を過ぎれば有津とは逢えなくなる。その日から佐衣子は佐衣子でなくなってしまう。今まで、心の中で圧さえ、耐えてきたものが一度に溢れ出た。

もう逢うまい……

白い病室で自分へ言いきかせた決心が、佐衣子のなかで揺れはじめていた。子供を堕《おろ》したことで有津との繋《つな》がりも消えた。そう信じ、そう振舞おうと決めたことが、六月という声を聞いただけで崩れていく。

「一度でいいのです」

「わかりました」

「本当に逢ってくれるのですね」

有津の声は少年のように浮き立っていた。


夕方の喫茶店は雑然としていた。五時に勤務を終ったサラリーマンやＯＬが一度におしかけて空いているボックスはほとんどない。有津は入ってすぐ左手の一つだけ空いていたボックスへ坐った。

「エルム」は二カ月ぶりだった。佐衣子と逢わなくなってからは来ていない。ベージュ色に統一した椅子カバーも、角ばった樫《かし》のテーブルも懐かしい。だが混み合うのは感心しない。有津は落着かぬ気持で待ちながら表面はのんびりした表情で新聞を読んでいた。夕刊のほとんどを読み、眼をあげた時、佐衣子が現れた。佐衣子とは病院で麻酔から覚めぎわに逢ったのが最後だった。四月の半ばから一カ月半の月日が経《た》っていた。

「御免なさい」

佐衣子は軽く頭を下げてから、向いの椅子へ坐った。白地の一越《ひとこし》に紺地の帯を締め、手に薄い水色のショールを持っている。病院で見た時の血の気の失った顔とは違うが、頬はいくらかやつれて見えた。

「よく来てくれました」

喜びをおさえて有津は他人行儀な言い方をした。二カ月近い空白が二人の間に一つの距離をつくっていた。

佐衣子は両手を揃《そろ》え、眼を伏せていた。その姿には叱られに来た生徒のような硬さと怯《おび》えがあった。

言うことは沢山あると思っていたのに、有津はいざとなると言葉がなにも出てこなかった。

「出ましょうか」

「いいえ」

伝票を持って立ち上りかけた有津の手を佐衣子が上からおさえた。

「ここだけにして下さい」

佐衣子は有津の眼を見ながら、上へのせた手を引いた。

「お顔を見るだけに参ったのです」

「でも、ここは騒々しくて落着かない」

騒々しいから佐衣子はここへ来たのだった。落着いたところへ行けば佐衣子は自信がなかった。また元へ戻ってしまうかもしれない。

「お逢いできればそれでいいのです」

ウエイトレスがコーヒーを持ってきて、二人の前へ置いた。

「貴女はもう僕と逢わないつもりですね、あの時から、貴女はそう決めたのですね」

佐衣子はコーヒーの黒い渦を見ていた。

「そうですね」

「はい」

佐衣子の声は抑揚がなかった。

「あのままではどうにもならない、同じことのくり返しで実るものはなにもない、貴女はそう考えたのですね」

佐衣子は答えなかった。答えない佐衣子の横顔に有津はふてぶてしいものを見た。

「でもなぜ……」

隣のボックスの客が立ち上った。それが通り過ぎるのを待って有津が言った。

「でもなぜ、こんなに急に、別れなければならないのです」

「わたし結婚します」

「結婚……」

呟《つぶや》いてから有津は頭へ沁《し》み込ませるように、もう一度くり返した。

「いつ？」

有津の声は呻《うめ》きに近かった。

「六月」

「じゃ、僕が川北へ行っている時ですね」

佐衣子の体の中を、野の風が吹き抜けた。顔をそむけた佐衣子の細い首に、一筋張った筋が小刻みに震えていた。

「では、これでもう逢えないというわけですね」

佐衣子はうなずき、それから慌てたように顔をあげた。

「わたし、ここでお別れします」

「待って下さい」

佐衣子が立つと、追いかけるように有津が立ち上った。

札幌の街は夕映えのなかにあった。二人は大通り公園の両側に続くプラタナスの並木の下を西へ向った。中央の芝生のなかにある花壇はチューリップが咲き誇っていた。

四丁目、五丁目辺りまでは芝生やベンチは、初夏の夕暮を楽しんでいる人達で溢れていたが、六丁目を過ぎると人影は減り、時たま広場で遊ぶ少年達の声だけが返ってきた。

有津も佐衣子もとりわけて話すことはなかった。二人が別れることはすでに定っていたことであった。今更話したところでどうにもなりはしない。そのことを知りながら二人は一緒に歩いていた。頭では理解しているのに、体の残渣《ざんさ》が二人を結びつけているのかもしれなかった。

野球の球が芝生を抜けて、有津の足元まで転がってきた。彼はそれを取り、駆けてきた少年に投げ返した。少年の年頃は十二、三だった。

「紀彦君も承知したのですか」

佐衣子は前を見たままうなずいた。有津は小さく息をつくと呟くように言った。

「しかし可笑《おか》しなものだ」

「え？」

「どうでもいい時は許されて、本当に愛している時には産むことが許されない」

「どうでもいい時って？」

「たとえば貴女の子供」

「紀彦のことでしょうか、それどういうことです？」

「いや、なんでもありません」

有津は納得しようとするように、しきりに首を振った。

「そんなこと、今更言っても始まらない」

犬を連れた老人が二人の前を通り過ぎた。

「貴女はどこへ嫁ぐのです」

「お聞きにならないで下さい」

公園はそこで途切れて石塀沿いの道になったが、プラタナスはまだ続いていた。その下を歩きながら有津が言った。

「義妹《いもうと》も嫁ぐことになりました」

「どなたのところへ」

「貴女も知っている志賀という青年です。でも本当に好きな人は他にいたようです」

瞬間、佐衣子は有津を見上げた。

「誰もが、好きだから一緒にいるというわけではない。しかし形だけは整えねばならない」

二人はまた歩き始めた。

「しかし奇妙なものだ」

「なにがですか」

「人生なんて、こんなことで成り立っているのかもしれませんね」

「よくわかりません」

「すべて、思いがけない偶然だけが大きい顔をして、本当のことはずっと底に沈んでいる」

有津の言うことは具体的ではなかったが、佐衣子にもおぼろげながら分った。自分も本当の愛を殺して生きていこうとしている。それは表だけの顔だが、他人はそれを本当の顔と思うに違いない。

「大体そんなところなのかもしれない」

有津はまた一人でいうと、かすかに笑った。

波打つプラタナスの葉から洩《も》れた斜光が二人の影を長くうつした。佐衣子はふとリラの香りを匂《か》いだように思った。見廻すと石塀の先から零《こぼ》れるようにリラの花が咲いていた。

「ここでお別れします」

残照のなかで、紫のパステルカラーはさらにその色を増していた。二人はしばらく並んでリラを見上げた。

「それでは」

「さようなら」

佐衣子は一瞬、有津を見詰めたが、すぐ視線を落すと背を向けた。その前を女学生が二人行き過ぎた。佐衣子の白い後ろ姿がリラの花に見え隠れしながら遠ざかり、角を曲った。それを見届けると有津は一度うなずき、それからゆっくりと佐衣子と別の方角へ歩き始めた。

夕闇の迫ったリラの樹影にはすでにかすかな底冷えがあった。

解説

桜木紫乃

北海道は、三月半ばまで雪に閉ざされる。

四月はその雪がほとんど姿を消し、埃っぽい風のなか、緑や人に「新」の文字がつく。そして五月は急に暖かくなり、窓の外に子供たちの声がよく響くようになる。

桜は五月に満開だ。上陸から三週間かけて北や東の端まで行き渡る。梅も桃も、ほぼ同時に咲く。毎日街角に花があり、まだ吹雪の記憶も新しいせいか人々の挨拶は毎年繰り返し「急に暖かくなりましたね」だ。

札幌の街に吹く五月の風には、閉ざされた冬のぶん開放感がある。ときどき上着の要《い》らない日が通り過ぎることで余計にそのありがたみを増す。梅雨のない北海道と言われて久しいが、六月を迎えるころは意外と湿っぽい。思ったほど太陽を拝めないせいか、妙に肌寒いのだ。

ときおりぱらつく雨のなか、春の花々が落ち着いた街の、そこかしこにライラックの花が咲く。上着を羽織り直しながら、この時期満開となるライラックの薄紫を見ると、北海道人はみな「あぁ、リラ冷えだ」と妙に納得する。

季節とともに吹く風によって、雨雲が長く居座らないせいの「晴天」だったことを、不思議なほど毎年忘れる。四季は毎年あまりに新鮮で、慣れないし学べない。

本書『リラ冷えの街』は、当地の季節の移り変わりにからめ、別れに導かれて出会う男女の肌寒さを切り取った物語だ。そして、タイトルが世に出て以降「リラ冷え」は、しっかりと土地に根付いた。


物語は四月から始まる。有津京介《ありつきょうすけ》は羽田空港で空席待ちの呼び出しアナウンスを聞き、宗宮佐衣子《むねみやさいこ》という名前に心が転がり出す。男は三十半ば、女は三十前後。現代であればどちらもようやく幼さを手放し仕事を覚えて、さあこれからという年齢にも思えるが、昭和四十年代半ばのこと。有津は既に北大農学部助教授、泥炭の研究者という立場を得ており妻帯者だ。佐衣子は小学生の息子がいる未亡人だった。時代が伝える男女の早熟さだろう。

女の名前を覚えているのにはわけがあった。宗宮佐衣子は、十年ほど前に人工授精によって出産しており、精子を混ぜ合わせたという三人の提供者のうち一人が有津だった。

空港アナウンスを聞く日まで、ふたりには肉体関係はおろか面識もない。しかし名前を知っていただけで、男の幻想のなか、女は存在し続けてきた。この「幻想」が曲者《くせもの》だ。今までおぼろげだった女の姿が目の前に現れたとき、男には妻子がおり女は未亡人となっていた。ここで渡辺文学はためらいなく男女に深い関係を与える。現実に同じような関係にある男女を咎《とが》めずやさしく見守る。見守るが、情け容赦ない筆で心の実際を描いてみせる。

命の創造や夫婦のありかたにまつわる「分別」は別の誰かが書くだろうという、男女小説の先駆者の太い信念は、物語に既成の倫理や道徳を必要としない。

女に一度体を開かせたあとの男の心の移り変わり、一度開いた体を容易に閉じることができなくなる女の不思議、どちらが優位でどちらが弱いのか。『リラ冷えの街』は、男も女も肩肘を張りながら恋をして、あらがうふりをしつつも素直に状況にのみ込まれる。そこに、妊娠という生々しいものを挟み込むことによって「恋」がどのように変化してゆくのかを切り取るまなざしは、まぎれもなく研究者だ。

何の？「人間」だろう。

妻子を捨てて一緒になりたい、と男は言う。けれども、そんな言葉を吐かれる自分が女として軽んじられていることに佐衣子も気づいている。

ふたりにとっての初めての旅は東京だが、男はそこで「乾盃《かんぱい》しよう」と言い出す。「乾盃？」と訊ねた女に向かって彼は「そう、僕達の新婚旅行だ」と返す。青年のように威勢よく立ち上がった有津の胸の内にある高揚感は、罪悪感を伴いつつも開放感や期待でぱんぱんに膨れあがっている。ゆえに、デリカシーのかけらもなくなっている。そんな言葉に高揚する女では、渡辺文学のヒロインを張ることはできない。ここで、後ろめたさは男のアクセルとなり、女にブレーキを踏ませる。同時に作動ができないからこその「恋」だろう。

だがこの旅で有津は佐衣子から妊娠を告げられ、ただの恋する男ではいられなくなった。告げるほうの心情はある種の賭けに満ちている。女は告げた直後の男の顔を皺《しわ》一本も見逃さない。生の本能はいつだって残酷なものを秘めている。ふたりの関係に明日があるのかないのか、占いよりも確実に「判定」できるのがそのときの男の顔なのだ。

妊娠を告げられた夜、有津は怯《ひる》む気持ちを振り払い、いつもより荒々しく彼女の体を求め佐衣子もそれに応える。そして女は男よりもひと足早く、別れを決める。そこには掛け違ったボタンに似た「誠意」がある。翌日男は女になにか欲しいものはないかと訊ねるが、女は軽い拒絶のあと「貴方《あなた》です」と答える。そのときの男の表情や思いは書かれていない。書かぬことで、より虚しい言葉であったことを読者は知る。

旅の終わり、有津が佐衣子にハンドバッグを買い与えるシーンは目を背けたくなるような冷酷な筆で書かれている。要らないという女に対し、男は半ば強引に商品を決める。


有津の指さしたケースの下には、佐賀錦のハンドバッグがあった。

「そんな立派なもの……」

「とにかくよろしいですね」

一度念を押すと有津はさっさと、女店員にそれを頼んだ。

「ありがとうございました」

包みを受け取って佐衣子は他人行儀に頭を下げた。

「これでようやく気が落ちついた」

有津は明るく笑うと売場を離れた。


このときの男の言葉には嘘がない。だからこそ、女の心が離れてゆく瞬間をとらえることができない。

その後札幌に戻ったふたりは、堕胎するか否かについて半ば演技めいたやりとりをする。本当に愛していた――、と言う男。産むからには最後まで責任を持たなければならない――とも言う。そのためには妻子と別れる、と口にする。そうでなくては佐衣子を苦しめる、と。

〈それでも産めと言ったら産んでもいい、佐衣子の心に再び諦めかけた望みが頭を擡《もた》げた。〉

「悔いたりはしません」と女が言ったところで男は「待ってくれ」と言うのだ。今度だけは諦めて欲しいと告げる。

「この次できたらきっと……」

その口がすぐに、堕胎を頼める医師を紹介する。家庭を持った男の狡《ずる》さと言ってしまえば身も蓋もない。しかしその身と蓋のなさに「許し」を見せるのがフィクションの仕事でもある。著者の筆は有津の揺れを細かく描写し、佐衣子をひと皮むけた女へと成長させ、別れの場面へと突き進んでゆく。

妻以外の女に躓《つまず》いたあと、有津は改めて妻のことを考える。

〈格別優れてはいないが人並みの妻であった。冷静に考えれば別れるだけの理由はなかった。〉

嘘偽りのない男の心情を、たった数行で冷徹に記す。許しは同時に、ひとの心を深くえぐる作業でもある。

一度立ち止まったあとの男心は、案外もろい。ふたりの女を秤《はかり》にかけて、落ち着いたところで楽なほうへと流れる心根を誰が咎められるのか。苛立ちながら読み進めつつ、著者に、お前か？　わたしか？　誰なんだ、と絶えず問われている。

出会う前の人工授精では出産できたが、実際に体を重ねるようになってからの妊娠では産むことができない。そんな特異な環境での出会いにもしかし、等しく恋心があり別れがあった。

最初の一行が書かれたときから約半世紀を経た。男女のあいだに公衆電話や手紙を使ってのやきもきするようなひとときは失われたが、同じような関係と出来事は巷《ちまた》にあふれている。半世紀経っても一世紀過ぎても、男は変わらないのではないか――。女は今も昔も、男ほどロマンチックな生きものではないのだ。

小説は虚構だが、書き手の吐く嘘は内なる真実で、逃れられない傷でもある。

本作は、昭和四十五年、『北海道新聞』日曜版七月五日~四十六年一月三十一日掲載。四十六年五月、河出書房新社から刊行された。筆者の本棚にあるのは新潮文庫版昭和六十年五月十五日　二十三刷。このたび「渡辺淳一恋愛小説セレクション　全九巻」の一巻目として集英社から刊行されるにあたり、解説の任を与えられたのだが、少し経って担当者から手紙が届いた。

「渡辺先生が大幅に加筆訂正し、三十刷で改版として出版されていました」

最新版の五十六刷もそれ以前も在庫がなく図書館で照合する、という作業に飽くなき職人の気質を見るのだが、筆者の感激はそのあとだった。

「訂正が入ったものを送らせていただきます」

著者がどこにどんな手を入れたのかがわかるゲラのコピーが送られてきた。時期は昭和六十一年、『化身』を刊行し『別れぬ理由』を連載していた頃と思われる。三十八歳で世に出した本に五十三歳で再び手を入れるという、小説家としての姿勢に頭が下がった。

改版は、改行が増えて会話文がかなり削られていた。会話と地の文の繋がりがとてもなめらかになっている、という印象だった。

会話文が潔く削られているなか、ラストシーンで書き加えられた会話もある。

夕映えの大通公園外れまで歩き、ここでお別れというときだ。夫婦の形、あるいは元の鞘を整えて生きることを決意した男と、別の男の元へ嫁ぐ決意をした女の会話だ。有津は「しかし奇妙なものだ」と切り出した。


「なにがですか」

「人生なんて、こんなことで成り立っているのかもしれませんね」

「よくわかりません」

「すべて、思いがけない偶然だけが大きい顔をして、本当のことはずっと底に沈んでいる」


手書きゆえなのか、物語にたゆたっていたはずのわたしはいつの間にか、その会話文が渡辺淳一氏本人の自問自答のように思えてきた。小説の読み方として正しいとは思わない。けれども、改版の動機が大きくこの数行にあったように思えてならなかった。

再読すると、時代は本当に変わったのだろうかと、問う先もわからず問いたくなってしまう。そしてそれが普遍を描くことだと改めて気づくのだ。

渡辺文学は長く男と女の愚かしさを許し続けている。それは今までもこれからも、きっと変わらない。

作品の周辺

リラとライラック

季語に「花冷え」という言葉がある。歳時記には、花のころ突然訪れてくる寒さ、と書かれている。

花冷えや　うすき胸より水とられ　（平松草水）

「リラ冷え」という言葉は、この「花冷え」という季語を考えているうちに、思いついたものである。
やはりリラの花の咲くころ、札幌でも肌寒さを覚えることがある。とくに日中陽が射して温かく薄着をしていると、夕暮どき、思いがけない寒さに襲われて戸惑うことがある。

初夏を彩るリラの花。写真/アフロ

著者が慣れ親しんだ薄野も舞台に。

もっともリラの花の咲くのは六月である。「花冷え」が春の季語であるのに対して「リラ冷え」は、季節的には初夏である。

しかし季語に関するかぎり、本州と北海道は同じに論じられない。たとえば北海道の三月はまだ雪にうずもれているが、南のほうでは、すでに桜が咲きはじめる。本州では、二月から梅、桃、桜と順に咲くが、札幌では、五月の半ばにようやく桜が咲き、しかも梅も同時に咲いている。

本州では、ゴールデン・ウイークは行楽の季節だが、北海道ではまだ寒くて戸外に出る気になれない。秋の訪れも早く、文化の日などは、地域によって薄氷が張り、オーバーが必要になる。

現在、正確な意味で季語が適合するのは、関西から東京周辺までで、東北や九州あたりはいくらか外れているし、北海道や沖縄などはむろん論外であろう。

そんなことから、私は北海道独特の季節を現す言葉があってもいいと思っていた。

幸い「リラ冷え」は、北海道の人達には比較的馴染まれ、いまでは天気予報でも、「そろそろリラ冷えの季節になりました」とつかわれるようになった。

これは、『リラ冷えの街』が札幌を舞台にした小説で、北海道新聞に連載したという事情もあるが、同時に「リラ冷え」という言葉がいかにも語呂がよく、いいやすかったせいかもしれない。

ところで、リラの花は北海道の、しかも札幌周辺に多い花なので、道外の人達には意外に馴染みがなく、見たことのない人も結構多いようである。

この花は、イランからバルカン半島にかけてが原産地であるが、十五、六世紀ころからブルガリア、ルーマニアなどからヨーロッパ全域に広まった。

北海道に入ったのは、もちろん明治になってからで、一部は横浜から、一部は直接持ちこまれ、ヨーロッパの気候に近い札幌周辺に定着したらしい。

この花は難しくいうと、脈状円錐花序といって、直立する房咲きで、小さな花が数十個集まって一房になる。

色は紫が最も多いが、白や桃色がかった紫、淡青色などもある。すべて淡く、いわゆるパステルカラーである。

この冷んやりと沈んだ花の雰囲気は、夏になろうとしてまだなりきれない、六月初めの季節によく似ている。また、広く整然としているがどこかよそよそしい、札幌の街のたたずまいにも通じるような気がして、『リラ冷えの街』という題にした。

もちろんそこには、この小説で扱っている人工授精という硬質な感覚や、中年の燃えようとして燃えきれない愛の限界みたいなものも含めたつもりである。

花が外国から入ってきたように、リラという名もむろん外国語で、フランス語である。だが英語のライラックもかなり一般的で、札幌で六月におこなわれるこの花のお祭は、「ライラック祭」と呼ばれている。

リラとライラックと、どちらの呼び方が好きかとなると、人それぞれであろう。わたし個人の感じでは、ライラックという呼び方が襟を正した堅い感じなのに対して、リラのほう

単行本初版は1971年5月刊行

はどこか甘いムードがある。また、この花を遠くから見たときはリラが似合い、近くで見ると、ライラックという呼び名が合っているようにも思う。

この花が咲きはじめると、北国の夏は目前で、街角にはスズランが売られ、アカシアやリンゴの花が咲きはじめる。

たどたどしく、ときには苛立たしくさえ思われた夏の訪れも、ここまできたらもう戻ることはない。だがときに思いがけない冷気が訪れ、夏は足踏みする。リラはこんな北国の稚《おさな》い夏の象徴ともいえる。

この小説は札幌の植物園を舞台にしているが、ここにやはり北大の助教授をされている辻井達一という方がいる。

植物学の権威で、同時にヒマラヤや南米の山々にも登り、サロベツや川北泥炭地にも行かれる。そのせいかこの小説のモデルと思った人もいるようだが、実際にはまったく関係なく、わたしが植物のことを教えていただいただけである。

辻井先生はまた名文家で、「ライラック」というポケットブックも出されている。このなかに偶然、榛谷美枝子《はんがいみえこ》さんという方の、次のような名句がのっているのを発見した。

リラ冷えや　睡眠薬はまだきいて

たしかにパステルカラーのリラの花は、気怠《けだる》い午後の雰囲気にもよく似合う。

（『午後のモノローグ』文藝春秋　より）

◉『リラ冷えの街』文学散歩

「北海道はわたしの故郷で、（中略）四季の美しさとともに、さまざまな思い出の宝庫でもある」。（「わたしと北海道」より）そう語る著者は、この作品の舞台を札幌の街に据えている。円山公園、宮の森、北海道大学植物園、薄野、サロベツ原野。美しい紫のリラが咲き誇る季節、ぜひ札幌を訪れたい。

小説の舞台、大通公園。

有津が勤務する北海道大学植物園。

有津が泥炭研究で訪れたサロベツ原野。

◉新聞連載の第一回紙面

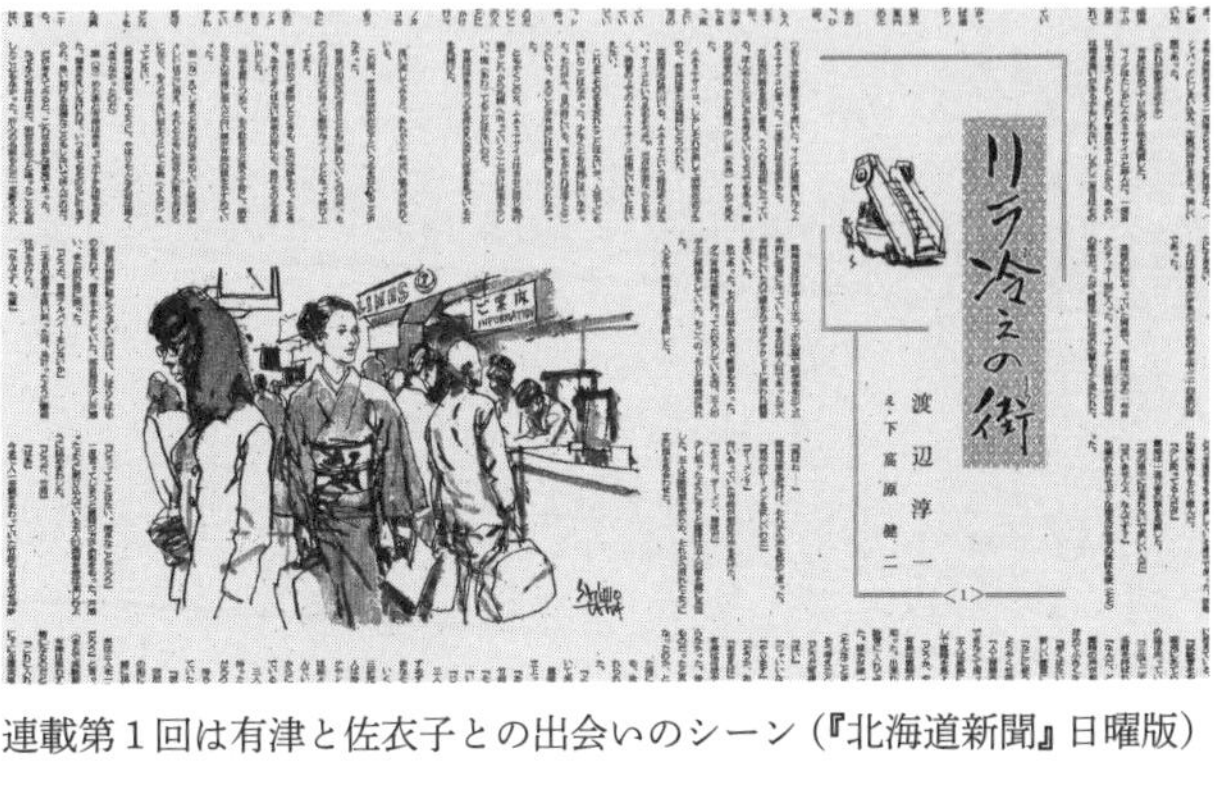
リラ冷えの街
渡辺淳一
え・下高原健二
〈1〉

連載第１回は有津と佐衣子との出会いのシーン（『北海道新聞』日曜版）

発表紙　『北海道新聞（日曜版）』一九七〇年七月五日〜七一年一月三一日
単行本　一九七一年五月　河出書房新社刊行
文庫本　新潮文庫

【おことわり】

本作品中には、「屠所にひかれていく羊のように……」という表現があります。これは、職業に対する差別を拡大、助長させる表現で、本来使用すべきではありません。

しかし、作品が書かれた時代背景、及び著者が既に故人であることや、差別助長の意図で使用していないことなどを考慮し、あえて発表時のままといたしました。この点をご理解いただけますよう、お願い申しあげます。

また、本作品は執筆当時の医学的知見に基づいたフィクションであり、最新の医学情報とは記述が異なる場合がございます。

集英社　学芸編集部

編集　大浦慶子（集英社　学芸編集部）
清水智津子（集英社インターナショナル）
小西恵美子
写真　秋元孝夫ほか
校閲　平川裕子／阿部めぐみ
整理進行　中川成人
販売　吉村五月（集英社）
宣伝　濱岡諭史（集英社）
制作　阿部結花（集英社）
資材　黒田小夜子（集英社）
協力　河出書房新社／下高原健二／新潮社／文藝春秋
北海道新聞社（北海道新聞）
北海道立文学館
公益財団法人北海道文学館／渡辺淳一文学館
ジェイ企画株式会社（渡邉直子）

渡辺淳一　恋愛小説セレクション1
リラ冷《び》えの街《まち》
二〇一六年四月一〇日　第一刷発行
著　者　渡辺淳一《わたなべじゅんいち》
発行者　加藤　潤
発行所　株式会社　集英社
〒一〇一－八〇五〇　東京都千代田区一ツ橋二－五－一〇
電話　編集部　〇三（三二三〇）六一四一
読者係　〇三（三二三〇）六〇八〇
販売部　〇三（三二三〇）六三九三（書店専用）
印刷所　大日本印刷株式会社
製本所　加藤製本株式会社
定価はカバーに表示してあります。

ISBN978-4-08-781586-3 C0093